Ligurisches Öl

Und es kam der Tag

Da das Risiko

In der Knospe zu verharren

Schmerzlicher wurde

Als das Risiko zu blühen.

(Anaiis Nin)

Bibliografische Information der Deutschen Nationalbibliothek:
Die Deutsche Nationalbibliothek verzeichnet diese Publikation in der Deutschen National-bibliografie; detaillierte bibliografische Daten sind im Internet über
http://dnb.dnb.de abrufbar.

Oleanderstraße 12 - 41470 Neuss
Tel. 0 21 37/95 27 88
Fax 0 21 37/95 27 83
Lektorat: Stephanie Keunecke
Satz und Layout: Wolfgang Reif
Covergestaltung unter Verwendung eines Fotos von stock.adobe.com

Taschenbuch: ISBN 978-3-928249-46-1
E-Book: ISBN 978-3-928249-47-8
www.skript-verlag.de

Ingrid Frank

Ligurisches Öl

Roman

Ingrid Frank, Jg. 1964, lebt in Hannover und arbeitet seit 2007 in einer Jugend- und Familienberatungsstelle. Sie hat vielseitige Berufserfahrungen in der Jugendbildung, der Sozialpsychiatrie, im Justizvollzug und einem Taxiunternehmen.
Schreiben ist für sie lange schon eine Ausdrucksform, die inneres und äußeres Erleben verbindet. Es wird zunehmend wesentlicher.

Prolog

Fiene mit i-e

„Wenn Sie einen Reisepass haben möchten, brauche ich aber Ihre Geburtsurkunde." Der Beamte der Stadtverwaltungsfiliale, Zimmer 312A, schaut über den Rand seiner Brille.

„Aber reicht der Personalausweis nicht?"

„Nicht, um einen Reisepass zu bekommen. Aber für Italien braucht man den nicht unbedingt, Italien gehört zur EU. Sie sagten doch Italien?"

„Ja schon ..." Fine schaut erst ihn, dann den Gummibaum in der Ecke des Raumes an. „Überlebenskünstler, diese Art Pflanzen, nicht wahr? Pflegeleicht, robust, anpassungsfähig ..."

Der Beamte schaut hoch. „Keine Ahnung ..."

„Ja, man übersieht so praktische Pflanzen gerne. Sie blühen so gut wie nicht, eher nach innen. Brauchen ganz spezielle Wespen, um sie zu bestäuben ... also alles andere als unkompliziert ... Ich kriege Allergie von dem weißen Saft in den Blättern, wissen Sie, deshalb hab ich mich damit beschäftigt ..."

Er schaut jetzt zu dem Gummibaum, als nehme er erst jetzt wahr, dass er in der Ecke seines Büros steht. „Hm ... ja also, ich denke Sie wollen einen Reisepass?"

„Jaaa ... Also, ich will monateweise in Italien leben, und das fühlt sich so an, als braucht man dazu einen Reisepass, so etwas wie eine zweite Existenz will abgesichert sein. Vielleicht irgendwie antiquiert, aber ... für mich ist es eine große Reise, wissen Sie? Ich möchte einen Reisepass!"

Man weiß nie, würde Gunnar sagen. Wer weiß, was ihr in Italien einfällt ...

„Ungewöhnlicher Auftrag, braucht man nicht, aber ich stelle Ihnen gerne einen aus. Kostet allerdings 60 €." Gleichermaßen verbindlich ergänzt er: „Solche Pflanzen sorgen für gute Luft, glaube ich."

„Ein gutes Klima ist wichtig ... sehr wichtig sogar." Fine schaut ihn ernst an. „Meine Geburtsurkunde liegt zu Hause im Schrank bei den Dokumenten. Dann hole ich sie eben. Bin ungefähr in einer Stunde wieder da." Sie steht auf.

Was für eine Rennerei für eine Urkunde, die sie eigentlich nicht braucht. Es gibt immer irgendeinen Grund etwas sehr wohl zu brauchen.

Sie geht mit dem Papier noch einmal zur Behörde, zieht im Wartebereich eine Nummer und wartet geduldig, bis sie erneut dran ist.

„Fiene mit i-e ... Aha ..." Der Verwaltungsangestellte, Herr Schoneke, so steht es an der Tür, betrachtet ihr Dokument. „Seltene Schreibweise."

Das „i-e – Aha" ist ihr vertraut. Zum Führerschein, zur Hochzeit, zu Antonias Geburt: „Aha ... i-e". Sie hat es so hingenommen. Sonst ist sie Fine, ohne i-e.

Einfach Fine. Das ist schon immer so gewesen. Keiner im Leben, abgesehen von den Verwaltungsbeamten auf Behörden, wo sie vermerkt, in Listen eingetragen wird, einen Personalausweis braucht, eine Heirats- oder Geburtsurkunde, keiner sonst merkt, dass ihr etwas fehlt.Dieses i-e-Falschsein gab es schon, als sie dreizehn war. Sie wollte zum Schüleraustausch nach Großbritannien.

„Die Urkunde liegt im Familienstammbuch." Der Vater holte das mit goldenen Buchstaben verzierte Plastikbuch aus der Klappe des Wohnzimmerschranks. „Hier haste, was du brauchst." Er legte das Dokument auf den Tisch.

„Äh ..., Fine ist da mit i-e geschrieben." Fine schaute fragend vom Vater zur Mutter.

„Joah, das hat der Standesbeamte wohl so gemacht. Macht ja nix." Der Vater zuckte die Schulter.

Die Mutter schaute auf das Papier, als sähe sie es zum ersten Mal. „Fiene, Fine, Fiene, klingt doch gleich, alles dasselbe oder? Macht doch nix!"

Fine hatte das „Macht doch was!" immer runter geschluckt.

Sie hat sich daran gewöhnt. All die Jahre. 53 Jahre. Jetzt, in diesem Moment entscheidet sie sich das ‚i-e' und das ‚Aha' zu sich zu nehmen:

„Ja, I-E!" Fiene hebt die Brust, ganz aufrecht steht sie da und schaut dem Beamten direkt ins Gesicht. „Die ungewöhnliche Variante ist die richtige!"

„I-e!", wiederholt sie und lächelt ihn an. „Doch gut einen Reisepass zu beantragen!"

Er schüttelt leise den Kopf. „Hartnäckig sind Sie! Sie werden benachrichtigt, wenn er fertig ist. Hier Ihre Antragsformulare. Zahlen bitte heute ein Zimmer weiter. Hab vorhin erst mal den Gummibaum gegossen, den hab ich schon lange nicht mehr beachtet. Auf Wiedersehen und alles Gute für Ihre Reise!"

Sie summt auf dem Nach Hauseweg vor sich hin. *Fiene* wird sie jetzt schreiben – auf Briefumschläge, Einladungen, Teilnehmerlisten ... überhaupt immer. Und alle anderen werden sich daran gewöhnen müssen!

Sie schaut an den Häusern der Bremer Reihenhaussiedlung entlang. Viele Jahre wohnen sie schon hier, in einem der schmalen Häuschen mit einem Stück Hintergarten. Sie konnten es einem entfernten Verwandten von Gunnar günstig abkaufen. Hat sich so ergeben. Wie so viel in ihrem Leben.

„Ich habe mich an viel zu viel gewöhnt!", sagt sie, als sie die Wohnung betritt. Gunnar schaut irritiert auf. Bevor sie die Geburtsurkunde wieder in den Ordner im Wohnzimmer legt, hält sie sie Gunnar hin und zeigt mit dem Finger auf ihren Namen:

„I-e! Fiene ... Ich bin jetzt Fiene mit i-e. Ich bin Ich. Ich, die ich von Anfang an bin, ungewöhnlich vielleicht, aber richtig so ..." Und mit Blick auf Gunnar ergänzt sie: „Ab sofort!"

Sie zeigt ihm die Antragsformulare für den neuen Reisepass.

Fine

Ein nicht enden wollender Ton durchschneidet ihren Traum, durchdringt ihre schlafenden Glieder, grell, bis ganz ins Innere. Schrill füllt er das gesamte Schlafzimmer. Die Schwingung kommt irgendwo aus dem Raum ihres Häuschens, fünf Zimmer auf zwei Etagen, dazu ein Dachboden, insgesamt etwa 120 Quadratmeter.

Fines Körper erstarrt, er stellt sich tot. Sie ist alleine. Gunnar hat ausgerechnet jetzt diese Tagung außerhalb, eine absolute Ausnahme in dem sonst so geregelten Arbeitsrhythmus.

Sie schaut auf das Bett neben sich. Es würde sie beruhigen, wenn er da liegen würde. Er wüsste, was zu tun ist, oder würde so tun, als wisse er es. Beides wäre ausreichend.

Das durchdringende Fiepen hält an. Still liegen und es ignorieren ist unmöglich. Ihre Ohren ertragen diese manische Frequenz nicht, sie muss aufstehen und schauen, woher das irre Geräusch kommt. Vor was warnt es? Woher kommt der Ton?

Sie muss etwas unternehmen. Sie steht auf. Auf dem breiten Stuhl vor dem Schrank liegt Gunnars Strickjacke. Die dunkelblaue Wolle riecht nach Essen, Garten und Gunnarhaut. Sie zieht sie über und geht durch die noch müde Wohnung, tastet sich von Raum zu Raum.

Alles ist wie immer. Der einsame Stuhl, Bett, Schrank, ein paar verlorene Kleider, der erbarmungslose Spiegel im Schlafzimmer, die Einbauküche mit der immer bereiten Spüle, ungehörte Bücher, tröstende Blumen, sprachlos gewordene Bilder, Tisch, Sofa und Sessel im Wohnzimmer, gelangweilt: eine durchschnittliche Wohnung mit gewöhnlichen Einrichtungsgegenständen, bis auf die italienische Saftpresse auf der Anrichte in der Küche und die mit verspielten Ornamenten versehene Nähmaschine der Großmutter im Flur. Diese zwei Gegenstände heben sich ab, machen die Wohnung zu ihrer Wohnung. Das vor allem, wenn man noch den schmiedeeisernen Stuhl dazu zählt, dessen hellblau lächelnder Lack bereits abblättert. Der steht auf der Terrasse, die in den Garten übergeht. Gunnar hat ihn ihr vor ein paar Jahren mitgebracht. „Der stand da wie für dich“, hat er gesagt und sie geküsst. Ein erwartungsfroher Stuhl, wie die in Griechenland oder Italien, ihr persönlicher Sehnsuchtsort, neben all den anderen Dingen, die neu, praktisch, pflegeleicht dastehen, letztlich austauschbar.

Der Ton reißt nicht ab. Er breitet sich offensichtlich von der Mitte des Wohnzimmers im Parterre aus. Fine schaut sich dort um. In der rechten Zimmerhälfte stehen Stühle da, als warteten sie auf etwas oder jemanden, an der linken

Wand hängt ein Druck mit bunten Häusern darauf; ihr Blick geht über den frisch gesaugten Teppichboden, nach oben an die Decke bis zu dem Plastikrund: Rauchmelder! Daher kommt der Ton. Aber da ist keine Kerze, kein Feuer, nirgends brennt etwas, es gibt keinen Hinweis auf eine Rauchentwicklung. Grundlos und grundunverschämt geht von diesem Gerät der gellende Ton aus.

Die Leiter ist im Keller. Sie hat Angst nachts alleine in den Keller zu gehen. Räuber, Ungeheuer, eklige Tiere könnten dort sein – sie ist kein kleines Mädchen mehr – und sie fröstelt doch.

Sie haben keine Leiche im Keller. Nicht weiterdenken. 10, 9, 8, 7, 6, 5, 4, 3, 2, 1, 0 – rückwärts zählen beruhigt. Die Taschenlampe findet sie auf dem Regal im Flur, damit leuchtet sie sich den Weg frei. Eine Leiter lehnt an der Wand neben dem Wäscheständer; die trägt sie hinauf, stellt sie auf und klettert die Sprossen hoch. Sie ruckelt und zieht an dem weißen Plastikmantel des Rauchmelders. Der ist schwer von der Decke zu entfernen. Sie steigt die Leiter wieder hinab, holt einen Löffel und hebelt den Mantel weg. Die Apparatur darunter ist ihr fremd, sie haut mit dem Löffel darauf, stochert darin herum und konzentriert sich darauf, den Kontakt zu unterbrechen. Kontaktlos ist reizlos. Also raus mit der Batterie! Der ausufernd wollende Alarm hört auf. Vielleicht ist die Batterie leer. Deswegen Alarm. Könnte Sinn ergeben. Gunnar würde es ihr erklären, wenn er wiederkommt.

Fine geht nach oben in die erste Etage zurück ins Schlafzimmer und legt sich wieder ins Bett. Gunnars Schlafanzug liegt gefaltet auf seinem Kissen. Er riecht wie seine Strickjacke, wie seine Haut. Fine drückt ihre Nase in den Stoff.

Sie selbst riecht nach Schweiß. Fineschweiß. Sie befühlt ihren Körper, tastet an sich entlang, schaut auf den Schlafanzug, den sie ihm geschenkt hat: graue Streifen auf Dunkelblau, ein langweiliger Schlafanzug. Langweilig! Sie sind sich langweilig geworden. Ihr Leben ist belanglos, unbedeutend. Alles ist unerheblich und zufällig, keine Wahrnehmung besonders. Das ist Gift in den Adern. Gift kann töten.

Sie wälzt sich im Bett hin und her und steht schließlich auf. Im Bad findet sie ein Fläschchen Nagellack, das Antonia beim letzten Besuch stehengelassen hat. Fine lackiert sich die Fußnägel. Dunkelviolett glänzend winken sie ihr zu. Der Lackgeruch sticht in der Nase. Fine schaut erst auf ihre Füße, dann auf die Uhr. Es ist halb sechs am Morgen, es lohnt sich nicht mehr noch einmal einzuschlafen, sie geht runter in die Küche, brüht sich eine Tasse Kaffee auf und nimmt ihn mit nach oben ins Schlafzimmer. Nicht wieder ins Bett legen.

Laufen, sie muss laufen! Jogginghose und Sweatshirt anziehen und dann los. Sie stellt den noch fast vollen Becher Kaffee an die Seite, kramt in einer Schublade nach der lange nicht benutzten Sporthose.

Der Anrufbeantworter im Flur blinkt. Er hat Gunnars routinemäßigen Gute-Nacht-Anruf gespeichert. „Wo willst du hin?", würde er sagen, wäre er jetzt zu Hause.

„Laufen." Sie lächelt dem Anrufbeantworter zu. „Die Lähmung weglaufen. Die Batterie aufladen. Ich bin alarmiert."

Das Joggen über den weichen Waldboden belebt. Fine atmet tiefe lange Züge. Ein und Aus und Ein und Aus. Obwohl sie unregelmäßig läuft, kennt ihr Körper die immer gleiche Strecke in- und auswendig. Am liebsten würde sie weiter und weiter laufen. Aber sie muss sie sich beeilen, Mona will zum Frühstück kommen. Sie schlägt den Weg zurück ein, stellt die Schuhe im Hausflur ab, macht noch ein paar Dehnungsübungen im Badezimmer, wirft die Sportsachen in die Ecke und stellt die Dusche erst einmal auf kalt, dann wärmer, um darunter ihren Körper ausgiebig einzuseifen. Fine sieht an sich herunter: splitternackte Fine ...

Mona sieht gut aus. Mona mit dem weichen Busen, dem sinnlichen Lachen und den ausgefallenen Kleidern. Mona mit ihrem speziellen Augenaufschlag und ihrer etwas exaltierten Art zu sprechen. Mona war auf gewisse Weise schon immer mutiger.

Fine stellt das Wasser ab und nimmt sich ein Handtuch. Sie rubbelt ihre Haut so fest trocken, dass überall rote Flecken entstehen.

Mona ist anziehend. Wenn das doch ansteckend wäre ... Ist es leider nicht. Fine sucht ein Sommerkleid aus dem Kleiderschrank nebenan und geht in die Küche – sie würden zusammen genießen können!

Sie presst ein paar Orangen aus, stellt Butter, Käse und Marmelade auf den Tisch und holt die Packung Lachs, die sie gestern gekauft hat, aus dem Kühlschrank. Als Mona klingelt, ist der Kaffee noch nicht ganz fertig.

„Hi! Schön, dass du da bist!" Fast glaubt sie sich.

„Guten Morgen, Cherie!" Mona geht direkt in die Küche durch. „Lachs, o là là." Sie stellt eine Tüte mit Brötchen auf den Tisch.

„Ich liebe Lachs. Wenn Gunnar nicht da ist, genieß' ich das, die kleinen Extras meine ich. Verstehst du? – Ebenfalls guten Morgen!"

„Großartig! Ich würde da keine Rücksicht drauf nehmen. Und nachher musste arbeiten? Ich könnte das so nicht: mal frei, mal arbeiten, so regellos, dauernd woanders. Viel zu stressig, oder?" Mona schüttelt den Kopf.

„Manchmal ... aber auch frei – ich kann improvisieren. Leg dein Zeug draußen auf die Garderobe und komm erst mal an. Ich mag diese Spontaneinsätze. Das Leben ist langweilig genug geworden. Regelmäßig jeden Tag Kindergarten will ich nicht mehr. Ich kann ja Nein sagen, wenn mir alles zu bunt wird. Das ist das Schöne, seit ich Springerin bin: Abwechslung, was die Einrichtungen und Teams angeht, und diese Unregelmäßigkeit. Passt grade! Also greif zu, Mona! Und … hast du ein Ohr für mich?"

„Zwei sogar, wie auch zwei Brötchenhälften." Mona belegt eine dick mit Streichkäse, die andere mit Erdbeermarmelade. „Fisch ist nicht mein Ding, sorry."

Fine tunkt ein Stück Lachs in das daneben stehende Schälchen Meerrettich. Sie leckt sich die Lippen, dann erzählt sie von dem Rauchmelderalarm in der Nacht zuvor. „Also weißt du, es ist weniger dieser Schreck und das Geräusch als eben das, was dabei mit mir passiert. Also …" Fine fixiert die Kollegin. Sie ist keine wirkliche Freundin. Deshalb vielleicht die Anspannung, das bemühte Lächeln, das anstrengt.

„Also, was passiert mit dir? Hast du die Marmelade selbst gemacht?" Mona hält das Glas hoch. „Marmelade kochen … weißt du, da muss ich an meine Großtante denken: Helene aus Schlesien. Jede Menge Erdbeermarmelade und jede Menge Sprüche." Versonnen schaut sie in die Weite. „Ein silberner Knopf auf der Fenster- oder Türschwelle des Schlafzimmers vertreibt Alp und Hex, hat sie mir immer gesagt, wenn ich nicht schlafen konnte. Helene hätte dir gefallen mit ihren Einfällen … diese alte Nähmaschine bei dir in der Ecke erinnert mich an sie."

„Die hat meiner Oma gehört, Katharina hieß die." Von Monas Großtante hat Fine noch nie gehört. „Bisschen kauzige Frau, diese Helene, oder?"

„Ja, irgendwie schon. Ich habe ihre Knopfsammlung geerbt und weitergeführt. Sie liebte Knöpfe – Ich liebe Knöpfe!"

„Knöpfe?" Fine fasst unwillkürlich an einen der Perlmuttknöpfe ihrer Strickjacke.

„Ja! Mittlerweile sammle ich sie leidenschaftlich, Knöpfe aller Art und Herkunft: Glasknöpfe, Holzknöpfe, Silberknöpfe, Militärknöpfe, Münzknöpfe, grüne, blaue, rote, bunte Knöpfe, Wäscheknöpfe usw. Ich kann mich in dieser Vielfalt verlieren und verlieben auch natürlich. Ich sammle sie mit immer größerer Leidenschaft, kaufe welche bei Knopf Paul in der Zossenstraße in Berlin, wenn ich da mal bin. Übrigens, irgendwo bei Prag in Waldes gibt's ein Knopfmuseum. Lass uns da mal hinfahren – wie wär's, Fine?"

„O man, Mona, Leidenschaft pur für Knöpfe. Knopfmuseum! Apropos Leidenschaft …"

„Ja, ich weiß, du willst mir was erzählen … nur eins noch: Tante Helene meinte, es bringe Glück, wenn man einen Hemd- oder Hosenknopf findet, aber Ärger, wenn man ihn aufhebt. Echt abergläubisch. Ich bin es mittlerweile auch, also bei mir liegt so ein Silberknopf auf dem Fenstersims im Schlafzimmer, wie bei ihr ..."

„Also, Mona ... Verstehe, jetzt bin ich aber dran. Mein Gefühl ist, um beim Thema zu bleiben: es steht gerade Spitz auf Knopf. Es fühlt sich so an, als sei der Alarm für mich angegangen. Etwa, um mir zu sagen, dass ich quasi eingeschlafen bin, etwas versäume, na ja, um mich zu erinnern ..."

„Erinnern an was?" Mona kaut weiter.

„Na ja, seit Antonia ausgezogen ist, fühl ich mich vollends leer. Lustlos, langweilig, leer. Innendrin furchtbar leer."

„Okay." Mona schaut auf. „Das ist wie 'ne zweite Abnabelung, sagt man ja, haste vielleicht nicht verkraftet? Hamm viele ..."

„Keine Ahnung. Wir haben doch alles hier, die nette Wohnung, Garten, genug Geld. Ich hab diesen Springerjob, muss also nicht den ganzen Tag und auch nicht jeden Tag arbeiten, aber trotzdem: irgendwas stimmt nicht."

„Woran merkst du das?" Mona hört tatsächlich zu.

„Na ja, ich spüre das Neue nicht. Es sich zu zweit neu schön machen, so hat Gunnar es genannt, ist nicht schön. Das ist jetzt schon seit drei Jahren so. Ich träume mich weg und ... ach, keine Ahnung, Mona. Ich hab vor zwei Monaten 'nen Italienischkurs gemacht, einfach so. War mal ein Anfang. Italienisch wollte ich schon immer mal lernen. Eine Sprache wie Musik. Sie lässt mich träumen, macht sehnsüchtig ... Seitdem merke ich noch mehr als davor, dass ich ebenso unruhig wie gelangweilt bin und dass irgendwas passiert oder so ..."

„Ach Fine, wie empfindlich du bist und um die 50 eben. Das ist, glaube ich, alles ganz normal, genauso normal wie ein Rauchmelderfehlalarm. Ich versteh dich schon, aber wer ist nicht gefrustet? Hast es doch nett hier. Dein Gunnar ist wie er ist, nimm's halt nicht so tragisch. Lern weiter Italienisch oder so. Ich mein ... was soll ich dazu sagen?" Mona wechselt das Thema. „Thermomix solltest du mal probieren. Klasse Investition. Koch ich jetzt nur noch mit. Mensch Fine ... probier einfach mal was Neues aus, so schwer is' das doch nicht."

„Hm ... vielleicht ja." Das Frühstücksgespräch wird einsilbig.

„Teilste dir noch dieses Körnerbrötchen mit mir?" Mona scheint das nichts auszumachen.

Fine schiebt ihren Teller von sich weg. „Keine Ahnung, Mona, was, aber irgendwas ist los mit mir. Außerdem muss ich gleich arbeiten, also, der Job ist dran. Susanne, die Leiterin der Rumpelstilzchen-Kita hat mich vorgestern angerufen. Is mal wieder Notstand – ob ich einspringen kann. Ich hab zugesagt. Ich kann Susanne schlecht etwas abschlagen. Aushelfen ist halt mein Job. Tut mir leid."

Sie bringt Mona zur Tür. „Schön, dass du gekommen bist. Ciao bella." Sie umarmen sich routinemäßig.

Erleichtert räumt Fine alles weg und packt hastig ihre Tasche.

‚Die Rumpelstilzchen' sind ganz in der Nähe ihrer Wohnung, sie wird da bis auf weiteres aushelfen. Drei Tage oder drei Wochen, sie weiß es nicht. Sich auf die Bedürfnisse anderer einstellen ist ihre Stärke – genau wie zu improvisieren. Sie stellt die gerade gepackte Tasche wieder hin. Genau das ist es, was sie nicht mehr will. Obwohl sie knapp dran ist, diesem Gedanken muss eine Entscheidung folgen – jetzt sofort: sie scrollt in ihren Handy nach der Nummer der Koordinatorin für ihre Kita-Einsätze; der Satz, den sie sagen muss, steht ihr glasklar vor Augen, sie verzichtet auf einleitende Smalltalk-Sätze und bringt ihn vor: „Nach dieser Runde bei den Rumpelstilzchen werde ich für die nächsten drei Monate nicht arbeiten! Nein, kein Urlaub. Ich möchte einfach nicht. Danke." Sie betrachtet die Tastatur ihres Handys: roter liegender Hörer – beenden. Erleichtert berührt sie das Symbol. Sie hat sich freie Zeit geschaffen.

Die Vertretung dauert 14 Tage. Die vergehen schnell. Morgenkreise mit den Kindern, Singen, Klatschen, Bauklötze spielen, Streithähne beschwichtigen, Tränen trocknen, das Spielen im Außengelände beaufsichtigen und sich zwischendurch mit den Kolleginnen über dieses und jenes austauschen. „Ja, der kleine Kevin wird immer nur von der Oma abgeholt", „Rosa hat gar kein Gefühl für Gefahren, wir müssen gut auf sie aufpassen!", „Zum letzten Elternabend waren kaum Leute da ..." Sie trinkt viel Kaffee mit Kolleginnen. Es langweilt sie.

„Ich hab mir 'ne Auszeit genommen, ab morgen drei Monate ..." Erst nach dem letzten Tag in der Kita teilt sie Gunnar ihre Entscheidung mit.

Er sitzt vor dem Fernseher, zappt durch die Programme, wartet auf die Abendnachrichten. „Hm ... Ja ... und ist das gut für dich?"

„Ich glaub schon. Es fühlt sich so an."

Er fragt nicht weiter nach. Sie gießt ihre Enttäuschung darüber mit dem Blumenwasser in den Kübel mit Begonien auf der Terrasse. Begonien sind beständig.

Sie schauen fern, der Krimi hat bereits angefangen. „Diese Kommissarin ... irgendwie unkonventionell. Gefällt mir – souverän und stark ..."

Gunnar unterbricht sie. „Fine, doch nicht mitten im Film ..." Er steht abrupt auf. „Ich schau das nicht mehr zu Ende. Ich muss früh raus morgen, viel zu tun. Es geht auch nicht in erster Linie um die Kommissarin. Aber wenn sie dich beeindruckt, bitteschön ..."

„Na dann … Gute Nacht.“ Sie schaltet den Fernseher aus, bleibt aber noch eine ganze Weile sitzen, holt sich ein paar Salzstangen. Sie schmecken fad.

Sie hat Gunnar noch nie gefragt, ob er seine Arbeit liebt, ob er eine Leidenschaft dafür entwickelt hat. Leidenschaftlich arbeiten, leidenschaftlich leben – sie weiß nicht einmal, ob er sich danach sehnt.

Überhaupt weiß sie wenig von dem, was er macht. Jeden Tag geht er in die städtische Behörde. Vor zwei Jahren ist er zum Katasteramt versetzt worden. ‚Vermessung von Grundstücken‘ war seine Erklärung, als sie ihn irgendwann einmal gebeten hatte seine Arbeit vorzustellen. Sie hat nie weiter nachgefragt.

Sie geht auch ins Bett, schaut ihn an, wie er da liegt und schläft, streichelt vorsichtig seinen Kopf und schläft neben ihm ein.

Dass Gunnar sie in der Nacht mehrmals rüttelt und „Fine, alles gut“ sagt, kriegt sie nicht mit. Erst als sie schweißgebadet aufwacht und sich zwischen Schlaf und Wachsein orientiert, merkt sie, dass sie wild geträumt hat.

Es ist, als habe sie lange in einem Türrahmen gestanden und auf die Tiere geschaut. Katzen. Viele, viele Katzen. Die Traumbilder steigen auf:

Sie will eine Wohnung betreten. Als sie die Haustür aufschließt, schreckt sie zurück: vom Fußbodenfurnier starren aus fellgepflastertem Boden Augen über Augen herauf zu ihr. Sie schaut genauer hin: Katzenbabys. Viele kleine Katzenbabys liegen da, starr, unbeweglich, tot; und es ist offensichtlich, dass der Strom toter Kätzchen sich bis in die angrenzenden Räume erstreckt: die Küche, das Wohnzimmer, das Schlafzimmer – überall liegen die Kadaver, wie es scheint, graumelierte Pelzhäufchen aneinandergereiht. Diese Wohnung ist zu einem Friedhof geworden, zu einem Katzenfriedhof, einem Katzenbabyfriedhof.

Neben ihr ist Gunnars Bett leer. Er ist zur Arbeit gegangen. So lange hat sie also geschlafen. Sie duscht ausgiebig, zieht Jeans und Bluse an, geht nach unten in die Küche und kocht Kaffee. Mit dem dampfenden Becher steht sie auf der Terrasse und atmet die morgendliche Frühlingsluft, in die sich der schale Nachgeschmack der Nacht mischt.

Dann schließt sie die Glastür von der Terrasse zur Wohnung von außen und geht durch den Garten. Die gelben Mahonienblüten riechen süß, ihr Staub legt sich wie ein Teppich über die Steine, die als Befestigung dienen.

„Sie vermehren sich in einer unglaublichen Geschwindigkeit.“ Die Nachbarin schaut über den Zaun. „Berberitzengewächse eben.“

Fine ignoriert den Tonfall und nickt ihr zu. „Sie sind schön, so fein. Guten Morgen, Silvi!“

„Aber sie vermehren sich, wie gesagt, und ruck zuck ist der ganze Garten voll." Silvia schaut sie von oben bis unten an. „Ich würde sie lieber ausreißen."

„Mal sehen, ich glaube eher nicht. Schönen Tag dir." Fine bückt sich und zieht ein paar Grasbüschel aus den Steinritzen.

‚Besser Ausreißen.' Grob, ja brutal klingt es nach. In der Zeitung hat sie vor ein paar Tagen gelesen, dass der Wunderlauch alles überwuchere, die öffentlichen Parks seien befallen, man müsse die Gärten schützen, ausreißen sollte man ihn. Die Gartenkennertipps stimmen sie misstrauisch. Sie fühlt die heimliche Freude darüber, dass sie bereits ein paar dieser Pflanzen aus dem Park mitgebracht und unter die Johannisbeerstaude gesetzt hat. Wunderlauch klingt ebenso verheißungsvoll wie Mahonie – beides asiatische Einwanderer, sie muss lachen. Sie streicht über eine der Mahonienblüten. Ihre Hand färbt sich gelb. Wunderschön. Wie bei den Frauen in Indien. Sie wird weder das Wunder noch die Schönheit ausmerzen!

Fine sieht an sich herunter, wie sie da im Garten steht in Jeans, beiger Bluse und den bunt gemusterten Strümpfen, die sich abheben. Sie schaut auf ihre blütenstaubbenetzte Hand. Sie könnte heute Wunderlauchpesto zubereiten. Sie geht noch einmal zurück, zieht ihre Jacke über, steckt ein Messer ein und nickt hinüber zum Garten der Nachbarn.

Die Erde riecht feucht und frisch. Außer ihr ist niemand im Wald unterwegs. Die Bäume starren sie an, große weise Baumaugen, manche von weiter oben, manche in Augenhöhe. ‚Fine!', scheinen sie zu sagen, ‚Fine, wir sehen dich. Du bist schön. Du bist da, Du bist. Wunderlauch, Wunderwald, Wunderleben ...' Fine läuft weit in den Wald hinein, so weit, dass sie nicht mehr weiß, wo sie ist. Hier und dort schneidet sie etwas von dem Wunderlauch ab. Ihre Hand ist noch immer leicht gelb. Die grünen Blätter leuchten darauf. Der Zwiebelgeruch dringt in die Poren. ‚Ich bin. Wunder. Auge. Wald. Ich gehe. Gelb. Wunder. Wundervermehrung.' Sie zieht ein paar der Pflänzchen aus der Erde. Sie wird sie unter die Mahonien setzen. Gartenasyl für die Exoten aus dem Osten. Sie zwinkert dem Baum zu, der auf sie runterschaut. Und jetzt, was soll sie jetzt tun? Sie schaut schweigend zu ihm hinauf, spürt die Blicke der gesamten Baumgruppe. Fine setzt sich auf die Erde.

Sie lehnt sich an einen Stamm, fühlte den Abdruck der Rinde an ihrem Rücken. Der Wunderlauch auf ihren Schoß verteilt sich über die Beine, fällt auf die Erde. Tränen fließen aus ihren Augen, sie kommen von irgendwo ganz tief drinnen.

Sie weint, während die Bäume ihr zuschauen.

Irgendwann sammelt sie das tränenbenetzte Kraut auf und gäbe etwas darum, jemand wäre da, um ihr zu helfen sich selbst zu sammeln. Sie hat keine

Uhr und kein Handy dabei, um sich zu orientieren. Sie ist im Wald. Nicht erreichbar.

Sie stellt sich vor, wie es wäre, wenn Gunnar sie vermissen oder gar suchen würde. Sie würde sich freuen, wenn er sie sucht. Und wenn er das nicht tut? Sie fühlt den Unterschied.

Sie hatte sich früher manchmal versteckt, wenn ihr alles zu viel war zu Hause. Der Vater schimpfte dann, wenn sie wieder auftauchte. „Sieh dich doch mal um; sieh dich doch an ... lächerlich, unsinnig dein Verhalten!"

Fine schreit. Sie schreit laut. Und dann noch ein zweites Mal. Die Bäume schauen noch immer auf sie herunter. „Ich bin Fine, und ich sammle Wunderkraut, um es unter die Mahonien zu pflanzen, und wenn es sich vermehrt, soll es mir recht sein. Die Mahonien riechen gut, und der Wunderlauch erst recht. Erst recht, erst recht", flüstert sie hinauf. Einer der Bäume zwinkert ihr zu.

Es beginnt zu regnen. Wunderregen für das Wunderkraut, Fine lacht.

Der Weg wird matschig, es riecht nach feuchter Erde. Bunte Tropfen schimmern. Wie Seifenblasen. Fine singt. Sie erfindet die Texte ihrer Lieder auf Melodien, die ihr gerade einfallen. Ich werde weggefahren, und die Erde wird mich tragen. Fine singt lauter, denkt an die Weiten, die sie erkunden könnte, sie läuft und lacht.

Sie läuft an diesem Morgen lange, atmet Tropfen für Tropfen ein und träumt davon, eine Regentonne zu haben für ihre Wunder, um Wunderwasser zu sammeln.

„Stell dich mitten in den Regen,
glaub an seinen Tropfensegen
spinn Dich in dies Rauschen ein
und versuche, gut zu sein! (...)"

Zeile für Zeile kommt ihr Borchers Gedicht wieder in den Sinn. Im Deutschunterricht hat sie gelernt, sich mit Texten zu trösten ... Trümmerliteratur. Sie läuft und atmet, geht absichtlich durch Pfützen, tritt mitten hinein. Sie ist Fine-Kind und Fine-Frau zugleich. Matsch spritzt bis in ihr Gesicht.

Gesichter können auch trösten. Sie sieht sie vor sich: die Freunde, Kollegen, Nachbarn, Gunnar, frühere Liebhaber, Leute.

Fine denkt an das Gesicht der Mutter früher, wie sie dalag, stöhnte und merkwürdige Dinge sagte. Wie sie mit wirren Haaren, in einem lila gepunkteten Bademantel durch die Wohnung lief, mit einem Blick, der Fine Angst machte. Ihr Gesicht war ein anderes als sonst.

„Psst, lass sie!", hatte der Vater gesagt. „Nicht drüber sprechen, lass sie, die Leute sollen das nicht mitkriegen." Fine hatte sie gesehen: die Leute in der

Klinik, die Verrückten überall, solche, die merkwürdig beängstigend waren, und ihre Mama mittendrin.

Spätestens da hatte sie beschlossen unsichtbar zu werden. Unauffällig, gedämpft, bescheiden, funktional, leise, einfach und blass. So würde sie durchkommen, niemanden zur Last fallen, nicht auffallen. Die Mutter nicht noch mehr verstören, nicht genauso verstört werden wie sie.

Es ist ihr gelungen. Gut sogar.

Jetzt liegt ihre Mutter in einem Pflegheim und erkennt niemanden mehr. Fine läuft durch den Wald und verspürt eine immense Sehnsucht nach ihrer Mutter. Hänsel und Gretel verirrten sich im Wald. Wieder ein Lied, das sie unwillkürlich summt. Als sie noch sehr klein war, hat sie ihr zum Einschlafen immer etwas vorgesungen.

Fine hört ihre eigene Kinderstimme. „Mama!" Keine hört sie rufen. Wie damals.

Die Kätzchen fallen ihr wieder ein. In ihrem Traum liegen sie aufgereiht da, obwohl sich gar nicht aufreihen lassen, sie doch machen, was sie wollen.

Tote Kätzchen belegen meine Räume, möchte sie ihrer Mama sagen. Tote Spielkätzchen!

Toter Spieltrieb. Sie muss die Kätzchen wecken! Die Wucht der Gefühle ist schwer auszuhalten.

Fine legt sich auf die Erde, der Regen soll sie überall treffen. Er soll den ganzen Körper bedecken. Am liebsten würde sie sich im Schlamm wälzen.

Sie steht wieder auf, schaut in den Himmel. ‚Himmelskönigin schickt Wunderregen'. Sie spielt mit Worten: wundersam. Wundersam schön. Sie fühlt, lacht, läuft. Vielleicht ist es so, oder anders. Sie spürt sich, fühlt das ‚Ich-bin' – „Ich bin. Ich bin, bin, bin ..." sagt sie. Der Rhythmus ihres Atems trägt.

Vielleicht ist sie selbst gerade dabei verrückt zu werden.

Wenn Gunnar zurückkommt, werden sie wie immer essen, Zeitung lesen, fernsehen und dann wieder schlafen und am nächsten Tag einkaufen, arbeiten und so weiter.

Sie läuft jetzt ganz langsam bis zum Waldrand.

Als sie den Wald verlässt, ist sie am anderen Ende der Stadt. Die Ausfahrtsstraße ist nicht weit, dort gibt es eine Haltestelle. Sie kann mit der Straßenbahn zurückfahren, steigt also in die nächste Linie ein.

Ein Mann und eine Frau sitzen ihr gegenüber. Die Frau spricht laut.

„Ich plane jetzt keine Kreuzfahrt mehr, die Schiffe kentern und überhaupt, man muss viel zu lange warten, bis man die Gelegenheit hat in Ruhe im Pool zu schwimmen. Viel zu viele Leute auf so einem Kreuzfahrtschiff." Sie gestikuliert zu ihren Ausführungen. „Alles, was das Herz begehrt, gibt es da und manchmal sitzt der Kapitän mit am Tisch." Sie beschreibt das Buffet auf Kreuzfahrtschiffen. Ihr mit Pailletten besetzter Pullover glitzert. Der Mann gegenüber brummt etwas, die Frau redet weiter. „Ich würde dann schon lieber mal nach Las Vegas reisen, das wäre was anderes, aber Kreuzfahrten, nee, das hab ich mir abgeschminkt."

Er tätschelt ihre Hand. „Las Vegas ist nicht schlecht", pflichtet er ihr bei. Das hellblond gefärbte Haar hebt sich von seinem roten Gesicht ebenso ab wie das Weiß seiner Zähne.

Sitzt sie in der richtigen Bahn? Fine sucht nach einem Anhaltspunkt, in welcher Linie sie sich befindet.

Die beiden reden weiter. „Zum Gartenfest der Firma gibt es Medaillons und ... ", die Frau zwinkert dem Mann zu, „Tanja wird wieder alle Männer über den Tisch ziehen, wenn sie trinkt. Früher hatten sie Spießchen aufgefahren und eine größere Auswahl an Salaten, und einen DJ hatten sie auch bestellt ..."

Der Mann unterbricht sie. „Das ist lange her, die Firma ist auch nicht mehr das, was sie mal war."

Es ist nahezu unmöglich nicht zuzuhören. Die makellos weißen Zähne des Mannes sind vermutlich Implantate. Gunnar hat Grauweiß gewählt, er brauchte auch welche. Seit seinem zwölften Lebensjahr seien ihm regelmäßig Zähne ausgefallen, hat er ihr erzählt, und dass Zahnoperationen sein Leben begleitet hätten, bis er diese grauweißen Ersatzzähne bekommen hat. Sie haben dafür einen großen Batzen Erspartes aufgebracht. Vielleicht träumt der gegenüber deshalb von Las Vegas? Fine sucht in ihrer Tasche nach einem Kaugummi.

Sollte sie Gunnar verlassen? Nicht der Zähne wegen.

„Fahrausweis, bitte!" Sie schreckt auf, schaut den Mann vor ihr an.

„Oh nein. Ich hab vergessen eine zu lösen ... Wirklich, normalerweise ..."

Die beiden gegenüber beobachten sie.

Der Kontrolleur notiert ihren Namen, fragt nach ihrem Ausweis.

„Der liegt zu Hause, ich hab gar nichts dabei. Nur eine Tüte mit Wunderlauch." Sie zeigt neben sich.

Er schüttelt den Kopf. „Sechzig Euro, und ich hoffe mal, dass die Adresse stimmt und Sie zahlen!"

Fine nickt; der spontane Ausflug hat seinen Preis.

Die Reihung wundersamen Erlebens reißt nicht ab.

Es ist ein gewöhnlicher Donnerstag in der darauf folgenden Woche, als der Blutregen fällt. Roter Saharastaub bedeckt den Boden, die Scheiben der Autos, die Blätter der Bäume. Sie hatten ihn im Wetterbericht angekündigt.

Fine kommt vom Einkauf. Auf den Nudelpaketen, Tomatenkonserven und Milchtüten in ihrer Tasche liegen Apfelsinen und Bananen. Sie bricht eine ab, um sie zu essen.

Blut klebt daran, an uns allen klebt Blut, so würde Tonia das sagen und an das Blut der im Mittelmeer Ertrunkenen erinnern, sie würde sagen, das sei das Blut der Opfer einer ungerechten Weltwirtschaftsordnung. Gunnar diskutiert dann mit ihr. „Wir verdienen unser Geld mit ehrlicher Arbeit. Da musst du erst einmal hinkommen, bevor du anklagst.“ Er bekommt dann ein rotes Gesicht, spricht schnell, braucht viele Worte.

Fine hält sich da raus. Irgendwie hat Tonia ja recht, Gunnar auf andere Weise auch. Also sagt sie besser gar nichts. Dabei würde sie doch auch so gerne mit Tonia diskutieren oder mit Gunnar.

Fine wirft die Banane, die sie gerade geschält hat, in die Mülltonne, setzt sich einen Moment auf die Gartenmauer und lässt die eigentümlichen Spuren des Blutregens auf sich wirken.

Sie wünscht, sie könnte Antonia näher sein. Gunnar näher sein.

Irgendwie war von Anfang an der Wurm drin. Schwangerschaftsdepression, hatten sie im Krankenhaus gesagt, und dass das vorkäme, die Hormone und so weiter ... Gunnar hatte das Baby gewiegt, beruhigt, wenn es schrie, oft gewickelt und gebadet. Ihr war all das so fürchterlich fremd. Sie hatte sich immer bemüht. Richtig tief verbunden hatte es sich nie angefühlt. Nicht mit dem hilflos quäkenden Säugling, nicht mit dem experimentierfreudigen Kleinkind oder dem bunten Schulmädchen. Nicht mit Gunnar. Oder eben nur ab und zu.

Jetzt diskutieren Vater und Tochter über Bananenkonsum, Spritverbrauch, Mülltrennung und ähnliches, als ginge es um Leben oder Tod. Vielleicht geht es darum. Die Anfang 20-jährige Antonia in DocMartens, schwarzen Baumwollkleidern und immer neuen trendigen Frisuren liebt ihren Papa genau auch wegen dieser Diskussionen.

Beide träumen von Selbstversorgung. Kartoffeln, Stachelbeeren, Möhren, Zucchini, Zwiebeln aus dem eigenen Garten. Sellerie und Bohnen, Stachelbeeren und Kirschen würden dazukommen.

Fine mag den Garten mit der Wiese und den Blumen. Fertig.

„Ich hasse einkochen!“ Gerade gestern wieder diese leidliche Diskussion. „Einmachen ist eine Strafe, eine Buße“, hat sie Gunnar erklärt. „Du übertreibst“, hat der geantwortet. Die Auseinandersetzung ist wie immer wortkarg verlaufen und ergebnisoffen geblieben. Und Gunnar ist mit seiner Stachelbeerstaude und ein paar wenigen Erdbeeren und Erbsen allein in den Garten gegangen. Allein – genauso wie sie mit ihren Einfällen und Erinnerungen: ‚Iss und trink, so lang's dir schmeckt, schon zwei Mal ist uns das Geld verreckt', hatte die Oma gesagt und traurig in die Ferne geschaut. Wenn die Oma so schaute, hatte das mit dem Krieg zu tun. Fine hatte mit der Oma Johannisbeeren und Stachelbeeren geputzt, um daraus Marmelade zu kochen. Die Beeren waren sauer und piekten. Die Arbeit war langweilig. Die Oma war traurig. Mama unberechenbar sauer wie die Beeren.

„Blutregen", sagt Fine, als sie reinkommt und die Einkaufstasche mit Bananen abstellt.

„Eine Eiszeit kann kommen", erwidert Gunnar und gähnt.

„Quatsch, nicht Eiszeit. Blutregen ..." Sie seufzt. „Das Wort macht, dass ich mich fühle, als würde Blut an mir herunter rinnen. Dunkles, altes Blut, gefolgt von hellerem, flüssigerem."

„Jetzt übertreib' mal nicht – ist schon ein bisschen arg theatralisch, oder?" Gunnar räumt die Einkaufstasche aus, stellt die Dinge in den Schrank.

„Wunden platzen auf und bluten. Wenn alte Wunden platzen, kommt das Blut von ganz tief innen", flüstert sie. „Herzblut. Seelenblut. Meine Seele reißt schneller, je älter ich werde, je gediegener ich lebe."

Gunnar hört nicht zu, sondern beginnt ihr den Blutregen zu erläutern.

„Es ist eigentlich leicht zu erklären: also, wenn in der Sahara Sandstürme toben, können sie die Sandkörner da so stark aufwirbeln, dass sie in der Atmosphäre landen und sich in den Wolken festsetzen, verstehst du? Diese Staubwolke kann durch eine aktuelle Wetterlage über das Mittelmeer und die Alpen bis nach Europa ziehen. Wenn es dann bei uns regnet, färben sich die Tropfen durch den Sand rötlich und es sieht aus, als würde roter Regen vom Himmel tropfen. Das ist alles."

„Ah, so ..." Erklärungen beruhigen. Allenfalls. Sie heilen nichts.

Es drängt Fine weiter zureden, unabhängig davon, ob Gunnar jetzt Lust dazu hat oder nicht. „Also Blut trocknet, wenn es versiegt ist. Es bildet dann eine Kruste. Eine Blutkruste. Ein bisschen ähnlich wie diese Blutregenspuren." Sie setzt nach: „Gunnar, du weißt, dass es eine kurze Zeit gab, da habe ich mir die Arme aufgeritzt, mit Rasierklingen. Erst, als das Blut über die Arme lief, habe ich mich lebendig gefühlt ..."

„Das hat doch mit dem Blutregen jetzt nichts zu tun." Gunnar gähnt.

Sie redet weiter. „Erst der Schmerz hält am Leben, davon war ich damals überzeugt. Mama war bei den Verrückten in der Klinik, Papa nur schweigsam und streng und ich, 14 oder 15, hab mich gekümmert ... wollt mich kümmern ... nur um mich hat sich kein Schwein gekümmert." Sie streicht sich über die

Narben. „Ich bin dabei blass geworden."

„Fine …", Gunnar räuspert sich, „das ist doch lange her und vorbei. Der Blutregen ist ein normales Naturphänomen und Alltag ist eben Alltag. Normal … was soll ich sagen?"

„Normal, was ist das, Gunnar? Normalität ist das Schwierigste von allem. Normalität kann ich nicht spüren! Wie erhebt man sich über die Realität? Künstler können das, glaube ich. Lebenskünstler auch …"

Gunnar zuckt zusammen. „Ehm, … also …"

Sie schaut zu ihm herüber. Wie blutet Gunnar? Blutet er?

„Die Eiszeit kommt irgendwann", sagt er zu ihr. „Wenn der Blutregen hierzulande häufig fällt, naht vielleicht eine Eiszeit."

Sie verzieht das Gesicht. „Du spinnst", gibt sie zurück. „Ich werde auf jeden Fall weder Gemüse noch Früchte einkochen!"

Sie denkt an den Sand, den der Regen zurückgelassen hat. Saharasand. Sie könnte ihn auffegen und ein Bild damit kreieren, ein Bild aus blutigem Sand: Narben und Schmerz vermalen, zu etwas Neuem. Fine-Kunst gestalten. Alltags-Fine-Kunst.

Sie holt einen Besen und fegt den roten Saharastaub von den Steinplatten auf dem Zugang zum Haus.

Gunnar schaut ihr zu.

Sie schweigen.

„Hat der Blutregen jetzt erstmal aufgehört?" Sie ist fertig mit fegen.

„Ja." Er drückt ihre Hand. „Aber wie gesagt, vielleicht kommt dann die Eiszeit."

Gunnar

Routinen strukturieren das Leben.

Gunnar legt sich normalerweise im Anschluss an die Spätnachrichten schlafen. Vorher geht er einmal durch die gesamte Wohnung, das schmalgeschnittene eigene Häuschen. Kurz vor Antonias Geburt vor 22 Jahren haben sie sich für den Bremer Vorort Blumenthal entschieden. Die dicht aneinander gebauten Wände sind hellhörig. Anfangs hat Fine das gestört. Sie hat sich daran gewöhnt. Sie haben sich nie überlegt noch einmal umzuziehen.

Er schließt, wie immer, die Haustür unten von innen ab, steigt die Treppe wieder hoch und betrachtet dabei die Familienfotos an der Wand: Fine und Gunnar am Strand, Antonia mit Schultüte, Antonia und Fine bei einem Picknick im Park, Antonia bei der Abiturfeier … Antonia ist ausgezogen. Sie studiert in Freiburg. Sie fehlt ihm.

Irgendetwas tut ihm weh. Es sticht im Bauch, wenn er die Treppe hochgeht. Er fühlt sich unwohl. Fine ist überraschend früh zu Bett gegangen. „Ich lese noch“, hat sie gesagt, was auch immer sie liest. Bücher sind nicht seine Welt. Abgesehen von dem Haushaltsbuch. Er geht in die Küche, nimmt es aus der Schublade und trägt die Einkäufe des Tages ein: ein Verbindungsstück und eine Brause für den Gartenschlauch, einen Wetzstein für die ewig stumpfen Messer und je eine Familienpackung Vanille- und Schokoladeneis für die Kühltruhe. Der Sommer kann kommen! Er schreibt die Beträge in die dafür vorgesehene Spalte.

Er kann sich nicht weiter von seinem Unwohlsein ablenken, also ins Bett gehen, ungefähr 40 Minuten früher als normalerweise. Er kann sich sowieso nicht auf die Nachrichten konzentrieren.

Vielleicht wird sich sein Zustand nach dem Toilettengang verbessern. Er reibt seinen Bauch, der in den letzten Jahren runder geworden ist, und kann sich nicht entschließen den Sitz auf der Toilette zu verlassen. Wie Antonia mit 5 oder 6 Jahren. Sie hat es geliebt auf dem Klo zu sitzen und zu philosophieren. „Warum müssen Menschen schlafen?“, „Können Pferde träumen?“, „Hat der liebe Gott auch eine Frau?“ Gunnar fixiert die Kacheln an der Wand, Hellbauvariationen, die leicht ins Weißliche gehen. Nahezu das gleiche Blau hatte das elterliche Bad. Er hat die Kacheln deshalb immer schon einmal rausreißen wollen. Der Dreck, die Kosten, der Aufwand haben ihn davon abgehalten. Fines Kleider liegen wie immer auf dem Hocker neben dem Handtuchhalter. Er kann von der Toilette aus danach greifen, riecht an ihrem Shirt, betrachtet Slip und BH und legt ihre Wäsche dann wieder sorgfältig hin. Am Haken hängt ihr geblümter Bademantel. Gunnar streicht mit der Hand über den Stoff, bevor er schließlich ins Bett geht.

Er wacht in dieser Nacht häufig auf, wälzt sich hin und her. Es ist warm, nahezu stickig. Fine liegt neben ihm und schläft fest. Sie hat ihre Decke weggestrampelt. Er streicht den seidigen Stoff ihres Nachthemds über ihrem Körper glatt.

Die Schmerzen, die ihn schon seit ein paar Tagen begleiten, sind jetzt überdeutlich. Es zieht irgendwo rechts im Bauch, manchmal auch die Flanke links. Die Schultern sind wie verklemmt. Er steht noch einmal auf. Die rote Gummiwärmflasche liegt im Badezimmerschrank hinten. Leise steigt er die Treppe hinunter in die Küche, um Wasser heiß zu machen. Bauchschmerzen können alles bedeuten, hat er von Antonia gelernt, als sie noch klein war: ‚Ich hab keine Lust‘, ‚ich will nicht‘, ‚ich will kuscheln‘, ‚ich habe Angst‘, ‚ich habe zu viel Schokolade gegessen‘, und später dann, als sie älter war, ‚ich habe meine Tage'. Es gab Zeiten, da haben sie die Wärmflasche oft gebraucht. Zusammen mit Zwieback und eingedicktem süßen Holundersaft oder wahlweise Kamillentee. Es gibt Allheilmittel. Jetzt braucht er eins, irgendetwas stimmt nicht, ähnlich unbestimmt wie bei Antonia früher.

Wenn er Fine morgen beiläufig sagen würde, dass er sich nicht wohlfühlt, massiert sie ihn vielleicht, vorausgesetzt sie hat Zeit oder Lust. Es tut gut, wenn sie ihn massiert. Er mag ihre Hände und wie sie seinen Körper berühren, bis er entkrampft und entspannt. „Du machst das gut, Fine", sagt er dann. Sie kommt zu selten dazu. Er sagt ihr nicht, dass er sich das öfter wünscht.

Mit der heißen prallen Gummiwärmflasche geht er zurück ins Bett.

Der Schmerz beunruhigt ihn. Diese Beunruhigung lässt sich nicht wegdrücken, nicht ausklammern. ‚Das Leben lässt sich steuern, ich habe es weitgehend im Griff. Jeder ist seines Glückes Schmied'. Das innerliche Aufsagen von Selbstbeschwichtigungen lässt ihn noch einmal kurz einschlafen.

Er wacht von seinen eigenen Schreien auf, kann nicht aufstehen vor Schmerz, rollt sich aus dem Bett, hockt sich davor, krallt die Hände in das Bettgestell und stöhnt. Fines Bett ist leer. Wie so oft ist sie wohl früher aufgestanden, schon beschäftigt mit irgendwas. Was, ist ihm schleierhaft.

Nach einer gefühlten Ewigkeit hört er sie kommen, mit ihr weht ein Geruch nach ofenwarmen Brötchen herein. Er ruft nach ihr, und als sie ihn findet, hockt er noch immer auf dem Boden, stöhnt spürt den kalten Schweiß auf der Stirn.

„Gunnar?! Um Gottes Willen." Fine lässt die Brötchentüte fallen.

Er hebt die Hand, begrüßt sie, will sie beschwichtigen. „Nichts, Fini, nichts."

„Das glaubst du doch selbst nicht." Sie fühlt seine Stirn und legt ihm eine Decke um. „Halt aus, ich ruf den Notarzt an. 116117 oder 112?"

„Egal ... vielleicht besser gar nicht anrufen, Fine."

„Quatsch!"

Fine ist schon dabei Straße und Hausnummer durchzugeben. „Ja, sofort!" Sie übernimmt die Regie, sie ist jetzt da, agiert, funktioniert, stellt die Brötchentüte zusammen mit ihren Ideen für den Tag auf das Tischchen in der Ecke.

„Komm, Socken anziehen!"

Er stöhnt.

„Besser zur Notaufnahme bringen lassen", der Arzt weiß mit seinen Symptomen nichts rechtes anzufangen. Er ruft den Krankenwagen.

Zwei Sanitäter legen ihn auf eine Pritsche, tragen ihn die Treppe hinunter und schieben ihn in das Auto. Fine packt ein paar Dinge ein, läuft schnell hinterher und sitzt dann während der Fahrt neben ihm; sie hält seine Hand, aber schaut aus dem Fenster. Sie ist da und doch nicht richtig da, nicht so, wie er möchte, dass sie da ist; aber schließlich begleitet sie ihn. Zuverlässig wie immer. Sie übernimmt dann auch die weitere Abwicklung. „Gunnar Elsterding, geboren am 11.03.1958, keine chronischen Krankheiten, DAK versichert." Sie diktiert die Personalien und erläutert einer Krankenschwester seine Befindlichkeiten, während er wie ohnmächtig auf der Pritsche liegt. „Undefinierbare Schmerzen in der letzten Zeit, sah nach nichts Schlimmen aus." Gunnar fragt sich, woher sie das weiß. Er hat ihr nichts davon erzählt.

„Und sonst so?" Die Schwester im chlorgrünen Kittel hält ein Klemmbrett mit diversen Fragebögen in der Hand. Sie schaut zu Fine herüber.

„Sonst so? Er? Ja, sonst alles bestens ... sonst so? Was meinen Sie?"

Gunnar würde gerne selbst antworten. Sonst so, ist ihm unwohl, etwas stimmt nicht, er spürt das ganz genau. Er fühlt sich nicht in der Lage sich zu äußern und wartet ab.

Die Schwester fordert ihn auf, aufzustehen. Sie mustert seine mühsamen Bewegungen. Hellblaue zusammengekniffene Augen. „Sie müssen eine Weile warten." Sie zeigt auf einen abgetrennten Raum. Gunnar schleppt sich, auf Fine gestützt, in den Wartebereich. Auf mit gelbem und rotem Kunststoff bezogenen Stühlen sitzen Menschen und starren vor sich hin. Gebündelter Schmerz scheint zum Greifen nah. Zeit verwandelt sich in ein breiiges Etwas.

Er sitzt vornüber gebeugt da und schaut zu Fine hin, wie sie lustlos in einer Zeitschrift blättert. Offensichtlich langweilt sie sich, während er hier sitzt und nicht weiß, was er hat. Nierenversagen, Darmverschluss, Gallensteine, Tumor, Koliken ... Er malt sich mögliche Krankheitsbilder aus, überlegt, was er gegessen, was er getan hat. Schläfrig und aufgekratzt zugleich schaut er sich um: die Menschen in dieser Zone, außerhalb der Normalität, beunruhigen ihn. Eine Frau stöhnt, steht immer wieder auf, läuft hin und her, setzt sich wieder, eine andere hält ihren notdürftig abgebundenen Arm nach oben, ein Kind weint. Schmerzen, Krankheiten, Verletzungen wabern durch die sterilitätsgeschwängerte Luft.

Ab und zu unterbricht Fine ihre Lektüre und streichelt ihm über den Rücken. Ein gleichförmiger Takt. Er hat die Augen geschlossen, gibt ab und zu einen Laut von sich.

„Es wird schon nichts Schlimmes sein." Fine spricht leise. Gunnar hört sie und würde ihr gerne glauben. Aber woher kann sie wissen, dass es nichts Schlimmes ist? Es kann eben doch schlimm sein.

Als sie damals seinen Vater in die Klinik gebracht hatten, war der nach 14 Tagen tot. „Eingeschlafen", sagten sie, und dass es eben solche aggressiven Krebsarten gäbe. Da war er jung, gerade einmal 21, noch jünger als der Arzt, der hier hin- und herläuft. „Beunruhigend jung ist der, glattes Kinn, wie ein Babypopo", flüstert er Fine zu.

„Wird schon, Gunnar ...", murmelt sie, „ich lieb dich." Es klingt hingenuschelt.

Er fühlt sie nicht. Eigentlich fühlt er nichts in diesem Augenblick. Nicht sie, nicht sich, weder Angst, noch Schreck, noch Ärger, noch Liebe. Jetzt wiederholt sie es. „Ich lieb dich, Gunnar."

Sie hat das schon lange nicht mehr gesagt. Er streichelt mechanisch ihre Hand, bis er aufgerufen wird.

Eine andere Schwester bittet ihn ins Behandlungszimmer mitzukommen; sie trägt durchsichtige Einmalhandschuhe. Ihre rechte Hand, mit der sie die Krankenakte hält, wedelt Gunnar auffordernd zu, die linke gebietet Fine sitzenzubleiben.

„Der Doktor kommt gleich", sagt sie und ignoriert seinen mühsamen Gang, mit dem er sich vom Wartebereich wegbewegt. Sie schreibt etwas in die Akte.

Kurzangebundene Aufforderungen, ein schmallippiges Lächeln und übergroße Brüste: ‚Sr. Monika' steht auf dem silbernen Namensschild oberhalb ihres linken Busens.

Der gleiche Arzt, der ihm die Schmerzmittel gegeben hat, stellt sich vor. „Trog, hallo! Ich bin Assistenzarzt hier."

‚Jung, viel zu jung', Gunnar schließt die Augen, als er ihn auf der Brust und an mehreren Stellen am Rücken abhört, den oberen und unteren Bauchbereich drückt und fragt, ob es wehtut, ihn von vorn und von hinten begutachtet. Es tut erstaunlicherweise gut, von diesem halbwüchsigen Trog mit dem muskulösen Körper und dem akkuraten Scheitel berührt zu werden.

„Laborwerte abwarten, EKG und einmal in die Röhre", ordnet er an.

Es wäre besser, Fine wäre jetzt da. Sie wartet hoffentlich vor der Tür.

Der Arzt hilft ihm noch, sich auf eine bereitstehende Pritsche zu legen und schiebt ihn auf den Flur.

„Alles Gute, wird schon!" Er drückt Gunnars Hand.

Gunnar schließt die Augen, atmet tief.

„Bislang kein Befund, wir nehmen ihn erstmal auf." Schwester Monika spricht mit Fine, die tatsächlich auf ihn gewartet hat.

„Das ist ja erstmal gut", antwortet die.

Gunnar kann nichts daran gut finden, wenn er jetzt in irgendeinem Krankenzimmer liegen wird, Schwester Monika und ihren Kolleginnen ausgeliefert, ohne Fine und ohne irgendeine Ahnung, was eigentlich mit ihm los ist.

„Sie schauen noch, wo ein Bett für dich frei ist." Fine lehnt sich leicht an seine Liege. „Vielleicht musst du auch vorher ins Labor oder zum EKG. Sie checken dich durch, kann nicht schaden, oder?“

Wie meint sie das? Seine linken Fingerspitzen berühren ihren rechten Oberschenkel; er deutet ein Streicheln an und weiß nicht, ob sie es durch den Stoff ihrer Hose spürt.

„Es gibt einen Zivi, der fährt deine Liege dann dahin, wo sie dich brauchen“, erklärt ihm Fine. „Ich ruf dann an, wie lange das wohl geht, und was du hier so brauchst.“

Sie schaut ihn an, als könne sie in seinem Gesicht ablesen, was die Ursache seines Schmerzes ist.

Sie will also jetzt gehen. Gunnar fasst das drängende ‚Bleib hier!‘ und das ‚Lass mich nicht allein!‘ und das ‚Ich hab Angst!‘ zusammen: „Einmalrasierer“ flüstert er, und weil sie nicht sofort reagiert, wiederholt er noch einmal, „Einmalrasierer. Die gibt‘s bestimmt am Kiosk im Zehnerpack.“

„Klar.“ Fine nickt.

„Man weiß nie, was kommt.“ Fine muss das doch wissen.

Sie schaut aus dem Fenster. „Ich geh gleich welche kaufen.“

Je länger sie aus dem Fester schaut, desto mehr Zeit mit ihr gewinnt er. Zeit ist Geld, einerseits. Andererseits unpassend, blöder Einfall. Was soll er mit Geld in dieser Situation? Er würde gerne wissen, was sie denkt, wenn sie mit diesem leeren Blick in die Weite schaut. Ein Blick wie von weit her nach weit hin. Ein typischer Fine-Blick.

„Ich geh dann mal.“ Sie kramt nach ihrem Portemonnaie.

„Und wenn sie mich zwischenzeitlich wegschieben?“

„Ich finde dich schon.“ Hinter der Mühe zuversichtlich zu klingen, hört er ihre Genervtheit. Fine gibt sich oft Mühe zu irgendwas.

„Ja“, antwortet er, ebenfalls bemüht.

Gunnar schaut auf die Wand gegenüber. Das blasse Hellgelb verstärkt sein Gefühl sehr schwach zu sein, bald zu verschwinden. Er hebt vorsichtig den Arm. Seine Haut ist trocken und milchig, er betrachtet die Poren und Härchen auf seinem Arm. Auf keinen Fall einschlafen, während er so alleine auf der Pritsche wartet.

Fine ist schnell wieder zurück. „Ich kann hier nichts mehr machen.“ Sie legt die Plastikverpackung mit den Rasierern neben ihn.

Er nickt. ‚Doch‘ sagen ist zu schwer.

Sie spürt ihn. „Ich komm ja wieder.“

Gunnar weiß das. Fine ist zuverlässig. Fleißig und zuverlässig. Und mehr.

„Ich will heute noch Sachen aus der Reinigung abholen und ich hab versprochen einen Artikel über den Kindergarten für die Gemeindezeitung abzugeben, und dein Waschzeug und Wäsche zusammenpacken muss ich ja auch." Sie streicht über seinen Kopf. „Wird schon wieder!"

Die Worte hätte sie sich besser gespart. Er hebt die Hand und winkt ihr nach.

Später schiebt ihn der Zivi auf Station 23A.

Fine soll bei ihm ist. Einfach Zusammensein. Nur sie beide. Vielleicht wird er irgendwann mit ihr noch ein Wochenendhäuschen kaufen. Fine hat bisher weder ja noch nein dazu gesagt. Er weiß nicht, ob sie das auch will. Gunnar will sie fragen, wenn er wieder gesund ist. Er weiß viel zu wenig von ihr.

Gunnar bleibt diese Nacht im Krankenhaus.

Er schläft unruhig. Er würde eine Vollmacht für Fine schreiben. Sie muss jetzt für ihn da sein. Sie ist in letzter Zeit schwer zu greifen für ihn. Diese merkwürdige Krankheit würde sie festlegen. Das beruhigt ihn.

Er schläft bis zum nächsten Morgen. Eine Schwester fragt nach seinem Stuhlgang. Sie misst Fieber. Auf dem Nachttisch stehen ein paar Glasröhrchen zur Blutabnahme bereit.

Die Untersuchungen nehmen ihren Lauf; Gunnar überlässt sich dem Geschehen. Drei Tage. Dann wird er wieder entlassen.

„Treiben Sie Sport", sagt der Arzt, „das stabilisiert den Körper und stärkt die Abwehrkräfte. Sie reagieren sehr sensibel, vielleicht handelt es sich ja um seelische Schmerzen. Die Psyche und der Körper hängen eben zusammen." Er verschreibt ihm ein Vitaminpräparat und Mineralien.

Heiner

„Tach." Als Heiner den ‚Dorfkrug' betritt, ist es gegen 17.00 Uhr.

Mandy spült Gläser. „Tach."

Die Leute mögen die Riebel-Tochter mit ihren schwarz gefärbten Haaren, der punkigen Kleidung und den schwarz umrandeten Augen, die oft gelangweilt ins Leere schauen. Die meisten kennen sie von klein auf. Sie hat im Dorfkrug in der Ecke gesessen und mit Bauklötzchen gespielt, später dort Hausaufgaben gemacht oder Bravo-Hefte gelesen. Jetzt ist sie 19 und managt den Laden zeitweise alleine. Die Eltern Riebel, die seit Jahren den Dorfkrug betreiben, sind froh um die Entlastung. Mandys Äußeres nehmen sie hin. „Solange sie so vor sich hin protestiert, geht sie vielleicht nicht fort", hat ihr Vater einmal zu Heiner gesagt. Viele junge Leute zieht es weg aus Kolzenburg und den anderen Orten drumherum.

„Gib mir erstmal ‘nen Pott Kaffee. Ich muss mein Papier noch fertig machen für nachher. Ich setzt mich da in die Ecke ... Bitte!“ Heiner ist es recht, dass bis auf Mandy niemand da ist ...

„Milch? Zucker?“ Mandy bewegt den Mund beim Sprechen kaum, die Augenlider hängen tief.

„Immer her damit. Man muss sich das Leben schon versüßen.“

Mandy verzieht keine Miene

Heiner sitzt an den Vorbereitungen für die Sitzung der Bürgerbewegung. Er will über den Betrug an der Bevölkerung reden, darüber, dass die Lebensgrundlagen in der Region erhalten werden müssen, weil die heimischen Fabriken billig verkauft worden sind: die Messerfabrik zum Beispiel und die Uhrenfabrik. Er wiederholt diese Themen immer wieder und hofft den Ausverkauf stoppen zu können. Wir müssen Ideen entwickeln, selbst initiativ werden, schreibt er auf sein Blatt. Er schaut auf das Papier, dann Richtung Lautsprecher.

„Ti amo, ti amo ... Howard Carpendale, oder?“

„Keinen blassen Schimmer. Is nicht meine Musik. Lassen oder was andres?“ Mandy schaut die elterliche CD-Sammlung durch, die am Rand des Schanktisches aufgetürmt ist.

„Egal. Lass an. Ich hab mich neulich auch mit Italienisch rumgeschlagen.“ Heiner geht zum Schanktisch.

„Cool ... Is‘ das schwer?“

„Piu o meno, mehr oder weniger, also geht so ... Weit bin ich damit nicht gekommen. Jedenfalls mit Italienisch nicht ...“ Er hält kurz inne. „Sie haben mir von dem wenigen Geld hier in der Lehrerfortbildungskasse den Kurs bezahlt. Wir sollen europäisch werden. Ich wollte mal raus, mal was anders machen. Auch mal über den Tellerrand drüber gucken. Ehrlich gesagt, Mandy, man kann über die Sprache schon auch ein bisschen Sonne und dolce Vita einatmen, verstehste?“

„Klar.“ Mandys Augen sind jetzt ein wenig weiter geöffnet als zuvor. „Und dann haben sie dich dahin geordert. Respekt! Die sehen halt, dass du was willst. Bist so ‘ne Art Hoffnungsträger hier.“ Sie lächelt ihn an.

Er erwidert ihr Lächeln. Mandy, die vor kurzem noch ein schüchternes Schulmädchen war, wirkt hinter dem Tresen, als habe sie da schon immer gestanden. „Nee, Mandy, ehrlich gesagt, merk ich nichts in Richtung Hoffnung ... wird doch immer trostloser hier, findest du nicht?“

„Also du wolltest einfach wegkommen? Weg von Mutti, weg von Marisa, weg von den Typen, von der Ödnis, vom Sumpf hier?“

Heiner antwortet nicht. Er bestellt sein erstes Bier. „Ein Kleines zum Start!"
Er zeigt auf den Barhocker neben sich. „Setz dich mal hin, Mandy! Du bist doch eigentlich viel zu clever, um nur zu spülen, Bier auszuschenken und Tische abzuwischen?"

Sie rückt den Hocker ein Stück ab und setzt sich. „Ich krieg' Knete dafür, dass ich meinen Eltern helfe. Irgendwann hau ich ab! Is mir egal, ob sie das gut finden oder nicht."

„Hm. Versteh. Wer will hier nicht abhauen?"

Der Italienischkurs war sozusagen sein letztes kleines Abhauen, gerne würde er Mandy erzählen, dass es noch mehr als mal-nach-Berlin-fahren war.

Mandy schaut ihn an. „Warte, ich hol mir auch 'nen Kaffee."

Heiner wartet nicht ab. Die Worte sprudeln jetzt aus ihm heraus. „Weißt du, ich bin zu spät angekommen, der Kurs hatte bereits begonnen. Ich hab den Clown gespielt, wie immer, kennst mich ja, Mandy. Und dann haben alle gelacht. Mir ist dann noch ein Witz eingefallen. Als wir für die erste Übung, mi chiamo Heiner, also Vorstellen auf Italienisch, machen sollten und Zweiergruppen gebildet haben, ist es mir tatsächlich gelungen, nicht alleine übrig zu bleiben. Is doch 'ne Leistung, oder? Ich bin auf eine zugegangen. Eigentlich haben wir dann alle folgenden Übungen zusammen gemacht, ‚sono uomo' usw. Das hat so Spaß gemacht, weißte?"

Mandy nickt. „Mist, muss wieder an die Theke. Sorry. Macht Lust auf Lernen, wenn man dir zuhört …" Heiner redet in Gedanken weiter. ‚Wir haben dann dauernd mehr zusammen gearbeitet und so weiter, Fine heißt sie. Auf 'ne bestimmte Weise ist sie besonders ...'

Heiner hebt sein Glas. Er hat eine Idee im Kopf: im Kurs war noch eine andere Frau, Gabriella. Sie, beziehungsweise ihre Familie, hat irgendwie ein Haus auf Sardinien. „Die in meiner Familie leben von den Urlaubern", hat sie erzählt und Fotos gezeigt. Echt schön da! Es wäre ziemlich cool, da mal hinzufahren … Am liebsten mit Fine. Er könnte Gabriella nach dem Haus fragen, mal sehen, was so drin wäre.

Coole Idee. Würde ihm wohl kaum einer zutrauen. Andrerseits: Marisa gibt's ja auch noch, allerlei Aufgaben und Elvi und so weiter … Aber er ist bereits über beide Ohren verliebt in seine Idee.

Mandy trocknet Gläser ab. „Gleich kommen die anderen."

Heiner schaut ihr zu. Was er sich da gerade ausdenkt, ist ihm selbst nicht ganz geheuer. Er wartet auf seine Mitstreiter, die nacheinander eintrudeln und sich zu ihm setzen. Auch die übrigen Tische füllen sich mit Leuten aus dem Ort. Es ist ihm jetzt egal, dass er nichts weiter vorbereitet hat. Um 19.00 Uhr startet die Sitzung.

„Mal ehrlich, nüchtern gesehen, geht es bergab. Überall. Aber hier auch Leute." Heini schaut in die Runde, beobachtet die Mimik der anderen. Der Stammtisch der lokalen Bürgerbewegung zählt heute übersichtliche sechs Personen: Manfred und Gerlinde, die seit zwei Jahren versuchen einem Buchladen vor Ort eine Chance zu geben, Siggi, der Briefträger, Konrad, der Botaniker, Hans-Peter, der Landwirt und er, Heiner, der Lehrer, den sie zum Sprecher gewählt haben.

„Die Sozialdemokraten im ganzen Land verlieren. Und das ist noch nicht das Schlimmste, wie wir alle wissen ..." Manfred stellt nichts Neues dar, er spricht langatmig und monoton, trotzdem hören ihm alle zu. Heiner fügt immer mal einen Satz ein, erläutert, kommentiert die Tagesordnungspunkte. Das geht auch ohne vorbereitet zu sein. Siggi malt mit dem gelben Postkugelschreiber Figuren auf seinen Bierdeckel, Hans-Peters Hemdknopf ist über dem gewaltigen Bauch aufgesprungen, er bestellt noch einmal eine Runde Pils für alle und ein Alsterwasser für Gerlinde, deren mausgraue Augen hinter der dicken Brille unruhig hin und her schweifen. Die Pause in der schleppenden Debatte reicht ihr, um zum Privaten überzugehen. „Wann kommt denn die Elvi mal wieder?", fragt sie Heiner.

„Die wohnt in Berlin, studiert Grafik und Design. WG und so ... Berlin auf den Kopf stellen. Heutzutage machen die alle so 'ne Sachen, an die unsereins nicht mal gedacht hat. Was sie so mit Grafik und Design will, das musste sie schon selbst fragen." Heiner bemüht sich um einen lässigen Tonfall. Wenn er an seine Tochter denkt, wird er traurig. Aber das geht niemanden etwas an, und auch nicht, dass er nicht weiß, was er mit ihr reden soll, wenn sie da ist. Sie ist selten da.

Er trinkt einen großen Schluck Bier.

„Oh schön, klingt interessant." Gerlinde lässt nicht locker. „Aber sie ist selten bei euch zu Hause, oder?"

„So sind die heute halt, Berlin ist ja auch interessanter als unser Kaff hier!" Manfred mischt sich ein. „Wir müssen die Region hier auch für die Jungen wieder attraktiv machen. Deshalb sitzen wir ja hier."

„Nur wie?", Hans Peter sagt selten etwas. „Du bist Lehrer, die Schüler vor Ort mögen dich. Damit kannst du was anfangen. Ich mit meinen Kühen hier ... Jedes Jahr mehr Arbeit und weniger Ausbeute. Sie ziehen mir das Geld förmlich aus der Tasche ..."

„Du bist viel zu weich für die Jungs und Mädels, Heiner." Siggi mischt sich jetzt ein. Sie kennen sich aus Grundschulzeiten, wie viele andere im Ort auch. „Der Heini warste für uns, weil du immer für 'nen Schabernack bereit bist und man mit dir Pferde stehlen kann, bis heute is‘ das so. Und weil du immer einen Spruch auf den Lippen hast. Aber einer, den man nicht immer ernst nehmen muss ... schwer als Lehrer!“

„Na dann, Prost!“ Heiner hebt sein Glas. „Lieber weich als so streng wie der Vadder gewesen sein soll!“ Heiner schaut in die Runde. Sein Vater ist weg. Eigentlich kannte er ihn gar nicht. Im Ort war er unbeliebt.

Heini umfasst sein Bierglas, in die Stimmen der anderen mischt sich plötzlich die Stimme seiner Mutter: , Junge, was auch dir wohl nochmal wird?‘

‚Nichts! Ich bin und werde nichts‘ hört er in seinem Innern. Styropor umschließt seine Antwort. ‚Nichts und für dich werde ich gleich gar nichts!‘

Niemand hört es. Er fühlt sich weit weg, gedämmt, abgetrennt.

„Ich verabschiede mich und geh noch mal zu anderen.“ Er hat keine Lust sich schwere Gedanken zu machen, den Ausverkauf des Ostens zu beklagen und sich Durchhalteparolen auszudenken. „Ich will noch mit Fred auf dessen Geburtstag anstoßen, war doch letzte Woche, oder Fred?“ Er spricht so laut, dass die am Nachbartisch es hören.

Fred hebt den massigen Arm, die Hemdsärmel sind hochgekrempelt. Er winkt Heiner an den Tisch. „Stimmt! Komm rüber, haste dir richtig gemerkt. Fünfundfuffzisch, is‘ ‘ne Schnapszahl, also eine Runde für alle!“

Heiner setzt sich an den Nebentisch. Männer mit zu eng gewordenen Hemden, Furchen im Gesicht, groben Bewegungen, lautem Lachen. ‚Man sieht den Überdruss schon von weitem‘, hat Hans-Peter einmal gesagt. Heiner gibt ihm Recht.

Er sieht den Großvater, den Onkel, die Nachbarn, wie sie in der immer gleichen Gaststätte trinken: Bier und Schnaps oder beides – am Wochenende, nach Feierabend, tagsüber. Er befindet sich in einer langen Kette von aufgedunsenen rotbackigen Männern. Sie reden die mögliche Veränderung herbei, das Erstarken der Region und der Menschen, die dort leben. Sie reden das eigene Erstarken herbei ohne es zu glauben.

Nachdem sein Freund Martin mit Hannelore nach Berlin gezogen ist, hat es keinen Spaß mehr gemacht sich zu engagieren. Ihr Auszug zog seinen Überdruss nach sich. Heiner schiebt den Gedanken beiseite und lässt sich auf die Männerrunde am angrenzenden Tisch ein. Die Witze werden zotig, er legt die Stirn in Falten und lacht, um nicht aufzufallen. Sein Brustraum fühlt sich eng an, zu abgeschnürt, um zu lachen. Eigentlich ist alles zum Kotzen. Er geht zur Toilette. Pinkeln erleichtert kurzfristig. An die Wand, an der die Farbe an manchen Stellen abblättert, hat einer mit Filzstift FUCK geschrieben. I wanna fuck you, Baby, in schwarzem Filzstift auf Pissgelb. Wann hatte er das letzte Mal Lust auf sie? Auf Marisa ...

Er schließt sich in die einzig vorhandene Toilettenkabine ein, setzt sich auf den Klodeckel, fixiert den Lavendelduftspender und denkt nach.

Damals war er sehr verliebt in sie, eigentlich die ganze Mittelstufe über, er hat es irgendwann geschafft, sie zu küssen, und dann sind sie Hand in Hand in der Pause über den Schulhof gelaufen. Dass er gut aussieht, hat sie ihm gesagt. Manchmal sagt das jetzt noch die ein oder andere zu ihm. Marisa sah verdammt gut aus, die exotisch schwarzen Haare, ihr Hintern, ihre geilen Brüste. Und dann hat sie von sich erzählt, dass sie auf Rock'n'Roll steht, Angst vor Motten und Schmetterlingen hat, und dass sie irgendwann im Leben einmal in den Orient reisen möchte. Das hat gereicht, um sie besonders zu finden. Es hat sich gut angefühlt, auch ‚mit einer zu gehen' wie sie es genannt haben. Weitermachen ist dann irgendwie nicht schlecht gewesen. Auch nicht gut. Irgendwie war es schnell langweilig. Aber es ersparte einem die Mühe sich nochmal auf die Suche zu machen. Der Sex mit Marisa war ja schließlich ganz gut. Darauf wollte er nicht verzichten. Irgendwann hat er sie gefragt, ob sie ihn heiraten will. Er hatte mit Martin gewettet, ob sie sofort ja sagt, oder es sich erst überlegt. Er hat die Wette verloren, weil sie sofort ja gesagt hat.

Nach dem Kind war's anders. Alles hat sich nur noch um Elvi gedreht. Marisa Brüste waren wund, sie selbst dauernd übermüdet und gereizt und irgendwie gab's nichts mehr, was man sich hätte erzählen können.

„Heiner? Biste hier?" Konrads Stimme holt ihn zurück.

Heiner dreht die Verriegelung auf und geht zum Waschbecken.

Konrad stellt sich neben ihn. „Da bist du also, Heiner. Hab mir Sorgen gemacht. Also, wir gehen jetzt alle. Vielleicht solltest du auch nach Hause gehen. Fred und Konsorten … Also ich hab da kein gutes Gefühl für dich."

„Ich gehe jetzt auch nach Hause." Heiner schaut vom Spiegel zu Konrad und wieder in den Spiegel. „Ich gehe, auch wenn ich keine Lust habe nach Hause zu gehen." Ob man ihm ansieht, wie fad seine Ehe mit Marisa schmeckt? Er wäscht sich die Hände länger als notwendig und geht kurz nach Konrad zurück in den Gastraum.

„Doch nicht ins Klo gefallen." Fred rückt ihm den Stuhl so hin, dass er sich setzen kann, ein weiteres Bier steht bereits vor ihm.

„Nee, eigentlich wollte ich gerade gehen …"

„Eins geht noch!"

Fred hat ihn früher im Schwimmbad einmal so lange untergetaucht, bis er fast keine Luft mehr bekam. Heiner würde ihm gerne das Bier ins Gesicht schütten, aber stattdessen setzt er sich, prostet ihm zu und schweigt.

Mandy steht am Ausschank. Sie blinzelt ihm zu. Dieses Blinzeln ist der

Anschubser, den er jetzt braucht. Er will raus hier. Nicht nur aus dem Dorfkrug, raus aus allem. Er muss raus. Weg! Er will was erleben, Spaß haben, fühlen, leben und lieben und … Fine fällt ihm wieder ein. Er nickt. Dann zieht er sein Handy aus der Hosentasche und berührt die Buchstaben, formt elektronische Sätzchen: *Würd gern mit dir nach Sardinien fahren. Kümmer mich drum. Kommste mit? Heiner.* Fines Nummer ist bereits eingespeichert. Er drückt auf den grünen Pfeil. ‚Senden!' Morgen wird er sich mit Gabriella in Verbindung setzen.

Als Marisa den Dorfkrug betritt, hat er noch zwei weitere Biere getrunken.

„Komm nach Hause!" Sie kommt manchmal auf dem Rückweg vom Volleyball vorbei. Die Turnhalle gehört zu der Schule, in der Heiner unterrichtet. ‚Die haben noch 'ne Mitspielerin gebraucht, da hab ich mich überreden lassen', hat sie ihm erklärt und geht seitdem unregelmäßig zum Training. Es hat einmal Spaß gemacht anschließend gemeinsam mit ihr nach Hause zu gehen. Das ist lange her. Jetzt steht sie neben ihm und fasst seine Schulter an.

Er dreht sich nicht zu ihr um. „Ich komm, wann ich will."

„Komm jetzt!" Hartnäckig steht sie in Jogginghosen da, ihre schwarze Sporttasche hat sie auf dem Boden abgestellt.

Die Männer am Tisch beobachten die Szene. Die politisch Aktiven vom Nachbartisch haben sich Gott sei Dank bereits vor ungefähr einer Stunde verabschiedet.

„Lass mich in Ruhe!" Heiner schiebt Marisas Hand weg.

Sie verlässt das Lokal wortlos.

„Sah auch mal besser aus, unser Schneewittchen …" Fred weiß, dass er Heiner damit provoziert.

„Immer noch mein Schneewittchen!" Heiner findet auch, dass Marisas dunkle Augenringe in dem meist angespannten Gesicht sie sehr verändert haben. Ihre ehemals üppig langen schwarzen Haare hängen jetzt kraftlos über ihren Schultern oder sind irgendwie mit einem Gummi zu einem faden Bündel gebunden, das müde ihren Nacken hinunter hängt.

„Halt die Klappe. Marisa geht dich nichts an!", setzt er nach, „Gar nichts geht dich das an."

Alle lachen.

„Haltet doch alle die Klappe!" Heiner setzt das Glas an den Mund, einen Schluck noch, einen für den Opa und einen für die Oma und noch einen für Mutti, so hat Marisa Elvi gefüttert und so hat seine Mutter ihn schon immer gefüttert, nein, er will jetzt keinen Schluck für niemand mehr trinken.

„Zahlen!" Er winkt mit einem zwanzig Euroschein.

„Das wird nicht reichen, aber fast." Mandys Vater rechnet. „24 Euro!"

Heiner zieht umständlich noch einen Zehneuroschein aus der Hosentasche und legt beide auf den Tisch. „Stimmt so, Heinz. Der Rest ist für Mandy."

Er orientiert sich an den längs gelegten breiten Fußbodendielen, fixiert die Linien zwischen den einzelnen Bohlen und konzentriert sich auf die Klinke der Ausgangstür. Bald würde er wahrscheinlich erst einmal weg sein. Jedenfalls wünscht er sich das. Er muss das Häuschen klarmachen. Und wenn Fine sich nicht auf dieses Abenteuer einlässt, muss er neu überlegen. Wahrscheinlich wird das so sein.

Marisa sitzt draußen auf den Treppenstufen. Sie hat ihre Wolljacke so eng um sich geschlungen, dass nur die obere Hälfte des Kopfes rausguckt.

„Was sitzt' n du noch hier rum?" Sie kann doch wohl alleine nach Hause gehen ...

Marisa hebt den Kopf. „Komm!"

Er schubst ihren Arm weg. „Lass mich! Ich will nicht reden. Und heul bitte nicht ... Ich hasse es!"

„Heiner, ich kann nicht mehr. So geht das nicht. Ich ... ich ... wir ... Es ist so leer alles ... so sinnlos ... Ach Mist, du bist betrunken ..." Sie steht von der Treppe auf. „Los, wir gehen. Ich kann so nicht mehr!"

Er sieht sie verschwommen. Er kann jetzt nicht zuhören und nicht diskutieren, er kann weder denken noch fühlen noch sonst irgendwas. Er will schlafen und es nervt ihn, dass Marisa da auf den Stufen vor dem Dorfkrug sitzt und wartet.

Trotzdem redet sie auf ihn ein: „Du bist nicht mehr bei mir, hast dich ja schon getrennt ..."

Sie soll jetzt auf keinen Fall wieder was von Hilfe holen oder gar Paarberatung erzählen wie neulich. ‚Wir können uns ja trennen, sind eh schon zu lange zusammen', hat er gesagt, als sie damit anfing und eher als Scherz verstanden. Seitdem kommt sie immer wieder darauf zurück. Auch jetzt, wo er überhaupt keinen Nerv hat ihr zuzuhören.

„Ich werde aber nie zustimmen! Ich mache doch schon lange gute Miene zum bösen Spiel, aber trennen, völlig ins Nichts stürzen? Nein!" Sie redet ungeachtet seines Zustandes einfach weiter und weiter.

„Dann zieh ich irgendwann aus", rutscht es ihm raus und genauso verwischt schiebt er ein „andere trennen sich auch" hinterher. Bemüht gerade läuft er weit hinter ihr nach Hause.

Fine

Fine verlässt das Krankenhaus und atmet tief ein und aus. Die desinfektionsmittel-, urin-, blut- und wärmegeschwängerte Krankenhausluft verursacht Schwindel und Brechreiz. „Ich kann nicht länger bei meinem Mann bleiben." Sicherheitshalber meldet sie sich bei der Stationsschwester ab. „Ich würde umkippen."

Fine läuft schnell, atmet flach, wie verfolgt. Sie überlässt Gunnar nun dieser Krankenhauswelt, sie stiehlt sich raus, zieht sich aus der Affäre. Ihr ist flau … Es ist nicht allein sein, krank sein – irgendetwas im Kontakt nervt; ein Kontakt, der kümmerlich geworden ist. Zu wenig von allem. Es ist so schwer an seiner Seite zu sitzen, es fühlt sich holzig an. Und schuldig. Seit drei Tagen muss sie andauernd auf ihr Handy schauen. Als ob die Worte, die SMS, verschwunden sein könnte oder sich verändert hat oder eine neue hinzugekommen ist.

Ausgerechnet am Abend, bevor Gunnar mit dieser Schmerzattacke aufgewacht ist, haben diese paar wenigen Worte ihre Welt auf den Kopf gestellt: *Würd gern mit dir nach Sardinien fahren. Kümmer mich drum. Kommste mit? Heiner.* Das steht da immer noch. Digitale eindeutige Buchstaben. Sie hat das Handy ganz schnell an die Seite gelegt und so getan als lese sie. Im Fernsehen lief ein Krimi, Gunnar ist dabei eingeschlafen. Sie ist dann früh zu Bett gegangen, hat das Handy vorsichtshalber ausgestellt. Es ist jetzt ein Geheimnisträger.

Am Morgen dann Gunnars Schmerzen.

Sie läuft vom Krankenhaus weg nach Hause. Es kann keinen Zusammenhang geben, und doch fühlt es sich so an.

Gunnar ist häufig krank, selten ist eindeutig, was er hat. Das könnte theoretisch beruhigen. Das Gegenteil ist der Fall.

Sie läuft ziellos durch ein ihr bislang unbekanntes Viertel.

Heiner … Sie hat den Flirt mit ihm im Sprachkurs bis gestern erfolgreich verdrängt.

Sardinien? Mit ihm? Was für eine absurde Idee. Nicht nur – auch eine abenteuerliche Verlockung, die nicht jeder Frau präsentiert wird.

Sie ist blöderweise im Kreis gegangen. Gunnar würde ihr jetzt zum wiederholten Male die entsprechende Maps-Funktion auf ihrem Smartphone erklären. Sie kennt den Weg ungefähr, läuft lieber nach Gefühl. Jetzt erstmal Richtung Haltestelle.

Es gab im Februar den Kompaktkurs Italienisch für Anfänger in Berlin. Die

Kolleginnen hatten ihr zum Fünfzigsten einen Gutschein geschenkt. „Damit du mal rauskommst!“ Fast zwei Jahre hatte sie gebraucht, um ihn einzulösen. Sie hatte es genossen, in diesem Seminarhaus zu wohnen, sich in der Gruppe Banalitäten auf Italienisch zu sagen. ‚Mi chiamo Fine. Abito a Bremen‘ oder ‚Mi piacciiono cuocere il dolce.‘ Sie haben dann über Lieblingskuchen gesprochen, und Heiner hat sie anschließend ins Kaffee zum Mohnstriezel eingeladen. Und dann saßen sie immer nebeneinander. Abends waren sie zusammen essen, Wein, Pasta, Pizza, lachen, reden, durch den Kiez laufen. Mit Heiner hatte sie Ideen für ihre Anfängersätze, wie Flügel. Der Sprachkurs war nach einer Woche vorbei.

Sie haben nichts verabredet, aber Telefonnummern getauscht, für alle Fälle. Sie hat nichts von ihm gehört und hat selbst keine Worte gefunden, die sie ihm hätte sagen wollen. Und nun diese Nachricht. Sardinien ... Ausgerechnet jetzt, wo Gunnar mit diesen verflixten Schmerzen im Krankenhaus liegt. Verhext irgendwie.

Laufen kann helfen, die Dinge zu ordnen. Der Weg nach Hause ist weit, das ist gut so. Sie schaut vor sich hin, geht die nächste Einkaufsstraße entlang. Ein Graffitisprayer im rot-schwarz karierten Hemd ist dabei einen Schriftzug auf das Straßenpflaster zu sprühen. Um den Kopf hat er ein Tuch gebunden. Fine bleibt stehen. Er schaut kurz auf, als sie ihn anspricht. „Wie ein Pirat – ich meine Ihre Kopfbedeckung.“

„Jau, junge Frau, der neuste Schrei für so ‘ne Leute wie mich.“

Stell deine We ... steht da. Fine starrt die Worte an. „We ... Was kommt da noch?“

„*Stell deine Weichen* wird das heißen, ganz einfach“. Er steht auf.

„Ach so. Ja.“ Andächtig wiederholt sie den Satz.

Das gefällt ihm. „Stell deine Weichen auf die Straße geschrieben. Ein Einfall von mir. Passt er zu Ihnen?“

„Schöner Satz.“ Sie fasst sich ans Kinn. „Tatsächlich ja. Wie für mich geschrieben.“

„Ja?“

Fine nickt. Sie schaut ihn an.

Er sieht verwegen aus. Gegerbte Haut, breite Schultern, kräftige Hände, Bartstoppeln. Sie streicht sich durch die Haare.

Er kommt einen Schritt näher. „Steine sind langlebig. Sie bewahren die Worte. Ich sprüh gern auf Straßenpflaster ... Man braucht Mut, um seine Weichen stellen zu können, und ob’s die richtige ist, weiß man nicht immer.“ Er lacht und beginnt zu erzählen.

„Einmal habe ich eine falsche Weiche gestellt. Ich hab Uta nicht mehr verstanden. Sie hat oft geweint, ich habe mich ohnmächtig gefühlt, habe nicht mehr gewusst, wie ich sie glücklich machen kann. Dann bin ich ausgezogen. Heute tut es mir leid. Vielleicht liebe ich sie immer noch. Es gab kein Vorwärtsgehen mehr. Wir haben zwei Kinder, die sind jetzt erwachsen ..." Er seufzt. „Ohne Kinder ist man zu zweit so heimatlos, verstehen Sie, was ich meine? Ich war mal ein Familienmensch, wissen Sie. Ich musste die Weiche stellen. Und dann bin ich eine andere Strecke gefahren ..." Er zündet sich eine Zigarette an. Hält ihr die Packung hin. „Entschuldigung, vielleicht ein bisschen privat, was ich da erzähle. Aber das fällt mir ein zu meinem oder Ihrem schönen Satz. Ich werde nicht allzu oft angesprochen."

Fine nimmt eine Zigarette, er gibt ihr Feuer.

„Meine Tochter ist auch erwachsen." Fine denkt an Antonia. „Es ist irgendwie leer ohne sie. Aber mit ihr war es auch nicht einfach für mich." Sie schaut den Mann an.

Der schweigt eine Weile, bevor er neu ansetzt. „Vielleicht habe ich mir das Thaicurry in dem Laden dahinten verkniffen", er zeigt die Straße in die andere Richtung, „weil Amelie, meine Große, gerade in Thailand ist. Es hätte mich traurig gemacht."

Vorsichtig antworten ist schwer. „Thailand. Das klingt verlockend ..."

„Ja, glaub schon, dass es da sehr schön ist." Der Mann sieht sie an. „Björn-Arvid heiße ich. Mein Vater ist Schwede, daher der Name."

„Björn-Arvid, schöner Name, exotisch. Bestimmt schön da, wo Ihr Vater herkommt, im Norden."

„Stell deine Weichen." Sie murmelt den Satz vor sich hin, mustert ihn, die Straße und die Leute um sich herum. Wer stellt denn schon seine Weichen? Sie würde Björn-Arvid gerne fragen, was er macht, wenn er damit fertig ist, wie er lebt, ob er in Urlaub fährt, ob er Tiere mag, was er gerne isst. Dinge, die man sich in einem Sprachkurs erzählt.

Und dann könnte sie ihm etwas erzählen. Dass sie eine Leidenschaft für Geleebananen hat und den Wunsch einmal im Leben das Polarlicht zu sehen – oder aber längere Zeit in die Farbe des Südens einzutauchen, irgendwo in Frankreich oder Italien, wo das Licht verzaubert. Ob er verstünde, was sie damit meint? Ob er wüsste, wie eine unerwartete SMS, eine Krankenhausbehandlung des Ehemannes und diffuse eigene Träume zusammenhängen?

Sie steht wie angeklebt, ohne Lust nach Hause zu gehen.

„Stell deine Weichen, dieser Satz, da auf dem Pflaster ... haben Sie damit eine Absicht, einen Zweck?"

„Nein, nur so, ich schreibe nur so. Gedanken. Einfälle. Es macht mir Spaß."
Der Satz gilt eindeutig ihr.

Und wenn sie ihm das noch einmal ausdrücklich sagen würde? Von sich selbst sprechen ist schwer. Und der Mann neben ihr, Björn Arvid, ist doch kein Therapeut. Sie lächelt ihn an. „Nett mit Ihnen hier zu stehen."

„Ja." Sein Lächeln ist warm. „Nett ... Das ist so ein Wort ... Ich hab Hunger. Haben Sie Lust uns da vorne 'ne Pommes zu holen? Ich muss auf meine Sachen hier aufpassen."

Fine nickt. „Klar. Ja ... Pommes." Sie schaut ihn an. „Äh ... ja ... Sehr gut. Salzig oder Ketchup oder Mayo?"

„Nur einfach Pommes – na ja, da kann man nichts falsch machen." Er nickt zur Bekräftigung.

„Nein, da kann man nichts falsch machen." Sie denkt an Gunnar, der keine Pommes mag. ‚Zu pampig und zu salzig', sagt er meist. Er liebt Kartoffeln eher klassisch: Salzkartoffeln, Bratkartoffeln, Kartoffelpüree, das vor allem.

Gunnar ist im Krankenhaus. Mit Gunnar Thaicurry essen und Bier trinken, Sonnenuntergänge anschauen, um ihn dann zu verführen irgendwie oder verführt zu werden oder beides ... Das wäre schön. Sie erschrickt.

„Bin gleich wieder da. Vielleicht zwei Bier dazu?"

Björn-Arvid lächelt ihr zu. „Okay ja. Gern."

„Zweimal Pommes." Und nach einer kleinen Pause. „Dazu zwei Bier, bitte." Sie lehnt sich an die Bude.

„Dann mann juten Appetit!" Der Mann mit der großen Schürze stellt ihr die Pappschale auf den Tresen. Heiner hat einen ähnlichen Slang. Da ist sie wieder: die Erinnerung an die unbeantwortete SMS auf ihrem Handy.

Fine legt ihm das Geld abgezählt hin. Die Pommes werden frisch gemacht. Sie muss warten. Sie holt ihre Sonnenbrille aus der Tasche und schaut sich um: ein Paar mittleren Alters hat sich offensichtlich zum Feierabend verabredet. Der Mann zeigt auf ein Bistro auf der gegenüber liegenden Seite. TEDI und KIK haben ihre Waren auf der Straße aufgetürmt: Plastikbadewannen in pastellblau, -rosa, -pink und -gelb. Daneben Türme von bunten Servietten, Wäscheklammern, Dekomaterial und Geschenkpapier. Türkische Gemüsehändler bieten Orangen, Äpfel, Nüsse und Avocados an. Ein Taschen- und Kofferladen hat die Ware am Ständer draußen mit Ketten und Schlössern gesichert.

Sie schließt kurz die Augen und hält ihr Gesicht in die Sonne

Sie sieht sich durch Gebäude, Räume laufen. Überall Menschen, nebeneinander, alle wollen etwas von ihr. Sie selbst weiß nicht, wohin sie läuft. Sie hat nicht das Richtige an, sie sucht ihre Kleider, sie fühlt sich nackt, sie

sucht etwas Passendes zum Anziehen, etwas was ihr hilft mit der Situation klarzukommen.

Der Frittenverkäufer holt sie zurück. „So, bittschön! Die Pommes sind fertig."

„Uff … Ja. Danke!"

Fine läuft zurück. ‚*Stell deine Weich*' steht jetzt schon da.

„Fehlen nur noch zwei Buchstaben. Es wird!" Björn Arvid greift nach der Schale mit Pommes. „Danke."

„Gern, ja. Nee, kein Geld, geht auf mich!" Sie beginnt vorsichtig zu essen.

Sie kaut, trinkt, schaut.

Ihre Gedanken schweifen ab.

„Sie sind so abwesend. Schmeckt's?"

„Ja, schon! Also ich hab grade beschlossen 'ne Auszeit in meiner Arbeit zu nehmen und mein Mann Gunnar liegt im Krankenhaus. Und da gibt es noch 'ne SMS, also 'ne Einladung. Nach Sardinien. Irgendwie fließt das alles zusammen und mündet in diesem einen Satz: Stell deine Weichen. Verstehen Sie?"

Nun hat sie es gesagt.

„Nee, nicht wirklich. Aber stellen Sie Ihre Weichen, und stellen Sie die richtigen!"

Fine dreht sich noch einmal um, als sie gedankenverloren zur nächsten Haltestelle läuft, um gerade noch den Bus zu erwischen. Sie hat mitten in der Stadt, auf der Straße ihr eigenes Mantra gefunden, mit sehnsuchtsblauer Farbe auf den Bürgersteig gesprüht. Sie schaut aus dem Fenster. Ihre Welt verwandelt sich und sie sich mit:

Sie sieht sich als die Frau nach Hause kommen, die sich – vom Abendlicht fasziniert – daran setzt ein Gedicht zu schreiben. Sie sieht ein figurbetontes Kleid, die rote Lippen und sie spürt Lust zu tanzen. Sie sieht Seen, Himmel, Sterne, Wald. Sie sieht sich.

Sie muss Heiner antworten unabhängig davon, was mit Gunnar ist. Der wird sich erholen. Sie ist sich da ziemlich sicher.

Sie nimmt ihr Handy aus der Tasche. *Warum nicht Sardinien? Ich komme mit. Hab jetzt zwei Monate frei. Fine.* Sie drückt auf das Signal ‚Senden'.

Dann ruft sie auf der Station im Krankenhaus an.

„Nein, noch nichts Neues. Aber es geht ihm auch nicht schlechter." Die Stationsschwester ist kurz angebunden.

„Ich komme ihn morgen wieder besuchen. Grüßen Sie ihn!" Fine legt auf.

Bevor sie zu Hause ankommt, kauft sie an einem Kiosk noch ein Päckchen Zigaretten.

„Sie rauchen?" Der Inhaber kennt sie vom Zeitungskauf.

„Ab und zu. Jetzt ist so ein Moment.“ Sie zündet sich eine an. Langsam bläst sie den Rauch in die Abendluft und schaut ihm hinterher. Abwarten! Weiteres würde sich in den nächsten Tag regeln.

Gunnar

„Gunnar … Telefon!“ Fine ruft aus dem Bad. Die meisten Anrufe auf dem Festnetz – der Apparat steht auf dem Regal im Wohnzimmer – sind für sie: Freundinnen oder Kolleginnen; Frauen halten sich gerne lange am Telefon auf. Er nicht.

„Ich geh ja schon …“ Er unterbricht das fein säuberliche Sortieren und akribische Falten der gewaschenen Wäsche, seinen Part der Hausarbeit, und greift den Hörer. Er setzt sich in den kleinen roten Sessel, schräg vor dem Regal. Er hat ihn Fine zuliebe gekauft. Einen Lesesessel für sie alleine, tiefrot. Es hat ihn gefreut zu sehen, wie überrascht sie war, dass er ihren Geschmack getroffen, ihr einen insgeheim gehegten Wunsch erfüllt hat.

„Papa, du warst im Krankenhaus?!“ Antonia beginnt das Telefonat ohne Einleitung.

„Tonia, Mädchen. Du bist es … Ja … was soll ich sagen, nix Schlimmes. Ich bin ja schon wieder draußen. Es geht mir gut!“

„Aha … aber Krankenhaus. Und wegen was?“

„Unklarer Schmerz. Is wieder weg. Eigentlich nix also.“ Dass Fine Antonia benachrichtigt hat, macht ihn seltsam froh.

„Papa, ich mach mir Sorgen. Bist du wirklich okay?“

„Hm … schon ja. Und du? Was machst du denn grade?“

Am Ende der Leitung schluchzt seine Tochter nun. „Nix … ich kann grad gar nix … Scheiß Gefühl … Benni will mich nicht sehn, und Torben trifft Lara und hat mir nicht Bescheid gesagt, und ich hab keine Kraft … könnt ja mit Levin zu dem Konzert gehen, aber das würde Benni falsch verstehn …“ Der Rest geht in Weinen unter.

„Tonia, Toni meine Liebe …“ Gunnar ist froh, dass er sitzt. Unbequem irgendwie, der neue Sessel. Sein Platz ist eigentlich auf dem Sofa, rechts, das gepunktete Kissen im Nacken, im Winter noch die Wolldecke für die Füße dazu, und sonst im Jahr auch dann und wann, der Gemütlichkeit wegen.

„Also welcher ist denn dein Freund?“

Antonia schnäuzt sich. „Papa, … also wir wollen das nicht so, dass man sich gehört, besitzt quasi, wenn man zusammen ist. Beziehungen kann man facettenreicher leben, wenn man dafür offen ist, Polyamory … verstehste?“

„Nee, versteh ich nicht …"

Antonia schnäuzt erneut die Nase. „Papa, einer kann einen doch sowieso nicht glücklich machen, und wenn man nur ehrlich ist, und genug redet und so, geht es schon mehrere zu lieben, unterschiedlich eben … aber ..." Sie weint erneut, fasst sich aber schnell wieder. „Also, Mama und du … langweilt ihr euch nicht manchmal? Mal ehrlich? Na ja, geht mich nichts an, aber wir wollen raus aus diesem überholten Modell, und also eigentlich ist das cool."

„Aber jetzt bist du traurig …" Gunnar holt Atem. „Ich meine, klingt schwierig mit diesem Poly-was weiß-ich-Ansatz … Äh … Wie soll das gehen?"

„Es geht gut, Papa! Nur halt heute grad nicht." Sie schnieft.

„Ach Tonia …"

„Papa, geht es dir wirklich gut? Mama klang so komisch am Telefon, als sie mir das erzählt hat, so merkwürdig … Ich weiß auch nicht."

„Ich auch nicht, Tonia. Soll ich sie mal rufen?"

Es wäre ihm lieber, Antonia würde jetzt mit Fine weiterreden, aber das hat sie nie wirklich getan, wenn es um etwas Wichtiges ging. Papa war ihr erstes Wort, ‚Pipi' und ‚Mimi' kamen noch vor ‚Mama'. Mit Papa hat sie Laterne gebastelt, Papa hat sie die Hausaufgaben gezeigt und mit Papa besprochen, wer in der Schule blöd ist und warum, welcher Lehrer sowieso nichts versteht, und in welchen Jungen sie gerade verliebt ist.

Vater seiner Tochter, das ist für ihn die selbstverständlichste Rolle im Leben überhaupt.

„Nee, Papa. Grüß sie. Weißt du, diffuser Schmerz kommt auch manchmal anderswoher, also wenn die Dinge nicht stimmen, merkt der Körper das zuerst."

„Tonia, lass mal gut sein. Is schon alles okay, und vielleicht fragst du doch den Levin und erklärst es dem Benni oder wie er heißt. Du sagst doch, wenn man nur redet, kriegt man das hin. Du schaffst das schon. Mach es gut, Tonia, mein Kind!"

„Mach's gut Papa. Und pass auf dich auf!"

Gunnar legt auf. Seine Hände sind schwitzig.

„Wer war es denn?" Fine hat ihre frisch gewaschenen Haare in ein Handtuch gewickelt.

„Tonia."

„Tonia? Die ruft doch sonst nicht einfach so mitten in der Woche an …" Fine öffnet den Frotteeturban und rubbelt mit dem Handtuch ihre Haare trocken.

„Liebeskummer", fasst Gunnar zusammen.

„Hm … hat sie 'nen neuen Freund?" Das Frottieren wird zackig, Fines Gesicht rötet sich.

„Einen oder zwei oder drei? ... Wie das gehen soll? Ich versteh sie ehrlich gesagt nicht.“ Fine riecht nach Duschgel und frischer Wäsche, er streift mit der Hand sanft über ihr Shirt.

„Was, Gunnar? Was meinst du?“

„Poly ..., also sie kommt durcheinander mit ihren Freunden.“

„Was redest du da?“ Fine greift zum Telefon, nimmt die Hand dann wieder weg. „Ich weiß so wenig von ihr.“ Tränen rollen über ihr Gesicht.

Gunnar schaut sie an, wie sie so halb angezogen vor ihm steht und weint. „Wer weiß schon was vom anderen. Und vom Lieben und so ...“

Fine schluchzt. „Was meinst du?“

„Ach nix ...“ Er geht ins Bad und hebt Fines Sommerkleid auf, hält sein Gesicht in den Stoff und atmet den Geruch. „Hier, zieh dich erstmal an!“

Er schaut ihr zu wie sie das Kleid überstreift. „Ist halt kompliziert in dem Alter und überhaupt ...“

„Und überhaupt? Ach, Gunnar“ Fine öffnet den Mund, als will sie etwas sagen. Sie bleibt unschlüssig stehen und schaut ihn an. Dann dreht sie sich abrupt um. „Ich geh mal noch ‘ne Maschine Wäsche anstellen.“

„Mach ich schon, Fine. Koch dir ‘nen Tee, setz dich in den Garten, föhn die Haare, also mach, was du willst. – Wäsche ist mein Ding.“

Heiner

„Ich weiß nicht, wie es weitergeht.“ Diesen Satz wiederholt er oft, er klingt immer verwässerter. Es ist jedes Mal die gleiche Szene: sie will reden, er hört zu, er fühlt sich schuldig, er geht weg, er trinkt Bier.

„Du trinkst zu viel“, sagt Marisa dann, und ihre Stimme kling gleichermaßen abgeklärt wie leidend.

Unerträglich. Er kann es nicht mehr hören. Er kann sie nicht mehr hören.

Einmal ist sie zu ihrer Schwester ein paar Orte weiter, nach Niedergörsdorf, gezogen. Sie hatte einen Zettel auf den Küchentisch gelegt. *Kannst ja Bescheid sagen, wenn du weißt, was du willst.* Die Situation hatte sich ähnlich zugespitzt, wie jetzt. Das war vor zehn Monaten. Nach drei Wochen war sie wieder da. Alles war wieder da: die Sprachlosigkeit, die Leere, die Kälte.

Weniger geht kaum mehr.

Er weiß nicht, was er will. Er trinkt. Auch aus Frust über den Job. Vor allem wegen Minske, dem Direktor, kaum älter als er selbst, gängelt der, wen er gängeln kann, ihn besonders, vielleicht wegen der Bürgerbewegung. Minske kommt aus dem anderen Lager: ‚Ihre Klasse ist aber hinterher mit dem Stoff – bereiten Sie sich überhaupt vor? Die Pausenaufsicht müssen Sie aber schon ernst nehmen! Sie sind jetzt schon drei Mal zu spät gekommen in diesem Monat.' Und wenn er sich zu viel davon gefallen lässt, statt ihm zu sagen, ‚Minske, ich hab das im Griff, mischen Sie sich nicht ein und kehren Sie gefälligst vor der eigenen Haustür', trinkt Heiner. Das befreundete Kollegenpaar, Bertold und Laura, sind aus Kolzenburg weggezogen und haben die Schule verlassen. Und dann ist Sonja noch schwanger geworden und ausgeschieden. Keiner mehr im Kollegium, mit dem es sich gut lachen, lästern, diskutieren lässt. Außerdem kein Ersatz für deren Unterricht. Alle müssen mehr übernehmen. Das darf nicht sein, es ist eine strukturelle Schweinerei, die keine Sau interessiert, wie so vieles. Und dann immer diese Kopfschmerzen, die Verspannungen im Rücken und Nacken, die asthmatischen Anfälle, manchmal alles gleichzeitig. Es setzt außer Gefecht, und schuld daran ist sein Chef, die Verhältnisse, die politischen Situation.

Er ist nicht gescheitert, und früher war nicht alles besser. Das müssen sie doch sehen, die anderen im Dorf und Marisa und seine Mutter. ‚Ich bin wer, und ich hab was gelernt, und ich hab was zu sagen!' Er wird das beweisen. Er glaubt sich. Manchmal. Er trinkt sich oft Mut an.

Marisa hört ihm nicht mehr zu, fragt kaum, rechnet nicht mit ihm. Er spürt es: sie glaubt ihm nicht mehr. Die Streitigkeiten mit ihr halten länger an, zermürben immer mehr. Ihr angespannter Ton verfolgt ihn bis in den Schlaf: ‚Warum lässt du deine Sachen immer überall herumliegen? Du wolltest dich um das kaputte Kellerregal kümmern? Ich kann nicht mehr und mit dir so erst recht nicht.'

‚Dann geht es eben nicht', antwortet er in der Regel. Auch wenn sie dann heult oder gar schluchzt und zittert. Grauenvoll nicht zu wissen, was er dann tun soll, damit es nicht so ist. Furchtbar, dieses Gefühl, unzulänglich und falsch zu sein.

„Ich hasse dich", hat er gesagt, am Tag nachdem sie ihn aus dem Dorfkrug abgeholt hat. Nichts weiter. So krass hat er es noch nie ausgedrückt. Danach ist er ihr aus dem Weg gegangen. Und am Abend hat er wieder viel getrunken.

Ein paar Tage hat er noch das Schweigen zu Hause ausgehalten. Dann hat er die Reisetasche gepackt, Marisas waidwunden Blick ignoriert und ihr ein „Erstmal-raus, dann-sehen-wir-weiter" hingeschoben.

Es geht sie nichts an, wohin er geht und mit wem und wie lange. Es geht sie nichts an, dass er an jenem Abend sturzbetrunken in der Toilette Fine aus dem Sprachkurs angeschrieben hat, und dass er jetzt nach Sardinien fliegen wird. Es geht Marisa nichts an und auch sonst niemanden.

Fine

Sie haben Gunnar ohne Befund entlassen.

Sie soll sich jetzt mit ihm vor den Bildschirm setzen und seine Recherchen ansehen. „Vielleicht was ganz Seltenes, Pseudoobstruktion zum Beispiel ... Irgendwas muss es doch gewesen sein! Schau mal ...“ Er hat mehrere einschlägige Seiten im Internet geöffnet, studiert mit hochrotem Kopf Krankheitsverläufe, Erscheinungsbilder, Diagnosen.

„Hm ... irgendwas bestimmt. Lässt aber keinen eindeutigen Befund zu, wenn du mich fragst. Schalt das weg. Du bist wieder fit!“ Bloß nicht über seine Befindlichkeiten reden. Es ermüdet. Außerdem ist sie selbst aufgewühlt, viel zu sehr mit sich selbst beschäftigt. Die Einladung nach Sardinien steht im Raum; dazu etwas denken oder gar darüber reden geht nicht. Etwas in ihrem gewohnten Gang ist definitiv außer Kontrolle geraten.

„Ich geh joggen! Schuhe sind neu. Ich muss sie einlaufen.“ Erklärungen versteht Gunnar am besten.

„Plötzlich Leidenschaft für Sport?“

„Schon. Ja ... und die Schuhe, hab ich doch gesagt.“ Soll er alleine mit seiner Verwunderung vor dem PC sitzen bleiben; sie sucht sich eine weite Strecke im Wald, läuft und läuft, es sind immer schnellere Bewegungen.

Schweißgebadet kommt sie nach Hause. „Ich hab keinen Hunger – komm gleich zu dir.“ Er sitzt auf der Terrasse.

Die Plastikverpackung des Fabrikbrotes liegt neben dem Glas mit Spreewaldgurken auf den großen braunen Blumen der Wachstischdecke. Gemischter Aufschnitt, einmal Wurst und einmal Käse, in Plastikdosen ordentlich aufgereiht in der Mitte. Je ein Gedeck rechts und links am Tisch. Er hat bereits mit dem Essen begonnen. Alles wie immer. Nur sie anders.

Ins Bad zurückziehen ist eine Möglichkeit.

Nach dem Duschen betrachtet sie sich im Spiegel: Fine Elsterding, helle rotfleckige Haut, sportlicher Typ – weder dick noch dünn, mittelgroß, unauffällig, durchschnittlich alles. Beliebig.

Es ist die Gleichgültigkeit, die wortlos macht, seine und ihre eigene Gleichgültigkeit.

– und all die Gewohnheiten. Das bewirkt, dass sie verschwindet. Selbsterkenntnis-Duschen ist das grade. Die Einzigartigkeit, die wertvoll macht, wiederfinden oder wieder erfinden ... Nicht einfach, aber notwendig. Es kann ein Schlüssel sein.

„Fine!!“ Sie hört Gunnar rufen. „Fine, nun komm schon!“

Wie soll er wissen, dass sie grade etwas Wesentliches formuliert hat, dass sie ihre höchst persönliche, ihre vorerst ausreichende Antwort wiederholt und dabei ihren Bauch streichelt. Kreisende vorsichtige Bewegungen um ihren Nabel herum. Magen, Darm, Gebärmutter, Eierstöcke. Bis weiter in die Region, die noch nie einen Namen besessen hatte. ‚Untenrum' hatte ihre Mutter immer gesagt. Weit hinunter und wieder den unteren Bauch hinauf. Sie stellt sich kurz vor, wie es wäre mit großen Brüsten nackt mitten auf der Straße zu liegen, da wo Menschen zuschauen, wollüstig zu stöhnen, in freien Bewegungen. Sie hat Lust in ihr Inneres einzudringen, entspannt in sich zusammensinken, mit zitternden Schenkeln. Lange her …

„Fine!!"

„Ich komme." Fine streift schnell ein Sommerkleid über und verlässt das Bad.

Gunnar am Gartentisch ahnt nichts von ihrem gefährlichen Bauch.

„Ich habe wirklich keinen Hunger", entgegnet sie seinem fragenden Blick und setzt sich zu ihm. „Die Gartenstühle setzen langsam Rost an." Sie streift mit dem Finger über den Lack.

Gunnar gähnt.

Eine Hummel steuert in regelmäßigem Zickzackflug eine Mauerritze an.

Fine schaut ihr zu. „Wie laut sie ist, als wäre sie motorengesteuert."

„Sie baut da ihr Nest. Die Eier sind in so einer Art Wachshülle." Gunnar setzt an, ihr das näher zu erklären.

Fine winkt ab. Nest, Eier, Hülle … Wie Schwangerschaft. Damals – Antonia in ihr eingehüllt.

Gunnar redet weiter. „Wie sie genau den Sprung in der Mauer findet, wohinter offensichtlich ein Hohlraum ist, genial!" Er schaut nach vorne gebeugt auf die Hauswand, dahin wo der Putz ein wenig bröckelt. Sein gesamter etwas behäbiger Körper ist Konzentration.

„Ich will nichts weiter über Hummeln hören." Fine beginnt den Tisch abzuräumen.

Gunnar schaut nicht auf. Er sucht in seinem Smartphone nach mehr Informationen über Hummeln und liest über die Unterscheidung von Königin und Arbeiterinnen sowie über deren Lebensdauer vor.

„Noch ein Schluck?" Sie schenkt ihm Bier nach.

Jetzt schaut er auf. Ein Blick, als sei er gerade aufgewacht. Graublaue Augen.

„Ich werde aufbrechen!" Sie sucht nach weiteren Worten. „Ich verreise bald eine Weile. Ne längere Weile. Ich krieg keine Luft mehr. Joggen reicht nicht. Die Welten … unsere Welten … alles gleichgültig … aber irgendwas passt nicht." Die gerade noch im Bad gefundene Lust ist verschwunden.

„Äh … wie soll das gehen? Was meinst du? Wollen wir zusammen verreisen? Jetzt statt später im Jahr? Oder was …?“ Gunnar räuspert sich.

„Nein. Ich alleine …“ Sie streicht beiläufig über seinen Kopf.

Er lässt es geschehen. Müde hebt er die Hand und legt sie gleich darauf wieder hin. „Fine, also … ich versteh das alles nicht.“ Jetzt trommeln seine Finger auf der wächsernen Blumendeko herum.

„Ich auch noch nicht. Nicht wirklich … Ich muss raus! Ich komme wieder.“ Sie schließt die Augen kurz, öffnet sie wieder, blinzelt.

Die Wachstischdeckenblumen öffnen und schließen die Kelche, sie verwandeln sich in große Callablüten, zwei Bierflaschen werden zu riesigen High Heels, und in die Gartenstühle sind kleine Spiegel eingelassen, die Licht einfangen, spiegeln, blenden, verkehren, verführen …

Die Bilder verwandeln die Unbehaglichkeit des Augenblicks. Hinter halbgeöffneten Augen abwesend sein zu können hat sie früh gelernt. Weggehen ohne gehen zu müssen. Sinnieren statt reden.

Sie könnte noch zum Frisör zu gehen, in „Andreas Hairport“ zum Beispiel. Eine äußere Veränderung würde den Aufbruch erleichtern, bekräftigen.

„Setz dich schon mal.“ Andrea würde ihr den schwarz-lila Umhang umbinden und Kaffee anbieten.

„Wasser bitte, oder Sekt gerne.“ Sie würde ihrem neuen Spiegelbild zulächeln.

Um den Spiegelrahmen wären Föhne drapiert, silberne mit Riesengebläse, kleine bunte Taschenföhne, schwarze Objekte und gelbe Designhaartrockner.

Sie würde den mittellangen Pagenschnitt gegen eine fransige Kurzhaarfrisur in neuem Farbglanz eintauschen.

Sie würde Andreas Hände fühlen, wenn sie ihr die Haare wäscht, und es genießen, auf der Kopfhaut massiert zu werden. Sie könnte schlafen und träumen, während die neue Farbe einwirkt, bis Andrea sie aufwecken und fragen würde: „Gel oder Schaum?“

„Schaum, ich nehme lieber Schaum“, würde sie sagen. Wie Schaumbad. Alles würde sich gut anfühlen: die Frisur, Andreas Hände, das einfache Dasitzen. Sie würde sich Prinzessinnen-gleich fühlen, wertvoll, kostbar. Es würde sich auszahlen. Sie würde den Laden erhobenen Hauptes verlassen.

Fine öffnet die Augen.

Gunnar schaut mit zusammengekniffenen Lippen geradeaus, dann wieder in sein Smartphone; er umklammert es fest, mit blutleeren Fingern. Die Wimpern und die Fältchen unter seinen Augen schimmern feucht. Er sagt nichts.

Sie auch nicht. Sie will und kann nichts mehr sagen. Es ist zu verwirrend. Es gibt jetzt keine sicheren Worte. Sie erstarrt.

Sie wird erst einmal gehen. Wäsche, Kosmetika und ein paar Kleidungsstücke, ein Notizbuch, Stifte, Papiere, Geldkarte ... Sie muss die Dinge einpacken. Vielleicht auch eine Taschenlampe und eine Flasche Sekt, wie man es aus einschlägigen Romanen oder Filmen kennt. Eher nicht. Es ist anders.

Sie hat Gunnar nicht von Heiners SMS erzählt. Die ja vielleicht nur einer Laune entsprungen, ein Versehen. Sardinien – eher doch eine verrückte Idee. Egal. Unabhängig davon, ob Heiner sich noch einmal meldet oder nicht. Sie macht jetzt Ernst. In ihr schreit es. Nach Veränderung, nach Aufbruch, vielleicht nach Abenteuer. Das ist wichtiger als diese fixe Sardinien-Idee. Also muss sie auch nicht davon erzählen.

Gunnars Stimme durchbricht die quälende Stille. Angestrengt quetscht er sie aus dem Hals, liest einen gerade gefundenen Satz laut vor. „Hummeln umgeben ihre Eier mit einer Wachsschicht. Irgendwann verlassen sie diesen Zustand."

Süßer Fruchtgelee mit Bananen-Geschmack in knackiger Zartbitter-Schokolade: Geleebananen sind Sommerfeeling und exotischer Genuss, auf einer Plakatwand wirbt Berggold Chocolatiers. Die überdimensionale Abbildung der dunkelbraunen Stäbchen passt. Zusammen mit einer halb geschälten Banane und einem exotischen Vogel liegen die Schokostäbchen unter einer Palme. Lass dir das vollmundige Aroma nicht entgehen. Nein, sie lässt sich gar nichts mehr entgehen. Sie hat sich gleich drei Packungen im nahe gelegenen Supermarkt gekauft. Nun sitzt sie mit ihrer Lieblingssüßigkeit beim Rotwein bereits eine ganze Weile in der Hotelbar und lässt den schnellen Ablauf der jüngsten Geschehnisse Revue passieren. Sie lutscht die Schokolade bedächtig ab, schiebt dann schnell die süße Innenmasse hinterher. Nur schwanger hat sie zuletzt so ungezügelt Geleefrüchte genascht. Die Schwangerschaft war schwierig: Schmerzen, Blutungen, dicke Beine ... Erinnern ist unangenehm: die Schwangerschaft und schon gar die Geburt und die Zeit danach, als sie ihr kleines Mädchen wahrnahm wie durch eine Glaswand, sie mechanisch versorgte, streichelte, wickelte. Gunnar, der ihr Vorwürfe machte. ‚Liebst du dein Kind denn nicht?' Der Arzt hatte ihr Pillen verschrieben. ‚Die Hormone vermutlich.' Erst nach etwa eineinhalb Jahren ging es ihr besser. Die Welt sah wieder heller aus. Tonia konnte schon laufen. Das ist zwanzig Jahre her. Antonia ist ein Papakind, noch heute.

Heute ...? Sie hat sich tatsächlich die Haare schneiden lassen, hat dann ein paar Sachen eingepackt, sich in die nächste Bahn gesetzt und war in zwei Stunden da. Hamburg: vom Zugfenster aus haben sie der Hafen und die Deichtorhallen begrüßt. Irgendwo essen und eine Nacht oder auch mehrere im Hotel buchen und dann weitersehen. Schauen, was kommt. Das ist der Plan.

Sie ist hinter dem Bahnhof die Straße entlang gelaufen. In einem der Schaufenster, offensichtlich ein Antiquariat, hängt eine überdimensional große Sardinienflagge zum Verkauf. Sie ist schnell weitergegangen, dann wie selbstverständlich vor dem Hotel mit italienischem Flair stehengeblieben: Der genau richtige Ort für erstmal drei Nächte.

„Ja, Frühstück inklusive." Es ist so leicht gewesen, selbstverständlich einzuchecken.

Das kleine elegante Zimmer in der zweiten Etage hat ein Fenster zu einem begrünten Hinterhof. Sie hat ihre Tasche ausgeräumt, die feinen venezianischen Kacheln und die aufmerksam angebrachten Accessoires im Bad betrachtet und ist dann nach draußen gegangen.

Unbekanntes Terrain. Im Außen ebenso wie im Innen.

‚Ach wie gut, dass niemand weiß, dass ich Rumpelstilzchen heiß. Heute back ich, morgen brau ich, übermorgen hol ich der Königin ihr Kind.' Sie denkt an den letzten Kindergarteneinsatz bei den ‚Rumpelstilzchen'. Der scheint sehr lange her.

Bis dahin hat sie noch keine Nachricht auf dem Handy erhalten, weder von Gunnar noch von Heiner noch von sonst irgendjemanden.

Sie ist direkt auf eine Trattoria zugesteuert. „Pizza Parma und ein Glas Gavi, bitte." Keiner hat ihre zittrigen Knie, ihr zittriges Innen bei dieser mit Selbstverständlichkeit vorgebrachten Bestellung wahrgenommen. Ihr Platz draußen mit dem Gedeck für eine Person hat den Blick über die Einkaufsstraße freigegeben. Die muss warten.

Gunnar und sie gehen selten aus, wenn dann zu zweit, und weil es einen Anlass gibt: Geburtstag, Beförderung oder früher, wenn Antonia eine gute Note bekommen hat. Sie gehen dann ins Lüdke. Gunnar liebt die Koteletts dort, am liebsten mit grünen Bohnen. Im Lüdke trinken sie immer Bier, es passt am besten zum Kotelett, findet Gunnar.

Der eindeutige Klackton hat ihre Gedanken unterbrochen. Sie hat erst noch einen Schluck Wein getrunken, bevor sie auf den Bildschirm geschaut hat, um die SMS zu lesen: Sardinien. Hab eine Wohnung da für uns. Nächste Woche Dienstag. Treff Flughafen Cagliari, ich flieg ab Berlin, für eine Woche?

Sie hat einen großen Schluck Wasser genommen, sich ordentlich dabei verschluckt und dann das Glas so auf die Kante des Tisches zurückgestellt, dass es runtergefallen ist.

„Alles in Ordnung, Signora?" Der Kellner hat sofort die Scherben beseitigt.

„Sì. No. Sì. Sì … " Wäre das Wasser nicht in die Luftröhre geraten, hätte er wohl einen Schockstarre ähnlichen Zustand, mit dem entsprechend eingefrorenem Lächeln geerntet. Stattdessen nun ein Hustenanfall.

Er hat zur Pizza dezent ein paar Servietten mehr gebracht, sich weiter redlich um sie bemüht. „Olivenöl extra? Salz, Pfeffer?"

Sie hat zwei Stücke von der Pizza gegessen, hat dann den Teller beiseitegeschoben und dafür ein weiteres Glas Wein bestellt. Schnell, ganz schnell, bevor sie es sich noch einmal anders überlegen würde, hat sie zurück geschrieben.

Dienstag Cagliari. Sì.

Das Hotelzimmer, in das sie dann zurückgegangen ist, riecht aufdringlich sauber. Der Fernsehapparat schaut drohend von oben herunter, das Bett lädt nicht wirklich ein. Im Nachbarzimmer rauscht die Toilettenspülung.

Sie hat den Raum schnell wieder verlassen und sich entschieden noch einen Drink an der Hotelbar zu bestellen. Dekorative Schälchen wahlweise mit Nüsschen und Salzgebäck stehen am Tresen.

Sie steckt eine weitere Geleebanane in den Mund.

Ein Mann sitzt schräg neben ihr, starrt vor sich hin und schwenkt ein Whiskeyglas. Fine mustert ihn beiläufig. Er hat schöne Hände und ein markantes Gesicht.

Ihr Rotwein ist mittlerweile zu zwei Dritteln ausgetrunken – als sei sie es gewohnt, abends auszugehen, viel zu trinken, in einer Bar zu sitzen. „Einen Grappa und einen Espresso noch bitte."

Der Barkeeper zeigt ihr diverse Grappaflaschen auf dem Regal.

„Die ganz links, bitte."

Er zieht die Braue hoch, schenkt ihr kommentarlos ein. Vielleicht hätte sie wegen des Preises nachfragen sollen.

Besser nicht darüber nachdenken. „Grazie!"

Sie schaut zu dem Mann neben ihr, deutet ein Lächeln an. „Ich übe ... italienisch."

„Guten Abend. Oder Buonasera meinetwegen." Er erwidert ihr Lächeln. „Benjamin, Benjamin Stadler."

„Fine", antwortet sie, „Fine Elsterding. Aber der Nachname tut nichts zur Sache." Sie kramt die Packung mit den Geleebananen aus ihrer Tasche und hält sie ihm hin.

„Okay, dann einfach Benjamin." Er stößt mit ihr an und greift in die Schachtel. „Sie sind gerade sehr in etwas versunken gewesen, oder?"

„Mag sein. Kennen Sie Sardinien? Auf Sardinien spricht man italienisch ... und sardisch." Fine verliert keine Zeit.

Benjamin schaut sie an. „Sardinien? Moment mal ... Ich war mal da. Das ist Jahre her. Kein Ort für mich. Viel zu katholisch ..."

Fine mustert ihn. „Hm ... Ich auch ... ich bin auch katholisch, meine ich;

nicht katholisch-katholisch … manches sehe ich anders als das, was die da sagen, na ja … Aber schaden kann es auch nicht, meint mein Mann, und dass die Kirche schließlich Kindergärten bezahlt und Schulen und Krankenhäuser. Ach, was rede ich?“

Der Wein macht redselig. Trotzdem strengt es sie an, sich zu unterhalten.

Die gesprächsarme Nähe zu Gunnar fehlt plötzlich. Er würde ein paar Sätze zum Geschmack des Grappas verlieren, um sich dann den gesammelten Prospekten zu widmen oder auch Hinweise und Infos in seinem Handy zu lesen. Sie wäre dann ungehalten und in all dem würden sie einander beruhigen, so wie Paare sich beruhigen, weil sie einander haben.

„Mir ist egal, ob Sardinien katholisch ist“, sagt sie schließlich zu Benjamin gewandt. „Von mir aus auch gerne Du.“

„Gern!“ Er blinzelt. „Ich geh weniger gern aus abends, deshalb sitz ich hier rum … Vielleicht bin ich in ein Alter gekommen, wo mir all das viel zu anstrengend ist.“

Er ist noch keine sechzig, älter als vierzig – genauer kann sie es nicht fassen. „Ich bin auch nicht mehr die Jüngste … wir waren vermutlich in der gleichen Zeit in der Grundschule und so weiter.“

„Hm … Mitte 70er, Anfang 80er Jahre war das in meinem Fall; erst Realschule, dann doch noch Gymnasium, in der letzten Klasse umgeschwenkt. Ich komm hier nach Hamburg wegen der Szene, wenn Sie verstehen, und kaum bin ich da, strengt mich das alles schon wieder an: ständig angemacht werden, alle immerzu auf der Pirsch. Neulich war ich da irgendwo, einer stand vor mir, wollte … Ach, das gehört nicht hierher. Ich hab ihm ‘ne Ohrfeige gegeben, er wollte, dass ich nachlege. Hab ich getan. Er hat gejault und wollte mehr danach … Ich kann das nicht, nicht jeden Tag … Warum erzähl ich dir das eigentlich?“ Er stößt sein Glas an ihres.

Fine bleibt stumm. Sie fühlt Hitze. Vermutlich sieht er jetzt die roten Flecken am Hals. Sie will mehr hören.

„Das geht sicher nicht jeden Tag.“ Ihre Stimme ist plötzlich heiser. Sie versinkt nach innen.

„An was denkst du?“ Benjamin holt sie zurück.

„Also na ja … Sex.“ Sie schaut ihn an. „Ich denke an Sex.“

„So schön, so kompliziert und so einfach zugleich … Mein Liebster ist gerade in der Schweiz. Ich vermisse ihn. Ich brauche seine Kraft, verstehst du?“

Fine spürt Hitze aufsteigen, bestimmt hat sie jetzt ein rotes Gesicht; sie nickt, schaut ihn auffordernd an.

„Er lässt mich alles um mich herum vergessen. Ganz wunderbar!“ Benjamin lächelt versonnen. „Früher war er mal Priester. Kaum zu fassen … ist er streng genommen immer noch … Deshalb wohl diese Abneigung gegen katholische Ecken." Er lacht. „Jerome hat sich freistellen lassen müssen. Mir zuliebe. Heimliche Treffen, doppelbödig leben – nichts für ihn! Er macht jetzt auf Coaching und so weiter. In der freien Wirtschaft kann man damit ganz gut verdienen."

Fine mustert Benjamins braunen sehnigen Körper, die feinsinnigen Gesichtszüge mit wenigen scharfen Falten auf der Stirn und um die Mundwinkel. Er trägt einen silbernen Ring mit schwarzen Ornamenten aus Emaille am rechten Ringfinger.

Er redet weiter. „Ich bin gewissermaßen die Frau. Bloß nicht zunehmen. Das würde Jerome nicht mögen. Da sind wir irgendwie altmodisch, wenn man das so sehen will."

Fine schaut an sich herunter. Seine Worte treffen ihren Körper, machen sie nackt: das ist der blaue Fleck auf dem weißen Schenkel rechts, die rote Maserung auf den Waden, der welkende Po, der etwas gewölbte Bauch, die unentschiedenen Brüste, die Arme, die nach etwas greifen wollen, und das Gesicht, das ihres ist, manchmal ganz nah, manchmal fremd.

„Ich bin auch die Frau", fasst sie zusammen.

„Ja. Irgendwo lauert sie in dir." Benjamins Stimme streichelt. „Ich spüre sie."

Fine nickt. Andächtig. Er hat es verstanden, sie verstanden: unter ihrer Durchschnittlichkeit ist etwas, das wartet.

„Ich wünsche dir jemanden, der sie weckt, die Frau. Weißt du, ich weiß, wovon ich rede. Ohne Jerome hätte ich das nicht geschafft." Er stockt. „Ich muss jetzt ins Bett. Gute Nacht."

Fine bleibt noch eine Weile auf ihrem Barhocker sitzen. Eine Träne läuft langsam übers Gesicht. Die Beine fühlen sich anders an, schwerer noch als ihr Kopf. Jetzt in den Arm genommen werden, gestreichelt, geküsst, liebkost werden … das wäre schön!

Gunnar und sie lieben sich. Ab und zu. Zu regelmäßig. Sie hat ihm das so nie gesagt. Sie langweilt sich häufig dabei. Auch das hat sie ihm nie gesagt. Ihn begehren ist selten geworden und selten so, dass es passt, das mitzuteilen.

Sie schaut erneut auf ihr Handy, Flughafen Cagliari am Dienstag. Die Worte stehen immer noch da. Und jetzt auch mehrere Sprachnachrichten von Gunnar. Vielleicht sollte sie ihn anzurufen. Es ist viel zu spät. Es ist viel zu absurd. Trotzdem: sie vermisst ihn ein bisschen. Fast wie damals. Wie ganz früher:

Ihre Schulfreundin Susen hatte sie damals zu einer Party mitgenommen, da stand er und kannte offensichtlich auch niemanden weiter. Dass er sich für sie interessierte, war aufregend, seine Hände waren warm und fest, und seine Haut roch wunderbar.

Gunnargeruch. Fine atmet tief ein und aus. Da ist sie wieder die Erregung im Bauch, die sie so lange schon vermisst.

Als sie das erste Mal bei ihm übernachtete, war es außer der Neugier vor allem dieser Duft, der sie berauschte, befriedigte. Sie trafen sich kurz hintereinander immer wieder, mal bei ihr, mal in Gunnars Minizimmer; immer war es zugleich unbeholfen und irgendwie aufregend. Irgendwann war klar, dass sie zusammen sind. Die Unbeholfenheit wich einer gewissen Routine. Die schönste Zeit war die ohne Kind. Es war aufregend einen Freund zu haben: Gunnar hatte Ideen fürs Wochenende, Ausflüge in die Umgebung, Kinobesuche, ab und zu eine Einladung zum Essen. Sie erkundeten ihre Körper, es fühlte sich neu und verboten an, bevor es schwierig wurde und schwer.

Irgendwann war sie schwanger.

Ich bin jetzt eine Weile unterwegs. Melde mich. Pass auf dich auf, schreibt sie ihm nun. Vielleicht wird er einfach hinnehmen, was sowieso nicht zu ändern ist.

Sie wird ein paar wenige Tage in Hamburg sein, an der Elbe spazieren gehen, am Hafen sitzen, ein paar Sommersachen kaufen, einen breitkrempigen Sonnenhut und einen neuen Bikini für den Strand. Aber zuerst muss sie das Ticket besorgen. In Gedanken übt sie den Kauf:

‚Gute Reise', würde die Frau im Reisebüro sagen, wenn alle Details geklärt sind, und sie würde mit grellroten oder pinken Lippen lächeln. So oder so ähnlich würde es stattfinden.

Sie hat kein Bild dafür, wie es sein wird, mit Heiner zusammen auf Sardinien zu sein.

Sie wird in dicken Wolken verschwinden, irgendwo anders wieder auftauchen. Halt gibt jetzt die Zeit, das Jetzt: noch drei Tage, drei Abende, drei Nächte, ein Hotel, ein schwuler Bekannter, ein Mobiltelefon mit Nachrichten von Gunnar und einer SMS von Heiner: Schreib deine Ankunftszeit. Ich warte in der Halle.

Etwas geschieht. Sie forscht nach einem Gefühl und findet keins.

„Gute Nacht." Der Barkeeper hat schon darauf gewartet, dass sie die Bar verlässt. Sie geht vorsichtig zum Aufzug, drückt die 2. Ihr Zimmer ist das letzte auf der rechten Seite. Erleichtert fällt sie dort in ihr Bett. Die Decke über ihr dreht sich.

Die kommenden zwei Tage vergehen schnell, eine gedankenverlorene Zeit. Sie bekommt einen Flug für Dienstag, kauft einen Häkelsonnenhut zum Falten, verbringt viel Zeit am Elbufer, genießt am Nachmittag Franzbrötchen und schwarzen Tee oder Milchkaffee und Brownie schaut von Cafés aus aufs Wasser und lässt ihre Gedanken ähnlich den Schiffen auf der Elbe treiben. Die Schiffe haben Namen Albatros oder Bounty oder Flora. Ihre Gedanken sind namenlos.

Benjamin ist dann doch abends unterwegs, sie trifft ihn leider nur noch einmal an der Bar. Sie reden lange und intensiv über die Stadt, über Eindrücke des Tages, über Männer und Frauen, über Essen und Musik. Benjamin liebt Jazz – er schwört auf Vanilleeis in Orangensaft. Es ist leicht mit ihm.

„Eine Freundin hat eine Kollektion mit Spruchkarten rausgegeben – schau mal!“ Er hat die Schatulle extra mitgebracht. „Ich helf‘ ihr die Dinger zu vermarkten. Drei darfst du ziehen und behalten.“ Er öffnet die Schachtel. Auf kräftig pinkem Untergrund sind in weißer Farbe Sprüche aufgedruckt. Er hält sie so, dass sie den Text nicht lesen kann. „Also zieh!“

„Nette Idee! Also: Eine aus der Mitte und je eine von jeder Seite.“ Fine wählt drei Karten aus, legt sie auf den Tisch.

Don't let fear win! und *Old ways won't open new doors* sowie *The best time for new beginnings is now*.

„Passt!“ Benjamin schaut sie an.

„Passt!“ Fine nickt, „Weißt du was? In Bremen auf der Straße hab ich ‘nen Graffitisprayer getroffen: *Stell deine Weichen* hat der auf die Straße gesprüht. Wie für mich. Und jetzt, jetzt bin ich baff … “

„ …und mit Sprüchen ausgerüstet, oder?“ Als sie sich für die Nacht verabschieden, schenkt Benjamin ihr noch eine Karte dazu.

Sie liest sie erst im Zimmer: *More self-love*.

Es ist der letzte Morgen in Hamburg. Beim Aufwachen mischt sich eine Traumszene in das Rauschen der Toilettenspülung und den hereinströmenden Kaffeeduft.

Gunnar liegt schwer verletzt im Krankenhaus. Sie hat ihn zusammen mit Antonia dorthin begleitet, diese ist noch sehr klein. Fine hat sie getröstet, irgendeine Unwahrheit gesagt angesichts Gunnars völlig zertrümmerten Gesichts.

Gunnar nicht einfach anzurufen und ihm zu erzählen, dass sie heute wegfliegt und ihm zu versprechen, dass sie sich meldet, wenn sie gut angekommen ist oder ihm zu sagen wie das Wetter ist – nicht so zu tun wie immer – ist schwer. Nichts ist wie immer. Das Traumbild beunruhigt. Sie hat ihm womöglich eine reingehauen. Ihre Abreise ist ein Schlag ins Gesicht gewesen. Es ist als sei Gunnar neben ihr, in ihr, schweigend, zerstört und von ungeheurer Präsenz. Sein zertrümmertes Gesicht scheint sie vorwurfsvoll anzuschauen.

Sie hält die Kaffeetasse an ihr Kinn gepresst, als sei sie ein Auffangbecken für Gedanken, Gefühle, Worte. Sie wird heute nach Cagliari fliegen.

„Schweigsam heute Morgen, Bella." Benjamin hat auf seinem Tablett ein Schälchen Müsli, Lachsröllchen und Ei sowie ein Stück Melone drapiert. „Darf ich mich zu dir setzen?"

Fine zuckt zusammen. „Ja, sicher." Sie schenkt ihm Kaffee ein. „Schwarz, nicht wahr?"

„Ja, schwarz wie die Nacht. Und du nur Kaffee? Stimmt, du fliegst heute, deshalb so anders?"

„Hm … Ja, nur Kaffee. Viel Kaffee." Sie wischt sich über die Stirn. „Hab schlecht geträumt ... kann es nur schwer abschütteln …"

Benjamin schaut besorgt. Er fragt nicht nach Details.

„Mach, was du machen musst oder willst. Das wird schon gut so wie es wird. Ciao Bella!" Bevor er den Frühstücksraum verlässt, drückt er ihr einen Kuss auf die Wange. „Wirklich schön, dich getroffen zu haben!"

„Ciao Benjamin!" In ihrem Kopf rattert es: Tasche packen, auschecken, den Weg zum Flughafentransferbus finden … Sie muss los! Fine steht auf und umarmt ihn. Am liebsten würde sie ihn gar nicht mehr loslassen, einfach stehen, halten und gehalten werden, nichts weiter.

Stattdessen geht es weiter, ohne dass irgendetwas zu Ende ist.

Heiner

Die Abflughalle Berlin Tegel riecht nach Plastik. Billig. Sie kann die Menschen, die von dort abfliegen wollen, schon längst nicht mehr fassen.

Er hat in einem winzigen Zimmer im fünften Stock eines günstigen Hotels, irgendwo in einer abgelegenen Straße in Gropiusstadt, übernachtet, hat gegen die Mücken, die stechenden Kopfschmerzen und schwerflüssigen Selbstzweifel angekämpft, hat auf den Kaffee in dem muffig riechenden Speiseraum verzichtet, und ist stattdessen mit einem Pappbecher von der Bäckerei gegenüber auf dem Schoß direkt mit dem Bus zum Flughafen gefahren. Ein Fehler, mahnt der hellbraune Fleck auf der hellen Hose. Einer von so vielen. Heiner reibt mit einer Serviette auf seinem Hosenbein herum.

In der Halle trinkt er ein Bier gegen die ihn erdrücken wollende Luft oder auch gegen das erdrückende Unbehagen. Wahrscheinlich ist die ganze Geschichte eine unsinnige Idee und er läuft eigentlich nur weg und macht alles nur noch schlimmer.

„Zu warm und zu teuer!" Er schiebt dem Mann hinter der Theke 5,50 € hin und geht. Eine Frau läuft ihm hinterher. „Da haben Sie ja nochmal Glück gehabt. Ihre Bordkarte … Sie haben sie an der Theke liegengelassen."

Ihre Ohrringe sind zu groß, das Klackern ihrer Absätze nervt. „Danke auch. Ich muss zu Schalter 9, es geht gleich los – leider." Er zieht bedauernd die Schulter nach oben. Er beherrscht das Spiel. Er hasst es. Er hasst sich: den Schwiegermuttersohn, zum Kotzen nett. Gerade ist er einfach nur schwer und müde.

Schalter 9 ist bereits geöffnet, die Bodenstewardess hat die Jacke ausgezogen, Haare kleben an ihrer Wange, ein Schweißtropfen rinnt von der Stirn Richtung Nase. Wie wird es erst auf Sardinien sein? Er legt die Bordkarte vor.

„Ihren Ausweis bitte!"

Heiner schaut die Stewardess an, „Ja klar, ähhh ..." Er wühlt in der Tasche, hinter ihm wird jemand ungehalten. „Hier, bitte!"

„Den müssen Sie bald verlängern." Sie lächelt breit, klopft mit dem sorgfältig lackierten Zeigefingernagel auf das entsprechende Datum.

„Aber nicht heute." Heiner zieht den Pass zurück. Lackierte Fingernägel verursachen ihm Brechreiz. Er versucht sich an Fines Hände zu erinnern. Es gelingt ihm schwerlich. Nein, sie hatte keinen Nagellack drauf, er ist sich sicher.

Frauen können Männer fressen, wie diese fette Raupe Passagiere frisst. Zügig passiert er den Fahrgasttunnel. Ein Bus wartet, um die Passagiere das letzte Stück zum Flugzeug zu fahren. Es stellt sich ganz in die Ecke, will die aneinander gedrängten schwitzenden Menschen weder riechen noch hören, geschweige denn fühlen.

Das Abheben des Flugzeugs verursacht ein kurzes Ziehen im Bauch, ein aufgeregtes Kribbeln folgt. Berlin verschwindet unter ihnen, dann wird die gesamte umliegende Landschaft immer kleiner und kleiner, bis die Maschine eine dicke Wolkenschicht durchbricht. Dahinter liegt klares Blau. Der Pilot stellt sich vor. „Willkommen an Bord. Ich bin Simon Bromann. Das Flugzeug hat 9000 Fuß Höhe, wir sind 1.419 km entfernt von Sardinien, die Temperatur dort beträgt 35 Grad heute ..." Heiner reibt sich die Augen. Dann lehnt er sich zurück und schläft.

„Bitte schnallen Sie sich an und klappen die Vordertische ein, wir beginnen mit der Landung." Die Stimme der Stewardess reißt ihn aus einem Traum. Er sitzt eingequetscht auf Platz 37C in einem Flugzeug, das in 20 Minuten in Cagliari landen wird. Daran ist jetzt nichts mehr zu ändern. Die helle Frauenstimme klingt verbindlich. Cagliari ... Sardinien ... Fine ... Er wird vor ihr da sein. Er will ein Auto mieten, das Ferienhaus in Augenschein nehmen, etwas einkaufen, einmal allein zum Meer gehen und sie dann am nächsten Tag abholen. Logische Abläufe für unlogische Beweggründe.

Er wischt sich über die Stirn. Er will jetzt ein paar Tage raus, ‚leben verdammt nochmal'. Irgendwas hat die Frau an sich, deshalb will er jetzt mit

Fine Urlaub machen. Das ist es. Fertig.

Der Pilot bringt die Maschine zum Landen. „Wir wünschen Ihnen einen angenehmen Aufenthalt auf Sardinien." Im Unterton der Stewardessenverbindlichkeitsstimme schwingt Langeweile. Es könnte ein Tonband sein. Egal. „Das wünsch ich mir auch." Heiner merkt an der Reaktion seines Nachbarn, dass er laut gesprochen hat.

„Das erste Mal Sardinien?", fragt der Mann neben ihm.

„Hmm." Heiner nickt.

„Na dann – super Strände, sag ich nur. Aber warum allein?" Der Mann auf dem Nebensitz zwinkert seiner Begleiterin zu. „Die wilde Pirateninsel und Einsamkeit – das passt nicht!" Er lacht laut, nimmt ihre Hand und hält sie zusammen mit seiner hoch.

Er könnte dem Mann eine runterhauen, rechts und links am besten und ihm dann sagen wie unerträglich sein Deo, seine Rülpser, sein Kaffeeschlürfen und seine Lacher sind, und dass er seine Partnerin ein affiges Püppchen ist. Nichts von all dem kommt ihm über die Lippen. „Meine Begleitung kommt morgen", raunt er ihm zu, bevor er aufsteht und in den Flur der Boing geht.

Es klingt gut: „Meine Begleitung kommt morgen."

Gunnar

Gunnar läuft in der Wohnung auf und ab, Treppe hoch, Treppe runter. Die Wohnung ist ein schmales Häuschen auf zwei Etagen verteilt: Küche, Wohnzimmer, Schlafzimmer, Bad und zusätzlich Antonias Zimmer, wo jetzt Fines Schreibtisch steht, sie Rechnungen erledigt, Briefe und sonst was schreibt, wo sie bügeln, Gäste beherbergen und Dinge abstellen. Drei Jahre nach ihrer Hochzeit sind sie hier eingezogen, Bremen Blumenthal – Fine hat sich sofort in den Namen verliebt, er eher in das dörfliche Ambiente. Es hat gepasst. Von Ottersberg, wo sie beide in die Schule gegangen sind, mehr in die Stadt, wo mehr los ist.

Vor 24 Jahren hat er sie gefragt, ob sie nicht heiraten wollen. Es schien logisch und irgendwie, als könne man so das Leben in die Hand nehmen. Gerade entgleitet es ihm.

Er hat den Abendbrottisch gedeckt: frisches Brot, Tomaten, eine Makrele für sich und ein Auberginenaufstrich für Fine, beides frisch vom Markt, etwas überteuert, aber er wollte ihr etwas mitzubringen, sie überraschen.

Es ist jetzt neun Uhr am Abend, sie ist noch immer nicht zurück. Sie würde heute nicht mehr kommen. Es hat sich angedeutet, sie hat gesagt, dass sie aufbrechen will. Sogar eine Nachricht geschrieben: *Ich bin jetzt eine Weile unterwegs. Melde mich. Pass auf dich auf.* Sie schreibt öfter irgendwelche Zettelchen. Die muss man nicht überbewerten. Aber so schnell, einfach weg? Heute? Er hat sie in letzter Zeit überhört. Vor allem, wenn sie so ungenaue unkonkrete Fragen stellt. ‚Und wenn einmal alles anders wäre?' zum Beispiel. Was soll man dazu sagen? Sie hat sich merkwürdig benommen, ganz abgesehen von ihren wirren Träumen, an die er sich gewöhnt hat.

Gunnar setzt sich an den Tisch, stochert in der Räuchermakrele herum. Was sie sich dabei denkt, einfach so weg zu sein? Wo um Himmels willen steckt sie? Gunnar räumt den Tisch ab, scheppert extra laut mit dem Geschirr, ein Teller fällt hin, zerbricht. ‚Scherben bringen Glück, was für einen Quatsch die Menschheit sich ausdenkt'. Gunnar lässt die Scherben liegen, ‚soll doch alles zu Bruch gehen, blöder Mist aber auch …'

Er muss mit jemanden reden. Ortwin fällt ihm ein: der hat sich ihm auch anvertraut.

Sie haben in der Kantine gesessen, Bohneneintopf. „Ich geh heute Abend in den Club, verstehst du?“, hatte er gesagt. „Ich brauch das, mit Männern … also da kann ich mich nochmal ganz anders erleben. Ich brauch das wirklich.“ Er hatte einfach so, in der Mittagspause, erzählt, dass er ‚bi' sei. Und er hatte ergänzt, dass er damit nicht mehr überall hinter den Berg halten wolle. „Ab sofort nicht mehr alleine sein damit, verstehst du? Ich will, dass du das weißt. Ich steh eben auf Frauen und auf Männer, Gunnar.“

Gunnar hatte genickt, so als verstünde er, und Ortwin hatte weiter erzählt. „Meiner Frau sage ich, dass ich in die Sauna gehe, und irgendwie stimmt das ja auch – da ist auch eine Sauna. Ich liebe sie ja auch, die Ramona. Aber das darf sie nicht erfahren, weißt du?“

Ortwins dunkelbraune Augen waren in diesem Moment sehr ernst. Gunnar hatte nichts weiter gefragt, und dann waren sie wieder zu ihren Schreibtischen zurückgekehrt.

Sie sind langjährig schon Kollegen in der gleichen Behörde. Katasteramt. Sie haben viele andere kommen und gehen sehen. Das schweißt zusammen. Man kennt sich irgendwie.

Gunnar hatte es versucht, mit Fine über diese neue Vertrautheit zu sprechen. Er hat Gesprächsanlässe und -anfänge gesucht: „Fine … äh … also ich arbeite ja zusammen mit Ortwin.“ Oder „Fine, mein langjährigster Kollege ist ja der Ortwin, wie du weißt …“ Dann weiterreden war schwer. Fine hatte gefragt, ob er Ortwin und Ramona einmal einladen wolle, und vorgeschlagen, dass er sich doch mit Ortwin auch privat verabreden könne. Er hatte dann nicht erzählt, was er erzählen wollte: ‚Ortwin hat mir anvertraut, dass er auch auf Männer steht, wie kann das sein, Fine? Ich komm nicht wirklich mit dieser Botschaft zurecht. Was heißt das, wenn er mir das anvertraut?‘

Stattdessen war er wenig später auf Ortwins zaghafte Anfrage hin einmal mit in dem Club gegangen. Das musste sein Geheimnis bleiben, er hatte sich selbst nicht verstanden, wie hätte Fine das verstehen können. Diese Männer, die sich gegenseitig verwöhnen, massieren, traktieren. Bereits in der Schlange an der Kasse hatte er einen Mann entdeckt, der in seiner Tasche einen glitzernden Fummel, Perücke und Schuhe bei sich getragen hatte. Er hatte immer wieder hinschauen müssen. Und erst recht dann in den Räumlichkeiten. Der Barbereich und die Saunen gehen in einander über, daneben gibt es Kabinen, um sich zurückzuziehen, Sitzecken und Stehtische – alles großzügig verteilt. Er hatte sich an die Bar gesetzt und alles beobachtet: ein paar wenige Männer trugen Frauenkleidung und Pumps. Es hatte Spaß gemacht, sie zu betrachten. Die meisten Männer hatten sich einfach ausgezogen, ihre Kleidung in die dafür vorgesehenen Spinde gepackt, um sie gegen flauschige Frotteehandtücher einzutauschen. Die, die die sich umzogen, quasi verkleideten und schminkten, waren dafür in die Toilette gegangen. Es hatte ihn alles sehr beschäftigt, magisch angezogen. Keiner hatte ihn angesprochen, während er einfach nur so an der Bar saß.

Ortwin hatte auf ihn aufgepasst. „Du musst dich nicht schämen“, hatte er ihm ins Ohr geflüstert. „Alle waren hier irgendwann zum ersten Mal.“

Er war kurz zusammengezuckt und hatte Ortwin ein Bier spendiert.

Ortwin hatte ihm zugeprostet. „Ich wusste, dass dir das gefällt.“

Nach dem Besuch in der Sauna waren sie in einem vietnamesischen Restaurant. Es gab weißen duftenden Reis und fremd schmeckende scharfe Saucen. Die Kellnerin hatte ihnen beim Bestellen jeweils über beide Wangen gestreichelt. Ihre seidige Bluse hatte etwas Schimmerndes. Alles war so anders, als es eigentlich ist, wenn er essen geht, was selten der Fall ist. Es hatte ihm geschmeckt.

Dann war‘s am besten, das Ganze zu verdrängen, Fine sollte nichts merken. „Lange Besprechung ... hinterher ein Bier mit Kollegen.“ Fine hatte nicht weiter nachgefragt.

Er könnte jetzt in der Situation Ortwin auch anrufen. Er traut sich nicht. Andrerseits: Fine ist einfach weg ...

Er läuft weiter hin und her. Fine hätte das vietnamesische Restaurant und das Essen dort gemocht. Vielleicht isst sie auch gerne italienisch, sie mag Italien, hat sogar angefangen die Sprache zu lernen; so schön melodisch, findet sie. Die meisten Frauen essen gerne italienisch. Fine ist nicht ‚die meisten

Frauen'. Er hätte sie vielleicht öfter einladen sollen. Es ist irgendwie anstrengend, überflüssig, teuer auszugehen. Aber sie würde es mögen. Schon wieder denkt er nur an sie.

Miteinander ist es immer schwerer geworden. Langjährige Beziehung, Midlifecrisis, Wechseljahre ... es gibt viele mögliche Gründe. Sie haben eher nicht darüber gesprochen.

Er geht in Antonias Zimmer zu Fines Schreibtisch. Das Foto mit dem Blütenkopf einer afrikanischen Schmucklilie, das dort hängt, hat er einmal für sie vergrößern lassen. ‚Apaganthus africanus', er hat im Botaniklexikon nachgeschlagen: eine Blume, die es warm mag, gedüngt werden muss und manchmal erst nach vielen Jahren das erste Mal blüht. ‚Meine blaue Blume' hat sie auf das vergrößerte Foto geschrieben. Was soll das heißen, ‚Meine blaue Blume'? Gunnar schaut das Bild näher an: viele krokusartige blaue Miniaturblüten bilden eine einzige ballrunde riesige. „Fine", flüstert er.

Vielleicht hat sie sich zu einem Abenteuerevent angemeldet, Bungee Jumping, Steilklettern, Windsurfen ... Oder sie interessiert sich plötzlich für Dinge wie Astrologie, Schamanisches Heilen, Hypnose oder sonst etwas Ähnliches. Sie hätte mehr Interesse verdient, wenn sie von sich erzählen wollte, von ihrer Sehnsucht, ihren Ideen. ‚Was für Leute, die zu viel Zeit haben zu denken' oder ‚Frauenkram' oder ‚es gibt Wichtigeres' – seine Bemerkungen waren nicht immer freundlich und oft hat er gar nicht reagiert, wenn sie was gesagt hat.

Er drückt ihre Handynummer. Die Leitung ist tot, das Gerät ausgeschaltet. Er hat ihr dazu geraten: ‚nur Wichtigtuer lassen ihr Handy den ganzen Tag an'. Aber jetzt ist die Situation doch zum wichtig nehmen.

Er sortiert ein paar Prospekte, bringt leere Flaschen in den Keller, wirft alte Zeitungen weg.

Um viertel nach zehn ruft er Ortwin an. „Fine ist weg", über die Lippen bringen ist schwer.

Ortwins unbeholfenem Schweigen folgt ein zögerlicher Vorschlag. „Nochmal in den Sauna-Club? Die haben bis 02.00 Uhr auf."

„Wenn du meinst ..." Gunnar stimmt zu.

In dieser Nacht ist er vorbereitet. Nahezu souverän, verglichen mit seinem ersten Besuch dort. Er bringt Fines bunten Wickelrock mit, leiht sich eines der Fläschchen mit Wimperntusche und ihre geblümten Badelatschen: nach dem Bezahlen setzt er eine Sonnenbrille auf – wünscht sich eine Perücke dazu. Für einen kurzen Augenblick fühlt er sich wohl.

Ein nackter Adonis zeigt auf ihn. „Wie scheiße sieht das denn aus." Er sucht die Zustimmung seines Liebhabers, der augenblicklich zu kichern beginnt.

Die wenigen Schritte bis zur Bar sind jetzt weit. Gunnar setzt sich auf einen der lederbezogenen Hocker, bemüht sich um Selbstverständlichkeit. „Ein Helles bitte!“ Er schlägt die Beine übereinander.

„Bitteschön. Cool down!“ Der Barkeeper ist ihm wohlgesonnen. „Heute gibt Lilo ‘ne kleine Einlage. Wird dir gefallen!“

Gunnar trinkt einen Schluck. Die Anspannung lässt kurzzeitig ein wenig nach. „Lilo?“

„Unsere Dragqueen. In zehn Minuten ungefähr geht’s los.“

Die Bar füllt sich. Zusätzlich Stühle werden reingetragen. Ortwin in Begleitung eines sehr jung aussehenden Lockenkopfs sitzt ihm schräg gegenüber. Gunnar winkt ihm verstohlen zu. Lilo bewegt sich in einem rosafarbenen enganliegenden Kleid durch den Raum, singt, flirtet, tanzt. Eine Federboa umspielt sie. Die Performance wird von einem Mann mit gegeltem schwarzen Haar und stark umrandeten Augen auf dem Klavier begleitet. Faszinierend, Gunnar spürt die Aufmerksamkeit in jeder Faser seines Körpers – so ist Genuss, sich dem hingeben, was da passiert. Unwiderstehlich.

Nach der Aufführung tippt ein Mann ihm auf die Schulter. „Komm, ich nehm‘ dich mit“, flüstert er ihm ins Ohr, „ich style dich um.“ Seine übergroßen Wimpern zwinkern. Fliegenbeine. Aufregend. Gunnar steht auf, lässt sich ziehen, geht mit ihm in eine der Kabinen seitlich des Flures. „Zieh das aus!“ Er deutet auf den Rock. Gunnar folgt seinen Worten, zieht sich dann den schlauchartigen Stretch über, den er ihm hinwirft. Der Stoff glitzert. „Leg dich hin!“ Einer, der weiß, was er will. Gunnar gibt ihm nach. Aus Schwäche. Oder Neugier. Der Widerstand im Körper ist zu gering. Sein Verführer hat deutliche Lust ihn zu kneten, überall zu berühren. Es gefällt ihm. Gunnar stöhnt in den Händen des muskulösen feinsinnigen Mannes laut auf, der lächelt ihn an, streift den Glitzerfummel wieder ab. Gunnar verliert sich in purer Lust. Sein Schwanz zuckt. Er kommt wie schon lange nicht mehr.

„Ciao bello“, der Mann flüstert ihm noch etwas ins Ohr, was er nicht versteht, und lässt ihn dann alleine.

Als er aufsteht, findet er bei seinen Sachen eine Visitenkarte. Ein südländischer Name, eine Mailadresse, eine Telefonnummer. Er steckt sie schnell weg, geht zurück zum Tresen.

Sicherlich merkt ihm jetzt jeder die Verstörung an, die seine Knie weich und alles andere zittrig sein lassen.

„Noch ein Bier, bevor wir schließen?“

Er atmet auf. „Ja, gern.“

Ortwin trifft er im Eingangsbereich wieder. Er lächelt verlegen. Sie gehören zu den letzten Gästen in dieser Nacht. „Du weißt schon, Ramona weiß das hier nicht … Sven und ich, also … du weißt …?“ Und er ergänzt, „ich denk drüber nach, wegen Fine und so …“

Ja, Fine und so … Sie hat ihn letztlich in diese Situation gebracht. Wäre sie nicht weg ... „Ja … schon gut.“ Er kann jetzt nicht mit Ortwin reden, nicht in diesem Zustand. Selbst die Sorge ist in den Hintergrund getreten. „Wir sehen uns.“

Er nimmt ein Taxi zurück nach Hause.

Es ist schon kurz vor 03.00 Uhr. Er muss noch ein bisschen schlafen, aber wie soll das gehen? Er schaut sich im Schlafzimmerspiegel von oben bis unten an. Ob dieser Mann ihn schön gefunden hat? Ob Fine ihn schön findet? Er streicht über seinen Bauch, seine Arme, seine Schenkel, sein Geschlecht, zieht dann seinen gestreiften Schlafanzug über. Sofort schlafen und dann weitersehen. Er muss ein Quäntchen Klarheit bewahren.

Er schläft unruhig, träumt wild.

Ein riesiges Ungeheuer taucht aus einem See auf. Er schwimmt um sein Leben. Dann muss er mit dem Ungeheuer kämpfen. Mit einem riesigen Schwert bewegt er sich dem Ungeheuer entgegen, um es zu töten …

Er wacht auf, sieht sich um. Er liegt alleine in seinem Bett. Machen sich Fines Träume nun in ihm breit, während sie weg ist – wo auch immer? Er ballt die Fäuste, wälzt sich hin und her, in seinem Bauch kribbeln Unruhe und Verlangen um die Wette.

Er versucht Fine anzurufen. Ihr Handy ist noch immer tot.

Sie würde jetzt Dinkelbrötchen kaufen und mit Kräuterquark und Kaffee frühstücken, das Radio einschalten und ihn fragen, ob er gut geschlafen hat. Er hasst Radiobeschallung am frühen Morgen.

Eine Dragqueen und diese überwältigende Lust … Wo verdammt soll er das einordnen? Am liebsten würde er sich krank melden, es würde nichts nutzen, also lieber das Gewohnte verfolgen. Er brüht sich einen Tee auf, schmiert sich ein Brot mit Erdbeermarmelade. Der Wasserkocher knackt, draußen gurren ein paar Tauben, ein Auto fährt vorbei. Sonst ist nichts zu hören.

Um einen erwachsenen Menschen vermisst zu melden, braucht es triftige Gründe, zudem hat Fine angekündigt, dass sie eine Weile weggeht. Also keine gute Idee.

Er verlässt das Haus wie immer und nimmt den Bus Richtung Büro. Kurz vor dem Eingang der Behörde trifft er Ortwin.

„Moin.“

„Moin.“ Ortwin schaut ihn etwas verlegen an. „Hoff, du konntest noch etwas schlafen?! Ein Bier um sechs? Wegen Fine und so … Vielleicht in der Katharinentheke, is ganz zentral.“

Gunnar nickt. Er fühlt sich schwach. Etwas zieht in seinem Bein.

Zu zweit sein am Abend ist allemal besser als alleine.

Er sitzt in der Bar, in der er sich mit Ortwin verabredet hat. Da ist er noch nie gewesen, er geht selten aus. Er nippt an seinem Pils und stiert vor sich hin. Was hinterlässt mehr Verwirrung: der Besuch im Saunaclub am Vortag oder Fines Weggehen?

„Hey Gunnar." Ortwin setzt sich neben ihn. „Davidoff HOT", erklärt er noch, bevor Gunnar nach seinem Parfum fragen kann. „Ich seh doch an deinem Gesicht, dass dich der Geruch anmacht." Ortwin spricht leise. Sein Bier hat er beim Reingehen bereits an der Theke bestellt. „Ansonsten sitzt du etwas verloren da rum, wenn ich das mal so sagen darf ..." Er streicht ihm über die Schulter. „Also, du willst über Fine reden. Sie ist weggegangen?" Er wendet sich mit einem gewinnenden Lächeln zu dem Kellner um, der ihm sein Glas hinstellt. „Das geht ja flott ... Danke!"

Gunnar holt aus. „Irgendwie ist sie weggegangen, lange bevor sie ‚ich bin eine Weile weg' geschrieben hat. Sie hat mich immer weniger berührt, hat weniger mit mir geredet in letzter Zeit, sie wollte oft nicht mehr, dass ich ihre Hand nehme." Gunnar spricht vor sich hin ohne Ortwin anzusehen. „Ich habe das ertragen. Was sollte ich sonst tun? Wie soll das gehen? ... Na ja ... aber es gibt in mir auch die Seite, die heilfroh war, dass sie mich in Ruhe gelassen hat. Ihr genügen ist nicht ganz einfach. Wir haben uns arrangiert: haben es als Lieben und Geliebtwerden angesehen oder so ähnlich. Ohne große Ansprüche weiter. Verstehst du?"

Ortwin blinzelt. „Männer und Frauen ... Passt manchmal einfach nicht. Gestern hast du dich von Giulio, dem Mann, der neben dem Klavier stand, verwöhnen lassen, stimmt's? Da hast du nichts mehr unternommen, um Fine zu suchen; also ich meine ..."

„Was hätte ich tun sollen?" Ortwin nervt. „Äh, also ... es ist so ..."

Es gibt keine passenden Worte. Das schwächt. Als ob die Kraft aus dem Körper heraus gezogen wird. Ähnlich ohnmächtig hatte er sich beim Tod seines Vaters gefühlt. Eine Ohnmacht, die Schwere nach sich zieht. Damals hatte die Mutter hatte sich an ihn geklammert. Er war ihr Beschützer. Gleichzeitig schnitt er immer schlecht ab, wenn sie ihn mit dem Vater verglich. Ein Schlappschwanz sei er, hat sie sogar einmal gesagt. Ein einziges Mal – als er zu seinem ersten Vorstellungsgespräch in der Stadtverwaltung nicht hinging. Es sitzt bis heute. Manchmal fragt er sich, ob er vielleicht tatsächlich einer ist: ein Schwächling, ein Warmduscher, ein Weichei ... Schlappschwanz.

Er geht einmal in der Woche zu seiner Mutter ins Pflegeheim. Dort riecht es zum Erbrechen nach Kartoffelbrei, Urin und Maiglöckchen. Er erfindet manchmal Ausreden, um nicht pünktlich zu kommen. Sie erkennt ihn nicht mehr immer. Er redet mit ihr und checkt gleichzeitig die Nachrichten auf seinem Handy. Manchmal weiß er nicht, wohin mit sich, wenn er da an ihrem Bett sitzt. Wie lange sie wohl noch lebt? Darüber nachzudenken fühlt sich verboten an. Ab und zu kommt Fine mit ihm zu ihr. „Wer ist die Person da?", hat die Mutter beim letzten Besuch gefragt.

Als sie noch klar denken konnte, hat seine Mutter deutlich gezeigt, dass sie Fine allenfalls duldet. Gemocht hat sie sie nie. „Nicht mal 'ne richtige Frau findest du", hatte sie gesagt. Gunnar hat eine ungefähre Ahnung, was *‚eine richtige Frau'* ist: elegant, wohlsituiert, höflich … Sie hat Fine immer als zu normal, ihre Natürlichkeit als albern, ihre Krisen als lächerlich abgetan.

Fine hat das manchmal hingenommen. Manchmal auch nicht. „Die dominiert dich total. Widersprich ihr doch mal!", hat sie mehrfach gesagt und: „Du musst es ihr nicht immer recht machen!", „Warum lässt du zu, dass sie mich schlecht macht?"

Er mag das nicht, wehrt in der Regel ab, wenn sie ihn herausfordert.

„So schlimm ist es nun auch nicht. Is halt meine Mutter …", antwortet er für gewöhnlich, wenn er überhaupt etwas dazu sagt. Sie reden kaum noch über seine Mutter. Sie haben über vieles aufgehört zu sprechen.

Er hat Fine auch nie erzählt, dass er früher immer ihre Kleider angezogen hat. „Mein Dummerle", hatte die Mutter dann gesagt und ihn ausgelacht, „du bist doch ein Mann, ein Kerl – ein Scheißkerl, wie dein Vater." Gunnar hatte den Vater geliebt. Dass der Vater ein Scheißkerl war, blieb ihm verborgen, aber wenn die Mutter das doch so sagte oder gar wegen dem Vater schlechte Laune hatte, musste ja vielleicht etwas dran sein.

Ortwin fasst an seinen Rücken. „Wo bist du? Was denkst du? Du willst doch reden?!"

Gunnar schüttelt den Kopf, so als könne er die Bilder abschütteln. „Gerade hab ich an meine Mutter gedacht. Die mochte Fine nie besonders. Und ich sehe Fine dauernd vor mir – wie sie im Sessel sitzt am Abend, wie sie den Tisch deckt, wie sie mir zuwinkt, wenn ich mich verabschiede. Fine, wenn sie wütend ist, oder wenn sie irritiert aus einem Traum erwacht."

‚Er gehört zu mir, wie mein Name an der Tür', schon das zweite Mal spielt das Lied in dieser Bar. Ortwin summt mit.

„Nein, nicht Er, Sie gehört zu mir! Oder? Entschuldige, Ortwin, ich bin gerade völlig durch …"

Was kann er ihm anvertrauen? Er hat ja die Sache mit den Kleidern vermutlich schon bemerkt. Gunnar setzt an, „muss anstrengend sein, Ramona und deine äh … Freunde, dein Liebhaber, äh … in der Sauna?“

Ortwin hat aufgehört zu summen. „Ja … manchmal schon. Ich will aber nichts davon missen, weißt du?“

Gunnar fasst sich ein Herz. „Ich glaube, ich stehe auf Frauenkleider: sanfte Stoffe, schöne Formen, weiche Farben, Nylons, Hüte, Schuhe ... “ Jetzt ist es raus. Er setzt neu an. „Ich hab‘s immer weggedrückt, es recht gemacht, oder es zumindest versucht … vor allem für meine Mutter … und dann für Fine … Ich liebe sie, finde sie gut wie sie ist … was soll ich sagen? Ich weiß nicht, ob sie das gut finden oder zumindest tolerieren würde.“

Er schaut Ortwin an. Der legt seine Hand auf seine. „Das weiß ich auch nicht. Und jetzt ist Fine weg. Was willst du tun?“

Gunnar schließt die Augen. Ortwins Berührung tut gut.

Er stellt sich vor, wie es wäre mit ihm oder auch mit einem der Männer an der Theke in den Saunaclub zu gehen, oder einen an der Theke anzumachen, sich ein rotes Kleid zu nehmen und sich dort hinzusetzen und zu flirten. Er spürt Geilheit und Kraft. Er erschrickt. Größer als das Erschrecken ist das Verlangen den Teil in sich zu finden, der leben will. Endlich leben!

Als Gunnar die Augen wieder öffnet, schaut Ortwin ihn an. „Alles okay?“

Gunnar sieht an sich hinunter: das karierte Hemd, die gebügelte Hose, der leichte Bauchansatz, die praktikablen Lederschuhe. „Ja. Nein … Vielleicht …“

„Wird alles, glaub mir!“ Ortwin scheint davon überzeugt zu sein.

Gunnar schaut auf dessen Arme, das aufgeknöpfte Shirt, den knackigen Po in der passgenauen Jeans. Er fühlt sich alt neben ihm. „Lass uns gehen!“

Er ruft den Kellner. „Wieviel?“

„Zwölf fünfzig zusammen, selten hier, oder?“

„Ja … Hm ... Das erste Mal, ehrlich gesagt. Stimmt so.“ Gunnar legt ihm fünfzehn Euro hin.

„Irgendwann ist immer alles das erste Mal. Danke und schönen Abend noch!“

Gunnar lächelt verlegen.

„Na dann … er muss er ja nicht die ganze Misere verstehen.“

„Nein, muss er nicht. Was geht den Kellner das an, dass Fine weg ist und so weiter …“, kommentiert Ortwin als könne er Gunnars Gedankenwelt lesen.

Gunnar nickt. Udo Jürgens besingt jetzt den Griechischen Wein. „Schon wieder so eine Schnulze. Nichts wie raus hier, Ortwin!“

Er läuft sehr langsam zur Haltestelle der Straßenbahn. Er riecht die Abendluft, er hört in der Bahn Menschen auf dem Nachhauseweg, wie sie sich unterhalten: über den grade gesehenen Film, übereinander, über Musik, Essen, die Arbeit …

Von dem Abend heute wird Fine, wenn sie irgendwann wiederkommt, eher nichts erfahren. Er wohl auch nichts von dem, was sie gerade macht, was auch immer das sein könnte. Er findet kein Bild.

Er geht an der Haltestelle vorbei und läuft nach Hause. Unterwegs wirft er einem Bettler ein Zwei-Euro-Stück in den Kasten vor seinem Schlafsack. Im Schaufenster eines Reisebüros wird Barcelona für 179 € angeboten, im Buchladen daneben steht ein antiquarisches Exemplar von Ernst Jandls ‚Laut und Luise'. Zwischen den Häusern ist es warm.

„Wir sind doch noch beieinander zu Hause Fine, oder?" Er spricht in die Nacht.

Er gäbe etwas darum eine Antwort zu erhalten.

Er holt sein Handy aus der Tasche und wählt den Anschluss seiner Tochter.

Antonia meldet sich. „Hey Papa. Was'n los?"

„Wollt dich hören meine Tonia, Süße ..."

„Äh, ja ... alles gut?"

„Ja ... und bei dir?"

„Papa, das passt grad nicht. Lass wann anders telefonieren. Tschüüüs und Küsschen. Grüße an Mama." Sie drückt ihn weg.

Gunnar schaut auf sein Handy. Fine hat eine SMS geschrieben: *Mach dir keine Sorgen*. Er liest den Satz mehrfach, als könnte er irgendwie irgendwas herausfinden.

Erfolglos.

Er macht sich aber Sorgen.

Zu Hause legt er sich angezogen aufs Sofa und stiert vor sich hin. Sein Blick schweift über die CD-Sammlung im Regal vor ihm und bleibt bei ‚das Beste von Zarah Leander' hängen. Die muss aus Fines Beständen sein. Könnte jetzt passen.

Bevor er die Hülle öffnet, betrachtet er eingehend das Cover: tolle Frau, diese großen dunklen Augen, dieser Mund ... er pustet einmal über die CD, so wie er es von seinem Vater mit Langspielplatten gelernt hat, und legt die Scheibe ein: ‚Es gibt keine Frau, die nicht lügt ...' Oha, muss das sein? Trotz des Textes oder gerade deswegen wird er gleich vom ersten Titel verführt. Er stellt die Musik laut, zieht nacheinander Hose, Strümpfe und Hemd aus und schreitet ins Schlafzimmer. Dass Fine jetzt nicht da ist, ist auch eine Chance: die Chance schlechthin gewissermaßen. Er öffnet die linke Seite des Schrankes, wo Fines Kleider, Blazer und Blusen hängen, und streicht zuerst oben über die Bügelhaken, dann über die gefächerten Seiten der dort hängenden Kleider. Fine ist keine Kleiderträgerin. Aber ab und zu dann doch – ob sie eigentlich weiß, wie gut ihr das rote Sommerkleid steht? Offensichtlich hat sie es mitgenommen. Wozu eigentlich?

Das gelbgeblümte Sommerkleid hat hinten einen langen Reißverschluss, er hilft ihr gerne, den zu schließen. Er fühlt den Stoff und tänzelt durch den Raum. Er fühlt sich, findet Gefallen an der Aktion. Weiter: das lilafarbene Stretchkleid hat sie schon lange nicht mehr angehabt. ‚Nicht mehr mein Stil', hat sie mal gesagt, aber weil sie es früher zum Ausgehen anhatte, hat sie es noch nicht weggegeben. Überhaupt bewahrt Fine Kleider lange auf. Er kennt sich aus mit ihren Kleidern. Besser als mit ihren Träumen, Gedanken, Ideen. Gunnar betrachtet den lila Stoff, das Kleid ist sexy. Er wird schneller in seinen Bewegungen. Das buntgetupfte Kleid mit halblangem Arm ist geknöpft, der graue Minirock ist uninteressant. Ganz anders der weite Plisseerock, und eine helle Sommerbluse, die er noch nie an ihr gesehen hat.

Je mehr er sich in die Musik, die Kleiderstoffe, Farben, Muster fallen lässt, desto freier fühlt er sich. Er tanzt hin zum Flur, öffnet das Schuhregal und stellt Fines Schuhe in eine Reihe. Leider sind die meisten eher sportlicher Natur, und ihre gelben Lacksandaletten hat sie offensichtlich mitgenommen, ebenso wie das wundervolle rotfließende Sommerkleid, das er immer noch gehofft hat zu finden. Gunnar entdeckt ein Paar Pumps, streichelt über das pflaumenviolette Velourleder und stellt sie dann seufzend ab. Beim letzten Familienfest trug Fine einen blauen Hut. Wo mag der sein? Gunnar durchforstet ihren Schrank und findet noch ein offenes Jäckchen, eine helle Handtasche und oben in der Ablage den Hut. Wundervoll. Er genießt es in vollen Zügen sich durch die gesamte Wohnung zu bewegen und die Kleidung, für die er überall einen Platz zum Aufhängen findet, auszukosten. ‚Fine, du riechst gut!', möchte er sagen. Der Gedanke an sie verlangsamt seine Bewegungen, er fühlt Schwere.

Er spielt die CD dreimal hintereinander ab. Dann hängt er alle Kleider auf Bügel an den Schrank und legt sich erschöpft ins Bett.

Fine

Als der Bus vor der Depature Halle hält, steigt sie als letzte aus.

Jetzt nicht kneifen. Die Abläufe auf dem Flughafen sind vorprogrammiert. Menschen werden in Bewegung gehalten. Ameisengleich. Sie mittendrin. Einchecken, Pass-, Handgepäck- und Personenkontrolle. Alles verläuft reibungslos. Ein schöner Frühsommertag im Juni. Noch kann sie auch bleiben, statt nach Cagliari zu fliegen. Was will sie da? Der Flughafen verschluckt die

Frage, frisst alle Einwände und Zweifel – er ist angst- und schamlos. Eine schwere Süße schwebt über den Metallregalen in der Duty-free-Zone. Kleine Papierstreifen laden ein, darauf Parfums zu testen. Sie lässt die Namen der Marken auf sich wirken. „Obsession einmal bitte." Sie lächelt der jungen Frau im taubenblauen Kostüm zu, sprüht sich einen Spritzer hinter jedes Ohr. „Nein, nicht ganz das Richtige! Außerdem muss ich los: Schalter 24."

Die Abfertigung hat bereits begonnen. Sie stellt sich in der Schlange der Wartenden: ein Mädchen quengelt, die Eltern streiten. Zwei Rucksacktouristen küssen sich. Auf einem Metallkoffer sitzt ein Mann und liest. Frauen in eleganten Kleidern und Sonnenbrille, Männer in Businessanzügen. Alle stehen und warten. Fine steht direkt hinter einem dunkelhäutigen Mann mit enorm großen wild gemusterten Schuhen, an denen zwei aufgesetzte Steine funkeln: Ein leibhaftiger Zauberer … Sie starrt auf seine Füße. Nur noch ein paar Meter, dann wird der tunnelartige Schlauch sie direkt in den Bauch der Maschine führen. Fine betritt die Fluggastbrücke.

Ihr Platz ist der neben dem Notausgang, durch den alle das Flugzeug verlassen können. Die Stewardess belehrt sie. Erst sich selbst versorgen, dann den anderen helfen. Flugzeugkatastrophen sind selten.

Sie lässt sich in den Sitz fallen und schließt die Augen.

Gunnar taucht in ihrem Innern auf, das zertrümmerte Traumgesicht lächelt schief.

„Ich komme wieder!", flüstert sie.

„Wie bitte?" Der Mann neben ihr riecht stechend, schwitzt, hält sich an den Armlehnen fest.

„Nichts. Entschuldigung, ich habe laut gedacht."

„Aha. Meine Schwester ist seit ein paar Jahren mit einem Sarden verheiratet, seitdem fliege ich da immer hin. Aber mir ist das viel zu heiß da, und irgendwie sind die Zustände barbarisch …vier Piraten auf der Landesflagge, das sagt ja schon alles".

„Entschuldigung, ich bin sehr müde …" Fine schließt die Augen: *die sardische Flagge aus dem Antiquariat in Hamburg flattert, sie fliegt aus dem Schaufenster davon, am Flugzeug vorbei, die Piraten strecken den Passagieren die Zunge heraus …*

Das Flugzeug verliert an Höhe. Der Kapitän kündigt die Landung an. Fine wacht aus ihrem Dämmerschlaf auf. Sie fühlt den Druck auf den Ohren. Man kann platzen, sich auflösen oder spurlos verschwinden.

Wie sieht Heiner nochmal genau aus? Je mehr sie sich bemüht sich an Details zu erinnern, desto mehr entziehen sich ihr jegliche Bilder. Alles löst sich auf.

Da ist gar nichts. Die Anziehung zwischen ihm und ihr im Kurs, das Spüren von Lust waren womöglich Einbildung, die Worte auf dem Handy eine Laune, sein Aussehen – sie hat es vergessen. Sie könnte sich retten, am Flughafen für eine Weile verstecken, bis Heiner wieder weg ist, dann ein Zimmer buchen, am Meer spazieren gehen und wieder nach Hause fliegen, sie könnte Gunnar sagen, dass sie eine Pause gebraucht hat. Fertig.

Das Flugzeug setzt mit einem heftigen Ruck auf. Jetzt ist sie da. Einfach da. In ein paar Minuten wird die Stewardess die Flugzeugtür öffnen. Sie wird, zusammen mit all den anderen Passagieren, ausgespuckt werden. Sie steht auf und holt ihr Handgepäck aus der Ablage. Der Mann mit den Zaubererschuhen steht wieder vor ihr, als sie einer nach dem anderen anstehen, um durch die Luke über die Gangway auf sardischen Boden zu gelangen. Simsalabim, möchte Fine sagen.

„Auf Wiedersehen – Arrivederci", sagt die Stewardess und lächelt.

Mit dem Ausweis in der Hand, einer rotgeblümten Bluse und hellen Sommerhosen passiert Fine die Grenzkontrolle, zieht ihr Rollköfferchen hinter sich her und läuft durch die Halle, die sie mit süßlichen Gerüchen und fremden Tönen umgibt.

Da. Es ist Heiner. Eindeutig. Er steht und schaut und wartet, die Hände vor dem ebenso männlich starken wie unbeholfenen Körper gekreuzt, ein blaues Shirt über der Sommerhose, hilflos verlegen und entschieden zugleich. Ganz langsam läuft er los.

„Fine!" Er berührt ihre Schultern, schaut sie an. „Du bist ja ganz wirklich gekommen …"

„Heiner! – Ja, also das war irgendwann fast nicht mehr zu verhindern."

„Super pünktlich das Flugzeug, auf die Minute! Ich warte schon eine ganze Stunde, na ja und heute hat es geregnet, obwohl das selten hier is …"

Sie nickt.

„Andiamo." Er nimmt ihr den Trolli ab. Sie laufen langsam los.

„Wohin gehen wir jetzt?" Sie läuft hinter ihm her.

„Weiß ich auch nicht so recht … Cappuccino oder Prosecco zum Ankommen?" Er bleibt stehen und schaut sie an.

„Ich weiß nicht. Vielleicht beides?" Sie kneift ihre Augen ein bisschen zusammen. Wie verhält man sich in so einer Situation? Mit Gunnar verreisen ist anders, da organisiert sie die Abläufe, bereitet alles zu Hause vor, und er folgt. Ohne Drink im Flughafen. ‚Viel zu teuer', meint Gunnar, der immer gerne die ausgehängten Speise- und Getränkekarten studiert.

Auf dem Dach der Abflughalle finden sie ein Bistro. Die Luft streichelt die

Haut. Eine warme Brise, die nach Salz und Sonne riecht. Unter dem Tisch pickt eine Taube an einem satten Stück Weißbrot.

„Schön." Fine atmet tief, schaut sie um.

„Due Prosecci e due Cappuccini, per favore!" Heiner winkt der Bedienung.

„Subido." Die junge Frau antwortet ohne aufzusehen. Jemand anderes bringt die Bestellung an den roten Plastiktisch.

Sie schauen sich an. „Irgendwie …", setzt Fine an.

„Pschttt – ich will nichts hören!" Er legt seinen Finger auf ihren Mund.

„Aber …" Sie schiebt seinen Finger weg.

Er schluckt, nimmt sein Glas fest in die Hand und schaut geradeaus. Sie schweigen. Heiner setzt neu an. „Etwa 70 km weg von hier liegt Gabriellas Wohnung. Toll, dass sie uns da wohnen lässt, sehr schön da! Ich hab uns ein Auto gemietet, hab außerhalb geparkt, ist sicherer, weißt du ..."

Wie selbstverständlich er erzählt. Fine sinkt tiefer in ihren Stuhl, spürt wie sich Arme, Beine, Gesicht und Bauch entspannen. Sie schaut sich um, hört die fremden Stimmen um sich herum, hört den Ventilator brummen; sie riecht den Duft von Kaffee, aufgebackenem Gebäck und aufgeladener Luft, schmeckt die Prosecco-Kaffee-Mischung auf ihrer Zunge und sagt so gut wie nichts.

Heiner redet umso mehr. „Nachher müssen wir noch ungefähr eineinhalb Stunden fahren, immer am Meer entlang … super Farben sag ich dir: das Wasser schimmert türkis und hellblau und manchmal klar grün, alles neben- und durcheinander. In der Nähe unserer Wohnung ist eine wundervolle kleine Bucht. Eingekauft hab ich auch: Melonen und Käse und Oliven. Ich hoff, dass du die magst? Der Laden dort ist zum Verlieben: so 'ne Art Minimarktplatz voll verführerischer Gerüche: Thymian, Basilikum, Rosmarin mischt sich mit den Aromen von Salami, frischem Brot und diversen Käsen, die offen hinter der Theke liegen. Der üppige Sarde, der den Laden betreibt, hat 'nen gigantischen Schnurrbart." Er hält die Hände rechts und links neben seinen Mund, weit ab vom Gesicht, um die Ausmaße des Schnurrbarts zu untermalen. „Seine Frau räumt die Dinge hin und her; sie hat 'ne Hasenscharte. Ne ganz freundliche mit dem Gesicht eines 12-jährigen Mädchens."

„Heiner, du schwärmst als würdest du schon wochenlang hier leben …"

„Ich bin seit gestern da, aber ich war schon drei Mal in dem Laden …" Er nimmt ihre Hand. „Hab dich extra für Dienstag bestellt, um alles vorzubereiten … weißt du?"

Sie lässt es zu. „Ich hab in Hamburg einen Reiseführer gekauft …"

„Olala, perfekt Signora. Also, willste erst die Stadt anschauen oder gleich losfahren?"

„Ich weiß nicht. Vielleicht ankommen, wenn man das so sagen kann. Wann kommt man schon an? Also ich meine in das Ferienhaus fahren."

In der Planlosigkeit etwas planen vereinfacht möglicherweise alles; sie hat keinen Plan.

„Okay dann ... Das Auto steht ein bisschen weiter." Er zeigt in eine Richtung. „So 'ne Siedlung hinterm Flughafengelände. Billiger als der Parkplatz hier. Fiat mit Schiebedach! Ich hab gehofft, dass du auf den stehst."

„Richtig gedacht!" Wie leicht sich das gerade anfühlt.

Sie gehen los.

„Ich freu mich, dass du gekommen bist!" Heiner steuert zielsicher aus der Stadt heraus, eine schlecht gepflasterte, enge Straße immer geradeaus. Sie wird von alten Gebäuden gesäumt, manche sind hell überstrichen. Fine sieht zwei magere Katzen, die sich im Rinnstein sonnen, vor einer Fleischerei steht ein Metzger mit Schürze und Gummistiefeln, an der Straßenecke schwatzen mehrere schwarzhaarige Frauen, wild gestikulierende Hände, sprechende Gesichter, runde Körper. Heiner konzentriert sich auf Schilder und Verkehr, um sich dann, als sie auf die Küstenstraße gelangen, bequem zurückzulehnen, eine Hand vom Steuer zu nehmen und auf Fines Oberschenkel zu legen.

Ihre Muskeln spannen sich an, seine Hand beunruhigt. Sie schaut nach vorne. Die Straße windet sich die Küste entlang, rechts unten liegt das Meer, ein grünblaues Glitzern in Millionen Nuancen.

„Drei Kilometer außerhalb von Villasinius wohnen wir." Heiners Stimme unterbricht die Stille.

„Hm ..." Fine findet im Seitenfach der Autotür eine Karte. „Ganz im Süden also." Sie hat es gefunden.

„Kannste aber doch alles auch im Handy verfolgen ..." Heiners Hand liegt immer noch auf ihrem Schenkel.

„Ich mag es gerne Landkarten zu studieren. Das Auseinanderfalten des Papiers, mit dem Finger eine Strecke entlangfahren, ein Ziel mit einem Kreuzchen oder Kringel markieren, weitere Ziele entdecken ... Das macht mehr Spaß als mit dem Cursor vom Handy zu scrollen, ist irgendwie sinnlicher."

„Wenn du meinst. Sinnlicher ... Aha. Also Cala Regina ist der schönste Strand in der Nähe."

Auch den findet sie auf der Karte. „Ah, okay ..."

Es ist keine Kurve in Sicht, die es nötig macht, mit beiden Händen das Lenkrad zu fassen. Jetzt schiebt sie seine Hand weg von ihrem Bein. Ihre Gedanken sind plötzlich völlig unvorbereitet wieder bei Gunnar. Sie würde ihm gerne irgendetwas schreiben. Aber was? Sie will am liebsten umkehren, schnell zurück nach Hamburg fliegen, in den Intercity steigen und dann am Abend neben ihrem Mann sitzen und wissen, dass alles in Ordnung ist. Nichts ist in Ordnung.

„Was tun wir hier eigentlich?“ Circa zehn Minuten, bevor sie ihr Ziel erreicht haben, kann sie die Frage nicht mehr unterdrücken.

Heiner bremst mit quietschenden Reifen, steuert an den Rand, nimmt ihr Gesicht und küsst sie: „Das!“ Er küsst sie noch einmal.

Ihr Knie zittert. „Ja. Nein. Aber … Nicht so …“

„Kein aber …“ Er lässt den Motor wieder an.

Sie schweigen, bis sie die Straße verlassen und einem abenteuerlichen Pfad in Richtung Ferienhaus folgen. Sie haben ihr Ziel erreicht. Die Frauenstimme aus dem Navigationssystem sagt das mit größtmöglicher Leidenschaftslosigkeit. Nichts ist zu sehen.

Hinter einem Hibiskusstrauch, an dem sich unzählige rote Blüten weit Richtung Sonne öffnen, geht ein Treppchen hoch. Dem Haus ist eine Veranda vorgelagert, zwei Liegen und ein Tisch laden ein, etwas stattfinden zu lassen. Im Haus selbst eine Gaskartusche, die an zwei Kochplatten angeschlossen ist, ein Kühlschrank und abgetrennt ein Bett, dessen Weite ein großblumiger rosa-lila Überwurf schmückt.

„Bon giorno!“ Heiner umarmt sie.

Sie steht da, weder geschmeidig noch starr, auf gewisse Weise taub. Etwas in ihr willigt ein, etwas anderes wehrt sich. Wie verlässt man einen unpassenden Film? Vor allem, wenn man dessen Drehbuch nicht kennt …

„Was ist?“ Heiner steht mit ihrem Gepäck mitten im Raum und schaut sie an.

Da ist kein Impuls in ihr, nur eine wattige Leere. Es ist niemand da, den sie fragen kann, was jetzt? Wie würde die selbstbewusste Mona sich verhalten?

„Bon giorno“, murmelt sie, sieht ihn an und denkt im gleichen Augenblick an Gunnar, und dass in zwei Tagen ihr 24. Hochzeitstag sein würde. Noch ein Jahr bis zur Silberhochzeit, wenn es die denn dann geben würde. Und Antonia … Antonia würde sich für sie schämen, sie für verrückt halten.

„Was denkst du gerade?“ Heiner füllt Kaffeepulver in die Espressokanne, verbirgt dabei geschickt, dass seine Hände zittern.

„Äh … nichts. Schön hier. Nur merkwürdig auch, nicht wahr?“

„Hm.“ Er stellt die Kanne auf den Gaskocher, sucht Streichhölzer. „Man muss sich erst zurechtfinden.“

„Man? Wir! Das ist das Seltsame. Du und ich hier: Fine und Heiner, als ob es normal wäre zusammen eine Ferienwohnung zu beziehen …“

„Ja schon irgendwie … Du bist halt gekommen! Zu Hause nennen sie mich übrigens Heini, wenn du willst … für mich is das die vertrautere Variante.

Und, na ja ... was ist schon normal?"

„Ja, das ist die Frage. Na ja, in diesem Fall mit seinem Partner Ferien zu machen. Es gemeinsam zu planen, das zum Beispiel. Du hast mich einfach hergelockt. Also, ich hab eine Chance gespürt, irgendeine Art Veränderung ... Ich brauche die, nein, mehr ein Wunder, irgendwas ... Normal: na ja, mein Leben mit Gunnar ... nächstes Jahr haben wir Silberhochzeit. Gestritten haben wir schon immer dann und wann, aber jetzt ... weißt du, ohne Kind ... Unsere Tochter, Antonia, ist vor zwei Jahren ausgezogen ... Und du?"

Heiner schaut auf die Espressokanne. „Ich versteh nur so ungefähr, was du da alles erzählst, aber ich bekomm 'ne Ahnung ... Ich? Etwas in mir brodelt, es will raus ... wie der Kaffee hier." Er nimmt zwei kleine Tassen vom Regal und füllt sie.

„Pass auf, heiß!"

„Ja." Fine lacht.

„Ich mag dein Lachen! Warte mal. Ich schau mal, ob ich was zum Versüßen finde ..."

„Mach mal ..." Fine legt ihre Beine auf einen Stuhl und sieht sich um.

Im Regal stehen ein paar Tassen, Gläser, ein Gestell mit Tellern. Das Bild an der Wand zeigt Fischer am Meer, bewegtes Wasser, wolkigen Himmel; ein vermutlich auch als Schlafgelegenheit zu nutzendes Sofa ist mit einer plüschigen Decke überzogen, das Bett steht in einem ohne Tür angrenzenden Raum. Heiner folgt ihrem Blick. „Passt doch!" Er zieht sie an sich ran.

„Passt!" Sie nickt, sein Körper riecht fremd, seine Arme greifen fest. Fine fühlt ihren Körper, ihre Brust. Sie hört ihr Herz schlagen und spürt die Wellen in sich mehr als die Abwehr.

Als er ihren Kopf streichelt, muss sie weinen. „Pirat, du! ... Sardische Piraterie ... passt irgendwie zu dem, was wir hier tun, finde ich ..."

„Klingt gut. Aber ich bin kein Pirat. Wir sind ja alle beide freiwillig auf die Insel hier gekommen. Komm, wir fahren zum Strand hier in der Nähe!"

„Is aber schon ganz schön spät ..."

„Es ist nie zu spät ..."

„ ...für eine gute Kindheit, haha ..." Fine zieht eine Jacke aus ihrem Gepäck und schaut ihn an. „Okay, let's go!"

Heiner schüttelt den Kopf, nimmt den Autoschlüssel und folgt ihr Richtung Auto.

Sie parken oberhalb der kleinen Bucht unweit der Wohnung. Ein unregelmäßig von Disteln und Strandlilien gesäumter Pfad führt hinunter zum Strand.

Sie laufen barfuß. Hier und da liegt angeschwemmtes Holz in dem feinen Sand, Muschelschalen piksen unter den Füßen.

Ein paar wenige Menschen sitzen auf vereinzelten Felsen oder im Sand.

Die Badezeit ist bereits vorbei, die kleine Strandbar geschlossen.

„So schön!“ Fine schaut auf das immer dunkler werdende Wasser. „Nichts sagen, bitte!“

Heiner will ihre Hand nehmen, sie zieht sie weg.

Schweigend lauschen sie dem leisen Wellenaufundab – eine halbe Stunde, eine Stunde, oder mehr. Zeit verliert an Bedeutung.

„Lass uns morgen wiederkommen.“ Heiner nickt ihr zu. „Wir haben eine ganze Woche!“

„So schön!“ Es ist schwer den Blick von dem Schauspiel vor ihr abzuwenden. „Okay. Morgen und übermorgen und überübermorgen. Hier sitzen und schauen ist so gut!“

„Nächstes Mal, jetzt erstmal zurück!“

Sie steht auf. Schweigend laufen sie zurück zum Auto.

Es ist spät, als sie in ihrem Häuschen ankommen.

„Heiner, ich muss schlafen! Meine Augen fallen zu, ich bin bleiern und vollgefüllt mit Eindrücken … Ich will einfach nur schlafen.“

Sie ignoriert, dass er sie mit großen Augen ansieht und eine Schnute zieht. Wie Antonia früher, wenn sie kein zweites Eis bekam oder nicht noch eine Geschichte oder vom Spielplatz nach Hause gehen sollte. Auch seinen Versuch sie zu umarmen wehrt sie ab und geht stattdessen kurz ins Bad, um sich dann direkt weit links in das große Bett zu legen. Es gibt nur eine Decke und ein längliches Kissen für zwei … Sie wickelt sich kurzerhand in den Überwurf und verwandelt sich in ein geblümtes Päckchen Fine, auf dem Weg nach irgendwo. Ein rosarotes Bonbon. Die Bilder der letzten Tage verheddern sich in ihr zu einem abenteuerlichen Knäuel. Zu verworren, um es jetzt zu entwirren. Sie gleitet in einen tiefen Schlaf, bemerkt Heiner nicht, der sich eine Weile später neben sie legt, hört weder sein Schnarchen noch das Knarren des Bettes, wenn er sich hin und her wälzt.

Am nächsten Morgen steht sie vor ihm auf, sitzt mit einer großen Tasse Kaffee draußen vor dem Haus und erprobt sich darin der Situation etwas Selbstverständliches zu geben.

Er blinzelt, als er seinen Kopf aus der Tür rausstreckt. „Du Frühaufsteherin.“

Sie lacht. „Das Licht ist so irre. Willst du auch ‘nen Kaffee?“

„Irre … kann man wohl sagen. Ich dusch schnell. Ja, dann schon. Und Hunger hab ich auch. Guten Morgen, Fine!“

Sie lässt zu, dass er sie berührt, ihr einmal den Nacken entlang streicht und seine Hand einen Moment auf ihre Schultern legt.

„Guten Morgen, Heiner. Also: Frühstück und dann der Strand bei Tageslicht?"

„Einverstanden! Könnte ein wunderbarer Mittwoch werden!"

Das Meer funkelt in einer ihr bislang unbekannten Intensität, immer wechselnde Blautöne. Sie sitzen nahe am Wasser. Etwa 200 Meter weiter tönt Musik aus der kleinen Strandbar. Ein junger braungebrannter Mann mit schwarzem Rastazöpfen und nacktem Oberkörper verkauft im Takt der Musik, die über zwei freistehende Verstärker weitergetragen wird, seine Getränke. Bob Dylan, die Stones, Jimmy Hendrix und die Beatles ertönen im Wechsel. Man kann die Musik bis ganz unten am Strand hören. Neben seinem vermutlich selbst gebauten Strandlokal hat er einen dünnen Baumstamm in die Erde gerammt; die sardische Piratenflagge flattert daran im Wind.

„Guter Platz hier und so nahe unserer Wohnung – sieht nochmal ganz anders aus als gestern Abend. Supergut zum Schwimmen, Faulenzen, Loslassen …"

„Altvertrauter Sound. Musik aus meiner Jugend, … eigentlich gab es keine Jugend, ich hab nicht sehr viel davon gehört, aber immerhin." Fine denkt an den Furnierkassettenrekorder in ihrem orange tapezierten Zimmer. „Diese Musik war damals alles: Trost, Kontrast, Protest …" Wie einsam sie sich damals gefühlt hat. Die Eltern haben oft gestritten, streng und kalt war es zu Hause. Weg damit! Sie will sich der Musik überlassen, von der sie damals gerne mehr gehört hätte.

Sie streifen ihre Kleider ab. In schwarzer Badehose und buntgemustertem Bikini stehen sie am Ufer, lassen die Füße vom Wasser umspülen.

„Du bist schön …" Heiner streichelt ihren Arm.

Sie schaut ihn an. „Du auch." Sie wirft sich ins Wasser, lässt sich von den Wellen umspülen, winkt ihm zu.

„Wasserratte." Heiner winkt zurück, bleibt aber noch eine Weile am Ufer stehen, bevor er zu ihr hinüber schwimmt. Sie spielen mit den Wellen, spielen miteinander, mit ihren Körpern, lassen sich vom Wasser umspielen. Kindern gleich.

Irgendwann schwimmt sie, ein Lied summend, zum Ufer zurück, bleibt neben ihrem Strandplatz stehen. Der Text des Liedes fällt ihr ein. Sie beginnt zu singen: „Es waren zwei Königskinder, die hatten einander so lieb." Sie greift nach dem Handtuch und beginnt sich die Haare trocken zu reiben.

Heiner ist ihr unmittelbar gefolgt. „Und weiter?" Er greift das zweite Handtuch.

„Ich kenn den Text nicht weiter." Sie legt sich in die Sonne.

„Ich auch nicht wirklich.“ Er legt sich daneben.

„Irgendwas mit Wasser, und dass sie sich nicht gekriegt haben.“

„Findest du mich gut?“, will Heiner wissen. Er streift mit seinem Körper den ihren.

„Was für eine Frage!“ Sie lacht. „Du siehst gut aus, wenn du das meinst.“ Sie wuselt ihm durchs Haar. „Du bist grade fünfzehn, oder? Und ich siebzehn. Wir haben eine Zeitreise gewonnen, glaube ich.“

Sie sehen sich an. „Nahezu nackte, nasse Königskinder. Oder?“ Fine summt wieder, während sie nach ihrem T-Shirt angelt. Der Stoff auf der feuchten sandigen Haut klebt. Heiner schaut ihr interessiert zu.

„Sonnenbrand vermeiden!“ Sie will sich eigentlich nicht erklären müssen.

„Nee, verbrennen wär blöd!“ Er lächelt ihr zu.

Fine summt wieder, hält inne. „Ach Liebster, könntest du schwimmen, so schwimm doch herüber zu mir! Ich glaube, so beginnt die zweite Strophe.“

„Okay, na denn: Mach ich gerne! Ich kann schwimmen.“

„Na dann – noch einmal rein! Das auskosten hier!“

Sie bleibt noch einmal lange im Wasser, erfüllt von der Leichtigkeit ihres Körpers voller Kraft. Anschließend legt sie sich bäuchlings auf ihr Handtuch, bedeckt die nackte Haut mit dem schon nassen Shirt und dämmert weg.

„Wir sollten jetzt zurückfahren – es ist jetzt viel zu heiß hier draußen!“ Heiner verteilt den Rest Wasser aus der Plastikflasche auf ihrem Körper.

„Iiiih … Aber ja, stimmt. Und dann kommen wir wieder und wieder … eine ganze Woche lang!“

„Vielleicht noch ein Getränk da an der Bar, schon wegen der Musik …?“ Heiner hält ihr die Hand hin, um sie hochzuziehen.

Aus den Lautsprechern tönt gerade Penny Lane.

Fine stimmt ein, streicht sich den Sand ab. „Gute Idee, guter Anfang heute. Und wir haben noch jede Menge Tage vor uns.“ Sie lacht. „Also auf!“

Beim Gehen spürt sie die trotz T-Shirt verbrannten Hautstellen, großen Durst und Hunger.

„Due birra per favore“, Heiner hält dem Mann mit den Rastazöpfen einen Schein hin.

„Nee, kein Bier für mich. Cola bitte … sonst bin ich knülle bei der Hitze.“

„Kein Problem, dann trink ich beide und du fährst. Noch eine Cola, per favore!“

„Ich bin zwar nicht als Fahrerin eingetragen, aber was soll's.“

Heiner nickt im Takt der Musik. „Ichnusa, schöner Name für ein Bier – war ursprünglich der Name der Insel, glaube ich.“

„Klingt wie ‘ne Göttin oder eine Kultstätte oder ... jedenfalls nicht wie ein Bier ... eine Band könnte auch so heißen.“ Sie schaut auf das Etikett. „Und schon wieder die Piraten.“

Sie lachen und bleiben eine lange Weile sitzen, lauschen dem Meer und der Musik.

„Du hast gesagt, du hast schon auch einen zu Hause, der wartet, richtig?“ Sie sind auf dem Weg zum Parkplatz, als Heiner vorsichtig fragt.

„Ja ... schon. Wie gesagt: Gunnar. Und du?“

„Ich auch. Marisa.“

Sie laufen ein kleines bisschen langsamer.

Bevor sie in den Fiat einsteigen, wringt sie Bikini und Handtuch noch einmal aus. „Wir haben einen Sprung gemacht, keinen wirklichen Seitensprung ... Aber einen Zeitsprung rückwärts sozusagen.“ Sie schaut ihn nachdenklich an. „Und wir verhalten uns, als gäbe es kein Nach-dem-Sprung.“

„Ich kann gut noch fahren.“ Heiner öffnet den Wagen.

„Echt, also ich weiß nicht. Fahr vorsichtig, ja?!“ Heftiger widersprechen funktioniert nicht. Es würde sie anstrengen, selbst die schmale Küstenstraße entlang zu steuern. Während sie konzentriert geradeaus schaut, lässt sie die Gedanken schweifen.

Die nächsten drei Tage werden sich ähneln: Berührungen, Körper sein, wenig Gesagtes, viel Ungesagtes, das Meer, Sonnenauf- und -untergänge, gestohlene Stunden in einem geliehenen Arrangement. Fisch essen, Wein trinken, schwimmen, wenig denken, einfach sein, Anstrengung loslassen. Sie wird sich darauf einlassen. Auch auf ihn. Vielleicht. Jeder Schwimmzug war großartig. Schwimmen lernen im Mehr.

So sehr sie seine Hand auf ihrem Oberschenkel auf der Fahrt vom Flughafen zu ihrem Domizil am Vortag gestört hat, so sehr sehnt sie sich jetzt danach. Als hätten Salz, Sonne und die Bewegung ihres Körpers im Wasser ganz andere Bewegungen losgetreten, die nur schwer zu stoppen sind.

„Morgen wieder hier, oder probieren wir einen anderen Strand?“ Heiner kippt die Sonnenblende herunter. „Uff, doppelter Schutz und hilft gar nicht, ‘ne Sonnenbrille hab ich doch auch auf, oder? Was für ein Licht – ich seh fast nichts.“

„Wahnsinnig schön!“ Sie stellt die Füße auf den Sitz und streicht den Sand zwischen ihren Zehen aus. „Absolut betörend, ‚Licht des Südens‘.“ Sie spielt mit den Worten, lässt das linke Knie weit nach außen fallen und wischt auch von der Unterseite ihres Fußes den letzten Sand weg.

„Jetzt kommst mir aber gefährlich nahe.“ Heiner schaut geradeaus.

„Vielleicht will ich das ja.“ Etwas Alt-Neues breitet sich da in ihr aus, als habe es nur darauf gewartet.

„Gar nicht so einfach mit dir und der Nähe, Fine …“

„Aha.“ Sie lässt das abgeknickte Bein nun seinen rechten Oberschenkel berühren. „Wenn du meinst … ich meine, ich … ich genieße das grade.“

„Und ich stehe auf dem Gaspedal …“

„Ich weiß!“ Sie gibt der Lust, ihn jetzt ihn auch über den Arm zu streichen, die Kuhle im Hals zu berühren und seinen Nacken zu streicheln, nach. Vorsichtige zarte Berührungen, die ein Begehren entfachen, das sie lange vermisst hat.

Er drosselt die Geschwindigkeit. „Sauschön ist das, Fine … Ich dachte schon …“

„Is grad nichts zum Denken, Heiner. Nur zum Genießen.“ Wie zufällig streichelt sie sein Bein bis hinauf zu Schritt und zieht die Hand schnell wieder weg und legt sie auf sein Bein.

„Mann oh Mann … noch drei Kilometer und am besten lässt du deine Hand jetzt weg, sonst entgeht uns Schöneres … außerdem muss ich schalten.“ Er schiebt sie mit dem Ellenbogen von sich weg.

Sie schließt die Augen. In ihrem Bauch spürt sie das Wellenaufundab des Wassers.

Es setzt sich in ihr fort, die Wellen groß, ganz groß und sich hineinwerfen. Nackt. Frei. Stark sein.

„Gleich sind wir da.“

Heiners Stimme klingt sanft. Er soll noch etwas sagen. Diese Stimme trägt.

„Fine? Alles gut?“

„Sehr gut sogar.“ Er soll weiterreden, irgendetwas. Was ist ihr egal.

Heiner parkt das Auto. „Komm, aussteigen, Signora.“

„Hmm …“ Sie öffnet die Augen. „Salzig alles …“ Sie schaut ihn an, beugt sich zu ihm hinüber und spielt mit ihrer Zunge an seinem Oberarm. „Sehr salzig.“

„Entsalzen wäre angesagt, meinste?“ Er streckt ihr den ganzen Arm entgegen. „Ich wüsste da noch ein paar andere Stellen, die es dringend nötig hätten.“

„Aha … aber nicht im Auto.“ Sie öffnet die Wagentür.

Ganz langsam gehen sie nebeneinander bis zum Eingang des Häuschens, berühren einander dabei wie zufällig, immer wieder.

„Dreh dich nochmal um!“ Heiner legt den Schlüssel auf den Boden und fasst sie um die Taille. Rotorange steht die Sonne über den vereinzelt stehenden Ferienhäusern, taucht den Spätabendhimmel minütlich in andere Nuancen warmen Lichtes.

„Dramatisch schön.“ Sie löst seine Hand, stellt sich vor ihn und lehnt sich an.
„Der Himmel?“
„Der auch.“ Sie lässt sich noch etwas weiter nach hinten fallen, fühlt seinen Körper und den ihren, als ob er immer mehr in seinen hineinfällt.
Im Vordergrund ragen ein paar Kakteen empor, eine immer dunkler werdende Facette.
„Gehen wir rein?“ Er schiebt sie sanft Richtung Tür und von da direkt in den abgetrennten Raum mit dem ausladenden Bett, dessen großblumigen Überwurf sie achtlos an die Seite geworfen haben.
„War schwer dich letzte Nacht ... ich mein einfach so einschlafen neben dir.“ Er liegt jetzt nah bei ihr und streichelt ihr Haar. „Sehr salzig.“
„Meer. Ich meine ‚mehr!‘. Mehr Meer. Mehr Heiner ... bitte!“ Fine streckt sich aus.
Wellenartig setzt sich aus der Mitte ihres Körpers das warme Beben fort, erreicht ihre Gliedmaßen, ihre Haut, ihre Lippen. „Küss mich!“
Heiner zieht sein T-Shirt aus, macht sich an ihrem zu schaffen. „Zieh aus!“
Sie hebt ihren Körper kurz an, zieht T-Shirt und Rock aus und zieht ihn an sich. „Ja, viel schöner. Haut an Haut!“ Sie spürt ihn, fühlt ihr eignes Beben, die Hitze, die sich in ihr ausbreitet. Sie sucht seinen Mund.
„Viel, viel schöner.“ Sie küssen sich lange, verschlingen die Körper ineinander, Beine, Füße, Arme, Bäuche, die sich suchen, miteinander tanzen in einem immer heftigeren Rhythmus.
„Mehr!“
„Mehr Meer!?“ Er lacht, hält kurz inne. „Einfach so? ... Ich meine ... äh ...?“
Fine muss lachen. „Klar, einfach so. Also aus dem Alter bin ich raus, wenn du das meinst ... und so oft erleb ich das auch nicht ...“
Heiner liegt jetzt ganz ruhig auf ihr, rollt ein bisschen auf die Seite. „Ich auch nicht.“
Er streichelt ihre Brust, lässt die eine Hand hinunter bis zu ihrem Nabel fahren, streicht wieder hinauf, streicht weiter hinunter, ihre Schamlippen entlang, umfasst mit der anderen eine Seite ihres Pos. „Du bist schön, Fine. Sehr schön.“
Sie atmet tief, genießt das Ziehen in ihrem Unterleib, das Beben ihrer Schenkel, die Gier in ihren Gliedern. „Mehr Meer, Heiner!“
Sie spürt wie er sein Begehren loslässt, wie seine Hände fester, seine Bewegungen verlangender werden. Ihre Münder finden sich erneut, die schwitzenden salzigen Körper versinken ineinander. Als er in sie eindringt, ist es wie eine Erlösung – tosend bricht eine riesige Welle.

„Gewaltig", Heiner spricht als erster in die Ruhe danach.
„Ich hab Durst." Fine schaut ihn an.
„Salz. Viel Salz war das heute. Ich hol uns Wasser." Er rollt sich aus dem Bett.
„Und dann Wein. Und Oliven und ... Ich habe Hunger! Oh Mann, Heiner ... Sardinien ist 'ne gefährliche Angelegenheit."

Heiner

Ob sie in Gedanken bei ihrem Typ zu Hause ist? Was Fines rätselhaft abwesender Blick wohl zu bedeuten hat. Auf dem Weg zurück zum Strand am Donnerstagnachmittag haben sie sich noch mit ein paar der lokalen Köstlichkeiten eingedeckt. Während er Salsiccia mit Myrte in dünne Scheiben schneidet, Pecorino auspackt und Oliven auf einen Teller gibt, schaut er immer wieder zu ihr hinüber. Woran mag sie denken?
„Fine?! Kriegst du mit, wie gut das hier riecht?"
„Hm ..."
„Hier, die beste Olive, die ich je gegessen habe!" Er läuft mit dem Teller zu ihr hinüber ans Fenster und führt die schwarzölige Frucht über ihre Lippen.
„Lass ..." Sie saugt die Olive in den Mund. „Stimmt, wirklich sehr lecker!"
„Ich oder die Olive?" Diesmal nimmt er eine Olive zwischen seine Zähne und führt sie so zu ihrem Mund. „Oder wir beide?" Er versucht gleichzeitig ihren Mund für die Olive zu öffnen und Fine zu küssen.
„Hey, lass ... oder doch, ich weiß nicht ..."
„Oh weia. Was is'n los? Bist plötzlich so stachelig. Dauernd wechselt deine Stimmung."
„Schau mal, da draußen!" Sie zeigt aus dem Fenster auf die riesigen Kaktuspflanzen am Straßenrand. „Stachelig! Sogar die süßen Feigen. Kann man sich ganz schön verletzen."
„Aha, und an dir auch, oder was?" Eigentlich ist er nicht nach Sardinien gefahren, um sich an Fine die Zähne auszubeißen. Es könnte doch alles ganz einfach sein.
„Hm ... vielleicht manchmal." Sie klingt ernst, schaut weiter aus dem Fenster.
„Mein kleiner grüner Kaktus ..." Heiner beginnt zu summen und drapiert Messer, Teller und Gläser auf den Tisch. „Welchen soll ich öffnen? Mamuthone ist ein Rotwein und Lintori ein weißer?" Er hält zwei Weinflaschen hoch. „Das Etikett vom Mamuthone ist auf jeden Fall schöner, was meinst du?"
Fine dreht sich kurz um. „Egal ... oder nee, nicht egal. Weißen mag ich lieber."

„Sì, Signora. Ich kenn mich eh mit Bier besser aus. Aber das schmeckt hier nicht besonders ... Oh Mann, Fine, lach doch mal!“ Heiner setzt sich und deutet auf seinen Schoß. „Setz‘ dich mal zu mir!“ Zögerlich nähert sie sich, setzt sich zu ihm an den Küchentisch und lässt zu, dass er ihren Rücken streichelt.

„Sardinien, Sardinen, Ölsardinien ...“ Er schiebt ihr Shirt hoch. „Einölen könnte ich dich?“

„Nee, Heini-Heiner – ich möchte jetzt nicht eingeölt werden, nicht ausgezogen und nicht geküsst!“ Ihr Ton ist deutlich und laut. „Ich will jetzt hier am Fenster sitzen und nachdenken und von mir aus ein Glas Lintori, oder wie der Wein heißt, trinken!“

„Okay, okay ... aber was is denn plötzlich los? Und das nach gestern ...“

Fine schneidet sich ein Stück von dem Pecorino ab und beißt gedankenverloren ein winziges Stückchen ab. „Ich weiß nicht, Heiner. Das ist alles schön hier, aber ...“

„Aber, aber, aber ... lass die Abers mal weg! Das isses doch: Genuss pur – wann im Leben hat man das? Du und ich jetzt – fertig, basta!“

„Schon ... aber ...“ Ihr gequältes Gesicht ist kaum auszuhalten. „Da ist das ‚Aber‘ wieder. Ich meine, es ist doch verrückt, einfach mal so loszufahren und abzutauchen. Und was dann? ‚Stell deine Weichen‘ stand neulich als Graffiti irgendwo auf der Straße. Und weißt du? Ich wusste, es steht für mich da. Und jetzt sitz ich am Strand in der Sonne, mir dir und benehme mich wie ein Teenager und regele gar nichts, stelle auch überhaupt keine Weiche, sondern bin einfach nur weg ...“

„Aber was willst du denn um Gottes willen regeln, Fine?“ Heiner will sie streicheln, zieht die Hand dann aber wieder zurück.

Er gießt sich ein Glas Wein ein. „Ich will das nicht hören ... Aber andrerseits ... Das, was mich an dir fasziniert, ist, dass du ehrlich bist und so, das ist mitunter ganz schön hart ... Also ich müsste auch ‘ne Menge regeln, aber andrerseits will ich das gerade nicht – will einfach nur mit dir hier sein, verstehste? Und mir die Sonne auf den Bauch scheinen lassen und fühlen, vor allem dich!“ Jetzt streichelt er sie vom Arm über die Flanke, am Bauch.

„Heiner ...“

„Nee, jetzt bin ich dran. Weißte, hier fällt das nicht auf: wir trinken vino bianco oder vino rosso ... Urlaub eben, gehört dazu. Zu Hause ist es Bier, Bier, Bier ... Viel zu viel. Sonst ertrag ich das alles nicht: Marisas angespanntes Gesicht und das enge Dorf und Mutti, die sich in alles einmischt ... Prost, Fine! Also ich bin am Ende, und ich weiß nicht wohin, und irgendwie hab ich gespürt, dass du auch was suchst. Weißte, da war was, als ich dich kennengelernt habe, schwer zu beschreiben, jedenfalls mehr als Lust auf Italienischlernen. Verliebtheit klingt so banal, aber ja, auch – weiß nicht, ob es das allein trifft. Na und dann hab ich gedacht: zu zweit is vielleicht besser als allein, wenn man auf der Suche nach irgendwas ist, und da hab dich angesimst ... Na ja, nüchtern war ich da nicht ... und einen Plan oder etwas in der Art bräuchte ich generell auch ... Und wenn du jetzt hier so redest, kommt das alles hoch, verstehste, mein kleiner grüner Kaktus?"

„Uff." Fine schaut ihn an. Sie reißt ein großes Stück Fladenbrot ab, legt sich ein paar Oliven auf den Teller und schaut ihn an. „Ja, glaub schon, dass ich das verstehe: weg von all dem, was dich nervt, rein ins Vergnügen. Aber Heiner, warum mit mir?"

„Na, wie gesagt, ich war oder bin schon auch ein bisschen verliebt oder so, und das Seltsame ist ja, wenn man verliebt ist, ist es leichter sich selbst irgendwie gut zu finden ... Also neben dir fühle ich mich gut. Das ist mir abhandengekommen, das heißt: ich weiß nicht, ob es je da war ... Dass ich es irgendwie nicht gebacken kriege, das Lied kenn ich. Alt ist das: Heini, so 'ne Art Depp, merkt man ja schon am Namen ... Keine Ahnung, warum sie mir den Namen gegeben haben und gleichzeitig immer wollen, dass ich was Besseres werde."

„Wie, was Besseres?"

„Na studieren und so ... sie waren halt Arbeiter seit Generationen, meine Großeltern, meine Urgroßeltern. Mein Vater wohl auch, aber der ist abgehauen, frag nicht weiter, ich weiß es nicht ... In der Plastikverarbeitung vor Ort arbeiten gefühlt fast alle, oder in der Wurstfabrik ... früher Messer, gibt's heute nicht mehr. Viel Arbeit, wenig Geld ... Ich hab es dann mit Betriebswirtschaft probiert: auf die andere Seite gehn, war die Idee. Eher die Idee meiner Mutter. Ich wollte Journalist werden, um die Welt irgendwie zu verändern ... Verstehste ...?"

Fine nickt. „Ja klar, versteh ich ... Ich glaube, Journalisten beschreiben die Welt eher, oder ... Soll ich Oliven nachholen?"

„Ich hab ja auch davon abgesehen ... Warum nicht, mehr Oliven, meine ich. Lecker, die Dinger!"

„Und weiter? Ich wollte dich nicht unterbrechen." Fine kommt mit dem aufgefüllten Schälchen voll eingelegter Oliven zurück. Ein Knoblauch-Thymian-Oregano-Geruch vermischt sich mit der mildsalzigen Abendluft.

„Hmmm ... Eigentlich nur zum Genießen alles!"

„Bitte erzähl trotzdem weiter!" Jetzt lässt Fine es zu, dass seine Hand wieder abwechselnd ihren Rücken und ihren Arm hoch und runterfährt.

„Na ja, auf Deutsch gesagt, Scheiße war das mit der Betriebswirtschaft … langweilig, trocken, öde – nicht mein Ding. Ich konnte nicht warm werden, weder mit dem Stoff und erst recht nicht mit den Leuten … hab abgebrochen … na und dann meine Mutter, ihr Gejammer, dass sie das ja wusste, dass ich es nicht schaffe, dass ich mich nie anstrenge, dass ich selbst dran schuld bin, wenn aus mir nichts wird …“

Fine seufzt. „Wer mag schon Betriebswirtschaft studieren?“

„Sagst du! Kein Wunder, dass ich gedacht oder gefühlt hab, da is eine, die denkt anders, die findet dich gut. Das ist es, was ich gespürt habe!“

„Hey Heiner, ich will weiter hören, was hast du denn dann gemacht? Im Kurs damals hast du gesagt, du bist Lehrer, erinnere ich mich. Und verheiratet doch auch, oder …?“

„Gut behalten, Bella.“ Seine Hand versucht noch mehr von ihrem Körper zu fassen zu bekommen. „Mehr gibt es eigentlich auch nicht zu sagen. Ich bin Lehrer, ‘ne Art Kompromiss, so eine Schule am Ort, bis zur 9. Klasse gehen fast alle dahin, die da wohnen. Also ich mach alles: Deutsch, Mathe, Gesellschaftslehre, Geschichte – das mag ich besonders. Religion nicht, das überlass ich den Popen. Lehrer sein is okay. Mit den Kindern komm ich klar, und vielleicht schafft es einer von denen mal mit dem Ganz-was-anderes-werden.“

„Okay, also Muttis Auftrag bleibt bestehen …?!“

Er boxt sie leicht auf die Schulter. „Scharfzüngiger Kaktus, du. Lieber als reden würd ich jetzt küssen, aber ich fürchte du bohrst weiter … Na die Idee, was zu verändern hat jetzt ihren Platz in unserer Bürgerini, das is schon eher mein Ding, hab ich auch mit gegründet vor einigen Jahren. Gerade setzen wir uns für ein Kulturzentrum ein. Und zu Hause? Still irgendwie, festgefahren, was soll ich sagen? Lass uns nochmal ‘ne Runde spazieren gehen! Es is superschön grade draußen.“

„Okay … solche Themen machen dich unruhig, stimmt’s? Ich geh nochmal ins Bad.“

Er fühlt sich flattrig. Jetzt nicht schon wieder irgendwie falsch sein, schon wieder einer Frau nicht genügen. Wenn er nur wüsste, was Fine von ihm will. Wie kann er sie dazu bringen, sich einfach fallen zu lassen? Stattdessen bewirkt sie, dass er über all das redet, worüber er gerade gar nicht reden will.

Er zieht die braunen Ledersandalen an, die vor dem Haus liegen, und schaut dabei in den bereits dunklen Abendhimmel.

Fine

„Da bist du ja endlich.“ Heiners Tonfall sagt schon alles.

Sie ist anstrengend, vermutlich das. Sie weiß das schon lange. Viel zu lange.

Während er draußen auf sie gewartet hat, hat sie wie versteinert im Bad gestanden. Jetzt hatte sie den Salat ... Aufbrechen und Neues suchen und nun merken, dass sie allzu viel Neues gar nicht will. Jedenfalls nicht so. Irgendwie muss sie wieder aus der Nummer rauskommen. Im Spiegel die gebräunte Haut, die von Wind und Salzwasser strapazierten Haare, die ersten Falten am Hals, die grünbraun-gesprenkelten Augen über einer Nase, die ebenso unauffällig ist wie der Mund. Nix besonderes. Keine mutige Frau, keine Jeanne d'Arc. Einfach nur sie, Fine Elsterding.

Die Selbstbetrachtung wird jäh unterbrochen.

„Fine!!!“

„Ja. Ich bin ja da.“

„Manchmal weiß man nicht, ob du da bist oder nicht ... Ich möchte jetzt mit dir hier über den Hügel gehen, okay, Signora?“

„Sì, Signor!“

Er zeigt auf den Hügel hinter dem Haus. „Und vielleicht da oben hinlegen, nebeneinander liegen und Sterne gucken?“

„Was macht dich so gereizt?“ Als ob sie das nicht wüsste.

„Ehrlich gesagt, bist du schlimmer als die Kakteen hier. Fichi d'India heißen die. So feine Härchen und ganz tückisch. Und ich weiß, wie süß die sind. Genau wie du! Die Feigen am Kaktus muss man zu nehmen wissen. Meine Fresse ...“

Fine bleibt abrupt stehen. „Uff ... Das war völlig Banane von mir, diesen Trip mit dir zu machen. Na ja, ich hab es als Möglichkeit gesehen ... mal raus kommen, Abstand, Neufindung, weiß der Kuckuck ... Und jetzt komm ich nicht nach. Einerseits so aufregend und wunderschön hier. Auch mit dir. Andrerseits ... Irgendwas stimmt da doch nicht ... Ich bin 50 plus und kein Teenager und eher in ‘ner Art Krise als ...“

„Na wenigstens findest du auch was schön und aufregend!“ Er fasst sie um die Taille, schiebt sie sanft vorwärts. „Hey Fine, nachdenken kannst da zu Hause auch noch.“ Er deutet einen Kuss an.

„Oh Mann oh Mann, Heiner ...“ Sie erwidert den Kuss halb, geht dann einen Schritt zurück. „Ich meine, was willst du von mir? Ich von dir?“

„Ups – aber die ganze Zeit zusammen genießen doch, oder? Immerhin biste hier. Am Strand warst du richtig klasse drauf und gestern Nacht erst ... und nun die Bremse anziehen – für was? Spaß haben, sich verstehen, merken, dass das was Besonders, was Tolles is … du bist ‘ne klasse Frau, Fine! Irgendwie anders als viele, die ich so kenne.“

„Na, statt deiner verrückten Idee zu folgen, wäre es vielleicht angesagt gewesen, selbst ‘ne Idee zu haben … Also, es hat so viele Situationen gegeben, die so was wie Einladungen waren …“ Sie denkt an ihre Träume, ihre Gedankenfetzen, ihre Spaziergänge voller inspirierender Eindrücke, die Begegnung mit Benjamin in Hamburg.

„Einladungen zu was?“

„Vielleicht zu mir selbst.“ Sie bleibt stehen. „Ich hab noch was vor mit mir, weißt du? Ich brauch Mut und Raum und Sprache dafür!“

„Uff, du redest echt kompliziert. Was genau soll das denn sein? Hier isses weich, lass mal setzen oder legen …“

Sie schauen in den Himmel, der mittlerweile sternenübersät ist.

„Die schaun uns zu.“ Heiner massiert ihre Finger.

„Hm … ich hab von meiner Oma gelernt, dass die gestorbenen Menschen zu Sternen werden, die uns zublinzeln …“ Sie genießt die Berührung jetzt.

„Da is mein Opa!“ Heiner zeigt geradeaus nach oben. „Ich würd‘ was drum geben, wenn‘s den noch gäbe. Der ist viel zu früh gestorben. Ich war grade 16, Pickel und große Klappe und faul wie sonst was … Hätt‘ gerne ‘ne Freundin gehabt, hatt‘ ich da aber noch nicht.“ Er rückt ein kleines Stück näher an sie heran. „Danach wurde es richtig ätzend mit meiner Mutter. Ohne Vater war ich sowieso … Ob mein Opa mich hier wohl sieht?“

„Bestimmt!“ Fine beginnt ihn zu streicheln, erst am Arm, dann über den Bauch und weiter.

„Hmmmm.“ Heiner nimmt ihre Hand.

„Und was würde dein Opa sagen, wenn er dich hier so liegen sieht?“

„Ich glaube, es würde ihm gefallen.“

„Erzähl mehr!“ Sie wartet nicht ab, bis er weiterredet. Ihre eigenen Bilder drängen sich auf. „An meinen Opa kann ich mich nicht mehr erinnern. Aber mein Vater war streng – er ist es noch immer … aber ich bin erwachsen, und als Opa ist er ganz anders. Antonia liebt ihn.“

„Streng? Also dem hätt das hier nicht gefallen, oder wie soll ich das verstehn?“ Heiner streichelt über ihren Arm, über die Schulter zum Hals. „Ich mag die Kuhle hier zwischen Hals und Schulter.“ Er fährt sehr behutsam mit seinem Finger darüber.

„Nee – zu viel Genuss, das ist nicht seine Sache. Erst die Arbeit, dann das Spiel. Und Arbeit, die zu tun ist, hat er immer gefunden, um uns, meinen

Bruder Kai und mich, in Schach gehalten: Hausarbeit vor allem, nachdem meine Mutter nicht mehr so richtig funktionierte …"

„Was heißt das, Fine?"

„Müssen wir nicht drüber sprechen …" Fine stehen die Tränen in den Augen. „Heiner, du willst doch was anderes als über meine Familie reden. Einfach genießen, wie du oft genug sagst. Wie dumm von mir damit anzufangen schwere Gedanken zu wälzen." Tränen rollen über ihr Gesicht. Gott sei Dank ist es schon dunkel. Bloß nicht von Heiner gesehen werden. Sie muss aus diesem Zustand raus; wenn sie nur wüsste wie.

„Doch, ich glaube, wir müssen darüber sprechen." Heiner lässt nicht locker. „Du quälst dich doch rum! Also: Wieso hat deine Mutter die Kontrolle verloren? Ich hör dir gern zu."

Fine dreht sich um, dabei weint sie jetzt, weil sie sich freut, dass er ihr zuhören will. Aber er soll das nicht sehen. Also redet sie. „Alles war anders nach Kais Geburt … Also Mama war anders. Ich war grade mal fünf Jahre alt. Sie war einfach wie weg, wenn sie überhaupt zu Hause war … Sie hat Löcher in die Wand gestarrt, lag stundenlang auf dem Sofa, jedenfalls später in der Zeit, als ich es bewusst erinnere. Mama bekam 'ne Hilfe, um Kai zu versorgen. So 'ne Familienhilfe von der Krankenkasse oder vom Jugendamt, keine Ahnung. Bei einer Hilfe blieb es nicht ... Manche mochte ich, andere waren furchtbar. Mama musste dann sogar in 'ne Klinik. Und Papa hat immer gesagt, dass ich jetzt seine Große bin und helfen soll, ich glaube er kam nicht zurecht mit diesen Familienhilfen. Dass er mich irgendwie besser fand als die, fand ich gut, aber auch schwer irgendwie … Na, und Mama ist nie wieder richtig gesund geworden, und vielleicht wollt sie auch gar nicht mehr leben. Sie musste Medikamente nehmen und Papa hat das kontrolliert und es wurde trotzdem immer schlimmer … Ich hab, glaub ich, seit ich fünf bin, keine Mama mehr und musste selbst sowas ähnliches werden. Als ich 15 war, hab ich gar nichts mehr gefühlt. Da hab ich zu ritzen angefangen. Nur 'ne kurze Zeit … Keine Sorge, hab mich wieder gefangen."

Jetzt dreht sie sich zu Heiner hin und kuschelt sich bei ihm ein.

„Na, und insgesamt bin ich am Ende vernünftig und pflichtbewusst und so geworden … Heiraten war gut. Raus aus der Familie. Selbst irgendwo hingehören. Ganz so einfach ist das aber nicht." Sie weint jetzt hemmungslos in sein T-Shirt, bis sich ihre Seele beruhigt. Dann richtet sie sich auf und schaut ihn an. „Und jetzt hab ich ein Abenteuer gebraucht! Und das hab ich nun davon: die vernünftige Seele und die Abenteurerseele streiten …"

„Ha … dann lass sie doch streiten … Das schadet ja nicht." Heiner wiegt sie auf seinem Schoß. „Vielleicht bin ich jetzt für irgendwas gut, und wenn es ist, dich hier zu trösten.“

„Ach Heiner, wie idiotisch von mir, dir hier in dieser sardischen Wunderlandschaft diese ollen Kamellen aufzutischen …“

„Pscht …“ Er legt seine Finger auf ihren Mund. „Das will ich nicht hören. Verstanden? Wir gehen jetzt zurück und kuscheln uns ins Bett, nichts weiter. Zwei kleine Kinder heut Abend, vor zwei Tagen noch Teenies gewesen, dann plötzlich geile Liebhaber … bin gespannt, was noch kommt.“ Er küsst sie auf den Kopf. „Du riechst verdammt gut: Salz und Shampoo und Finehaut … Sehr gut!“

Sehr langsam laufen sie schweigend zurück zu ihrem schützenden Ferienhaus.

Gunnar

Als es an der Haustür mehrfach aggressiv klingelt, kommt er zu sich. Warum stellen sie die Pakete nicht einfach vor die Tür, oder fragt die Nachbarin nicht jemanden anders nach Eiern oder Zucker oder was auch immer?

Seine Knochen schmerzen. Er fühlt sich schwer und benommen. Am Schlafzimmerschrank vor ihm hängen Fines Kleider an den Außentüren, ihre Schuhe stehen verteilt im Zimmer.

Es klingelt erneut. „Moment, ich komme!“ Gunnar zieht die altgediente dunkelgrüne Strickjacke über seinen Pyjama und geht zur Tür.

„Papa, … noch im Bett?“

„Antonia, ... du hier?! Wie … wie das jetzt?“

Antonia schubst Gunnar sanft von der Türschwelle. „Papa, was ist los? Erst der Anruf heute Nacht, dann stehst du um halb 11 morgens schlaftrunken in der Tür … Wo ist Mama? Und überhaupt: darf ich reinkommen?“

„Äh ja, natürlich. Komm rein!“

Antonia lässt ihre vollgepackten Stoffbeutel fallen und schaut sich um. „Mama!?“

„Sie ist weg!“ Gunnars Stimme bricht sich kehlig ihre Bahn. „Also, sie ist nicht da.“

„Wie weg? Nicht da? Papa, hast du was genommen? Arbeitet sie heute?“

Sie gehen in die Küche. Gunnar stellt den Wasserkocher an. Warum muss Antonia ausgerechnet heute auftauchen? Was könnte sie gerade jetzt in diesem verwirrten Zuhause wollen?

„Nein, keine Arbeit … ich weiß nicht … willst du einen Kaffee?“

„Papa, ich trinke schon ewig keinen Kaffee mehr. Habt ihr Kräutertees? Ich geh mal hoch ins Bad, Toilette und ein bisschen frischmachen.“

Die filzigen Haare hätten mehr als frischmachen nötig. Er kommentiert das nicht mehr. Nicht die Haare, die Piercings oder die meist schwarzen Kleider, zu denen sie Boots trägt. Dabei ist sie doch so hübsch, sie könnte ganz andere Dinge tragen.

Gunnar denkt an die offene Schlafzimmertür. Ihm wird mulmig. „Pfefferminz oder Kamille?“, ruft er laut nach oben. Ein Kamillentee würde ihm auch nicht schaden.

„Ich guck gleich mal selbst“, ruft Antonia ebenso laut zurück. Zehn Minuten später ist sie wieder in der Küche. „Sag mal, Papa …“ Sie schaut ihn direkt an. „Wieso hat Mama alle Kleider da aufgehängt? Selbst dieses alte Cocktailkleid, das sie gar nicht leiden mag und nur einmal anhatte. Erst Modenschau und dann weg? Was is‘ los hier? Kapier‘ ich nicht …“

Gunnar schließt die Tür. „Komm erstmal her und trink deinen Tee, ich hab Wasser gekocht. Teebeutel sind im Schrank. Derweil geh ich ins Bad und zieh‘ mich an.“

Zeit gewinnen ist schon mal gut. Antonia wird aber auf eine Antwort bestehen, was soll er ihr erzählen? Über dem Handtuchhalter hängt eine von Fines Strumpfhosen. Er befördert sie in den Behälter für schmutzige Wäsche. Anziehen geht schnell. Eine Antwort finden langsam. Zögerlich geht er zurück in die Küche hinunter, ohne vorzeigbare Erklärung.

„Papa, ihr habt gar keinen Pfefferminztee. Nur ollen Hagebuttentee, Kamillentee für Kranke, irgendein aromatisiertes Zeugs, Sommertraum“, sie verzieht das Gesicht, „und Kaffee … meine Güte!“

„Milch, willst du Milch?“ Gunnar öffnet den Kühlschrank.

„Nee, ich bin doch kein Baby, und wie ich euch kenne ist das H-Milch, richtig?“

„Offenbar hast du keine anderen Probleme?“ Eigentlich ist er gerade froh darüber. „H-Milch muss man halt nicht wegschütten, wir trinken die nur im Kaffee … wir sind ja auch keine Babys. Außerdem, warum soll ich mich rechtfertigen … O-Saft vielleicht?“

„Ja, gib her!“ Antonia studiert das Etikett, schüttelt den Kopf, sagt aber nichts mehr. Während sie sich das Glas randvoll gießt, schweifen ihre Augen neugierig durch den Raum. „Papa, also was ist los hier? Warum hast du angerufen? Wo ist Mama? Und was sollen diese ganzen Klamotten von ihr im Schlafzimmer …?“

„Und warum bist du hier?“

„Gegenfrage gilt nicht!“ Antonia öffnet den Kühlschrank und holt sich ein Stück Camembert, Butter und ein Glas Marmelade aus dem Schrank. „Brot habt ihr ja wohl?“

„Hey, jetzt mal halblang, meine Tochter. Natürlich haben wir Brot. Natürlich kein Vollkorn-Ökobrot, aber Graubrot vom Bäcker und von Fines Sesamknäcke ist auch reichlich Vorrat da."

Antonia seufzt. „Also, ich will eigentlich den Steve besuchen, der ist gerade an der Küste und macht einen Surfkurs, und dann hab ich den Nachtzug genommen und bin erstmal in Bremen ausgestiegen. Weil gestern, als du anriefst, wollte ich gerade los und unterwegs hab ich gespürt, dass irgendwas nicht stimmt."

„Wer ist denn Steve?"

„Papa, du lenkst dauernd von dir ab, als ob ich das nicht merke. Aber ja, gut: Steve ist ein Freund, nicht mein Freund, oder doch, also ich weiß nicht, wie ich dir das erklären soll. Wir wollen das mit den Beziehungen anders, weniger besitzergreifend, hab ich dir doch schon mal erklärt, oder? Also echte Liebe lässt frei und wir sind da ganz ehrlich zueinander. Verstehst du? Niemand gehört irgendwem ... also kurz gesagt: Steve ist *ein* Freund und *mein* Freund gleichzeitig."

Gunnar weicht dem Blick seiner Tochter aus. „Wie soll denn das gehen?" Er sucht auf dem Küchenregal nach einer Kopfschmerztablette. „Na ja, muss ich ja nicht verstehen."

Antonia sitzt ganz aufgerichtet da und schaut ihn konzentriert an. Ein Blick, der nun eine Erklärung seinerseits verlangt.

„Fine ist eine Zeit lang weg, also, ich weiß nicht wo, und das macht mich, wie soll ich sagen ..., nervös."

„Aha ... Einfach weg. Hattet ihr Stress?"

„Nö ... Also nicht wirklich. Ich versteh sie manchmal nicht." Er seufzt. „Aber ich wüsste nicht, was dich das angeht."

„Papaaa ... Und diese ganzen Klamotten?"

„Die finde ich schön, und ich vermisse Fine. Basta!" Seine Stimme hat sich in eine Art Bellen verwandelt, er fühlt die aufsteigende Röte in seinem Kopf. Gut, dass er sich wenigstens angezogen hat.

„Papa, ich mein ja nur, du hast mich immerhin versucht anzurufen ... Wenn du Mama vermisst, schaust du ihre Kleider an? So, so, interessant."

Gunnar schluckt. „Erzähl mir was von diesem Steve! Und hab ich das richtig verstanden, da gibt's mehrere Männer bei dir so ...?"

„Ich wüsste nicht, was dich das angeht." Antonia beißt in ihr Käsebrot.

Er will sich jetzt nicht von seiner Tochter provozieren lassen. Aber er hat sie nun einmal tatsächlich angerufen. „Antonia, Liebes, ich war von der Rolle. Ich mach mir Sorgen um Fine. Und ja, meine Große, da hab ich dich sprechen wollen oder vielleicht auch nur hören. Hören, dass die Welt noch irgendwie in Ordnung ist. Und den Rest lass mal meine Sache sein. Ich lass dir deine

Poly … deine Steves und so weiter … Okay?!“

„Ach Paps …“ Antonia umarmt ihn. „Ich geh wieder Richtung Bahnhof – du weißt schon, ich will eigentlich zu ihm.“ Sie blinzelt Gunnar zu.

Er bringt sie zur Tür. „Sag ihm, er soll dich gut behandeln! Und die anderen sollen das auch … Verzeih meinen Zustand!“ Er winkt ihr nach, schlägt die Haustür grob zu, kickt einen herumliegenden Schuh in die Ecke und schiebt ein „Fine, verdammt Fine – wo bist du?“ hinterher. Die Kleider wieder weghängen und Antonias Reste in der Küche beseitigen ist leicht. Aber der Rest … wie soll das gehen?

Fine

Am Freitagmorgen sitzen sie auf zwei Klappstühlen vor ihrem Feriendomizil. Eine Sprungfeder hat sich gelöst. Heiner versucht sie wieder anzubringen. Er flucht vor sich hin.

„Ich hab Lust, irgendwas zu unternehmen.“ Fine blättert in einem Veranstaltungsmagazin und freut sich, wenn sie ganze Sätze ohne Übersetzungshilfe versteht. „Schau mal, für das Wochenende ist ein Fest zu Ehren irgendeines Lokalheiligen angesagt. Überall wird geschmückt, bunte Bänder, Wimpel, Blumenschmuck, dazu werden Holzbuden in den Straßen aufgebaut, wo sardische Süßigkeiten verkauft werden sollen: Basics in unterschiedlichen Variationen, Papassini, Chiacchiere, eigentlich ein Karnevalsgebäck mit viel Puderzucker obendrauf, und ‘ne Menge andere Leckereien. Daneben werden von morgens bis abends traditionelle Stierparaden, Reiterdarbietungen und Musikumzüge stattfinden, wenn ich das richtig verstehe. Das möchte ich sehen, geht heute Abend los. In Villasimius, gar nicht weit von hier.“ Fine hält ihm das Informationsheft vors Gesicht. „Klasse, oder?“

Er stützt sich an ihr ab. „Fertig, der Stuhl.“ Zufrieden setzt er sich darauf, legt seine Hand auf ihren Arm.

„Du Raupe Nimmersatt, du! Also, toll wie viele Details du da lesen kannst, aber ehrlich gesagt: ich würd den Strand vorziehen … Die paar Tage, die wir noch haben, will ich eigentlich überhaupt kein Tamtam. Du reichst mir schon …“ Er feixt.

Fine schiebt seine Hand weg. „Ich habe jetzt Lust auf Land und Leute. Vielleicht ein Kompromiss, Heiner?! Heute mal kurz schauen, was da so los ist, und wenn es uns gefällt, morgen am späten Nachmittag wieder – und morgen früh direkt zum Strand – da ist es eh am schönsten, alles so unberührt, klar. Das liebe ich!“

„Ich dich irgendwie ... Ja okay. Wir schauen mal."

Fine seufzt. „Gut. Ich freu mich." Sie ist nun mal unternehmungsfreudiger ist als er. Na und? Ihr Bauch- und Brustraum ziehen sich ein wenig zusammen. Schon wieder dieser Gedanke, irgendwie falsch zu sein, weil sie ... ‚Ich darf mich freuen!' Sie atmet tief. Weg mit der Enge. Sie blättert weiter in der Broschüre.

Heiner blinzelt ihr zu. „Noch ein weiter Cappuccino jetzt hier und dann ab zum Meer?"

„Wenn du ihn kochst ..." Sie lächelt ihn an. Ihr Herz fühlt wieder Weite.

Kurz nacheinander signalisieren erst ihr und dann sein Handy, dass eine SMS angekommen ist. Sie schauen sich an.

„Was wollen die Leute von uns?" Sie schaut auf den Bildschirm. „Ups ... Mist! Hey, schau mal: das ist vom Reiseveranstalter im Auftrag der sardischen Tourismusbehörde. Das Fest wird abgesagt, alle Strände werden geräumt ... Eine Unwetterwarnung ..."

Jetzt schaut auch Heiner auf sein Telefon. „Was is'n das für 'ne Kacke ... Tschuldigung!"

In den umliegenden Ferienhäusern sammeln Menschen Dinge ein, klappen Stühle zusammen, tragen Sonnenschirme weg.

Ein Nachbar spricht sie in verwegenem Englisch an. „Terrible situazone ... storm, water ... you know?" Auf dem Weg zur Ferienhaussiedlung stehen die Leute und schauen abwechselnd aufs Meer und in den Himmel.

Heiner geht den Warnungen des Reiseveranstalters nach. „Die sagen sehr heftige Unwetter voraus für diese Region. Es sei am besten heute oder morgen noch wegzufliegen. Sie rechnen mit Orkanen und Überschwemmungen schlimmster Art."

„Shit – deshalb also ... die Leute ..." Fine schaut zu Heiner. „Eigentlich haben wir noch vier Tage, und wie soll das weiter gehen?"

Erneut fluchend beginnt der bereits die Badesachen von der Leine vor dem Fenster zu nehmen. „Los, pack ein, Fine, wir wollen auf keinen Fall weggeschwemmt werden, oder?"

Verstörendes Schweigen, während sie hastig Shorts, Sonnenbrille, T-Shirts, Lebensmittel und alles andere zusammenpacken.

„Das hier haste ja gar nicht getragen." Heiner betrachtet das in unterschiedlichen Rottönen schimmernde Sommerkleid im Schrank.

‚Das mag Gunnar so gerne' Fine schluckt den Satz runter. „Nee, hab ich aufgehoben."

Heiner hält das Kleid noch immer hoch. „Schade eigentlich, gefällt mir gut!"

Nach einer guten Stunde sitzen sie bereits im Auto auf dem Weg nach Cagliari zum Flughafen. Unterwegs starren sie beide nach vorne, manchmal ein Blick in den Himmel oder auf das unschuldig türkise Meer. „So harmlos alles, möchte wissen, wie sie sich da so sicher sein können, die sogenannten Experten."

„Die sagen das ja nicht einfach so. Hoffentlich kriegen wir noch einen Flug." Fine ist weder nach Diskutieren noch nach Scherzen zumute. „Ob die Tickets wohl jetzt gültig sind?"

„Das klären wir vor Ort. Wenn sie uns auffordern hier abzuhauen, müssen sie uns auch irgendwie entgegenkommen." Die Spannung, die sich in Heiners Gesicht gegraben hat, entlädt sich über die Finger, die nun Greifübungen am Lenkrad zu machen scheinen.

„Oh Mann, Heiner."

„Ja, Scheiße, was?! "

Die Abwicklung bei der Leihautofirma dauert lange. Der sowieso schon recht üppige Preis wird nicht reduziert, einige Extras werden zusätzlich berechnet, Heiner wird aufgefordert bar zu bezahlen, das sei so üblich. „Scusa!" Die Bedienstete lächelt.

„Betrüger alle. Wir müssen zusammenlegen." Heiner leert sein Portemonnaie, Fine kippt ihres dazu. Es reicht gerade so.

„Dann müssen wir also mit leeren Taschen weitersehen ..." Fine unterdrückt ihre Tränen, bloß nicht kindlich werden, sie wird schon zurechtkommen.

In der Flughafenhalle Ansagen in unterschiedlichsten Sprachen. Auf der großen Leinwand sind immer wieder Warnungen vor dem bevorstehenden Orkan, der in spätestens sechs bis acht Stunden die Insel zu erreichen droht, zu sehen. Immer mehr Menschen mit Koffern, Reisetaschen, ausgedruckten Flugdaten in der einen und Mobiltelefonen in der anderen Hand werden zu einem einzigen nervösem Getümmel.

„Hier, schau mal ..." Heiner zeigt auf die Abfahrtstafel. „Germany/Hamburg Airport, 17.34 Uhr ... Den versuchen wir zu kriegen, oder?"

„Okay, ja!" Fine schaut auf die Uhr. „15.39 Uhr, wir müssen zum Schalter dahinten, Tickets eintauschen, wenigstens verhandeln ..." Sie funktionieren, drängeln sich im Getümmel irgendwie nach vorne.

„One ticket only." Die Frau hinter dem Schalter schüttelt den Kopf. „Nein, kein zweiter Platz nach Hamburg – uno biglietto solo."

„Nimm du, ich schaue dann weiter. Wenn Berlin umbuchen nicht geht, dann irgendwohin: Schweiz, Niederlande, Frankreich ... Hauptsache weg hier! Oh Mann, Fine!" Heiner drückt ihre Hand. Sie spürt seine Anspannung.

Sie kann umbuchen, den Preis verrechnen. Dann muss Fine auch schon einchecken.

„Heiner ... Alles viel zu schnell."

„Fine, ja. Das ist alles anders gelaufen ... Ich weiß jetzt nichts zu sagen. Mach's gut! Du bist 'ne Besondere, weißt du?"

Ihre Hand ist bleischwer, sie hebt sie mühsam und deutet ihm mit einer leisen Bewegung ein Winken an. „Arrivederci!"

Dann reiht sie sich in die Schlange in der Abfertigung ein.

„Wir bitten Sie während der gesamten Flugdauer angeschnallt zu bleiben." Das antrainierte Lächeln der Stewardess gefriert in ihrem Gesicht zu einer Maske, die die Angst der Passagiere bannen soll. Steif sitzt Fine auf dem Sitz, schließt ab und zu die Augen, fühlt das Brummen der Motoren im Kopf. Das Flugzeug fliegt beunruhigend sprunghaft. „Heiner", murmelt sie, „Gunnar, Gunnar ..." Ihr Sitznachbar sieht sie an.

Sie lächelt vorsichtig. „Wir werden unsere Lieben doch wiedersehen, nicht wahr?"

„Is zwar heftig, das hier ... aber wohl schon. Die wären sonst nicht losgeflogen." Der Mann hat eine Zahnlücke, die er zu verbergen sucht, angegraute Locken, Augen, die Fine nicht zu deuten vermag. Aus seiner Jackentasche schaut eine Schachtel Zigaretten hervor. Ein wohltuender Geruch geht von ihm aus.

„Äh, riecht gut ... Ich meine Sie, Ihr ..."

„Duschgel, einfach nur Duschgel, Fahrenheit, bisschen kostspielig, aber ich nehme nichts anderes mehr ... von Dior."

„Danke ... und Entschuldigung, aber riecht echt gut! Und so 'ne Lust auf 'ne Zigarette hätte ich ..." Fine erschrickt. Was mag er denken?

An ihn lehnen würde guttun, Schutz bei ihm suchen, klein sein, ganz klein. Sie schließt die Augen. Als sie klein war, hat sie gelernt die Angst zu ignorieren. ‚Stell dich nicht so an' und ‚So schlimm ist es auch wieder nicht' und ‚Das wäre ja gelacht' haben sie ihr gesagt. Der Vater mehr als die Mutter. Fine denkt an die Angst vor den Räubern und Einbrechern, an die Angst, dass einer der Eltern einmal nicht wiederkommt, die Angst vor Gewitter, dem dunklen Keller und vor Geschwindigkeit.

Wie schnell mochte so ein Flugzeug fliegen? Mit wieviel Druck würde es aufknallen? Was würden ihre letzten Gedanken sein? Was wäre noch wichtig?

Fine sieht den Mann neben ihr an, als wüsste er eine Antwort.

„Ein großes Bier", sagt der, „oder zwei ..., das genehmige ich mir als erstes, wenn wir das hier überstanden haben. Von mir aus können wir auch eine zusammen rauchen."

Fine lacht. „Und wenn nicht, wenn es jetzt aus ist mit uns ... Was hätten Sie vermisst im Leben, in Ihrem Leben? Was will eigentlich noch gelebt sein?"

„Sie stellen Fragen ..." Er schüttelt den Kopf.

Das Flugzeug wackelt erheblich, Luftlöcher folgen, manche Passagiere schreien, manchen wird übel. Fine duckt sich.

„Ich hätte sie gerne nochmal wiedergesehen", hört sie den Sitznachbarn von oben sagen. Sie hält sich an den Waden fest, ihr Kopf liegt auf ihrem Schoß.

„Simone heißt sie ..." Er befindet sich nun in der gleichen Haltung neben ihr. „Sie wiedertreffen und einen 3000-der besteigen vielleicht und einen ganzen Tag einfach lachen, Blödsinn machen ... Und na ja, meine Tochter ist grade schwanger, wissen Sie. Also Opa werden möchte ich noch ..."

Fine kann ihn kaum verstehen. Angestrengt fängt sie die Worte auf. Auch die der Stewardess, die irgendetwas sagt, um die Fluggäste zu beruhigen.

„Ich hatte eine Affäre auf Sardinien." Fine richtet sich wieder an den Sitznachbarn. „Mein Mann wartet bestimmt zu Hause auf mich. Ich meine, er macht sich bestimmt Sorgen. Ich bin einfach weggegangen. Informieren die die Angehörigen darüber, dass es hier brenzlig ist?"

„Brenzlig, was? Ihre Affäre, oder dieser verdammte Flug, oder das Leben allgemein? Ich heiße übrigens Bernhard, Bernhard Könitz."

„Fine Elsterding, besser einfach Fine."

Sie schweigen. Irgendwann richten sie sich auf. Die Stewardess gebietet erneut allen angeschnallt zu bleiben. Die Gefahr ist noch nicht vorbei.

„Es ist in gewisser Weise immer gefährlich ..." Fine setzt neu an.

Er unterbricht er sie. „Ich habe Hunger. Das kann oder muss ich wohl aushalten. Aber ich glaube, das könnte ich nicht aushalten ... Ich meine, wenn meine Frau ... obwohl Simone, ... aber das war vor unserer Zeit."

Wieder schwankt die Maschine. Fine krallt die Hände in das Plastik der Armlehne.

„Gunnar", stößt sie hervor, „meine Güte, Gunnar." Was denkt er, wo sie ist? Wie wird er sie empfangen, gesetzt den Fall sie kommt heil an? Was soll sie erzählen? Und wenn nicht ...

Der Pilot sagt durch, dass sie nun über den Alpen seien, er hoffe, dass sich das angekündigte Schneegestöber in Grenzen halte.

Warum sagt er das alles durch? Alle sind auch so beunruhigt genug, kauern auf ihren Sitzen, jeder umschlingt sich selbst. Das Flugzeug, ein riesiger Bauch voller Embryonen. „Ich hab auch eine Tochter", erzählt sie dem Nachbarn noch, bevor sie sich unter ihren Armen in sich selbst verkriecht.

Wie lange hat sie schon mit niemanden mehr über Antonia gesprochen?

Jetzt ist sie eine junge Studentin. „Tonia, mein Kind“, wimmert sie und weiß in diesem Augenblick nicht, ob sie die Tochter oder sich selbst oder beide meint, und ob das überhaupt ein Unterschied ist. Tonia, die Kleine ... In ihrem Schutzraum erinnert sich Fine an eine lang zurückliegende Szene, sieht sich und Antonia wie in einem Film:

Sie stand hinter dem Bügelbrett in der Küche. Tonia saß auf der Eckbank und schaute ihr zu. Sie war fünf. Tonia hatte an Fines Gesicht und dem nahezu gewaltsamen Druck, den sie auf das Bügeleisen ausübte und scheppernd auf die Metallablage aufsetzte, erkannt, dass sie es hasste zu bügeln.

„Mama, bist du böse?“, fragte Tonia.

Gunnar und sie hatten sich gestritten. Tonia hatte es gehört. Sie ging zum Wäschekorb und faltete ein Unterhemd. Es gelang ihr schlecht; ihre Mama zeigte keine Reaktion, sondern bügelte weiter. Tonia ließ den Kopf hängen. „Wir beide tragen ja den gleichen grünen Pullover“, sagte sie.

„Willst du nicht spielen gehen?“, hatte sie ihr geantwortet. Tonia verstummte. Sie verließ die Küche. Auf der Treppe hoch zu ihrem Zimmer weinte sie. Dann kam sie zurück und sagte: „Mama, willst du dir nicht eine neue Tonia kaufen?“

Wie konnte sie damals nur so unsensibel sein. Ausgerechnet auf diesem gefährlichen Flug erinnert Fine sich an diese Szene. Sie muss weinen. „Mein Mädchen, du bist doch haargenau richtig. Oh mein Mädchen!“, flüstert sie. Sie hätte Tonia mehr beistehen müssen. Damals zum Beispiel, als die nicht wusste, was sie für ihre traurige Mama tun konnte. Sie konnte doch gar nicht einzuschätzen was in der nächsten Stunde passieren würde, mit ihrer Mama oder mit dem Bügeleisen oder mit der Wäsche ... Mutter und Tochter im gleichen grünen Pullover, im gleichen Boot.

Etwas kann passieren, und dann ist man schuldig.

Es gibt so viele Katastrophen.

Nun sitzt sie in diesem Flugzeug, das ein Pilot mühsam über die Alpen navigiert. Er kämpft mit dem Flugzeug gegen das Wetter an, ein Boxkampf zweier Ungleicher. Fine taucht weg: sie sieht den Kampf, fühlt die eigenen Kämpfe, sie sitzt und zittert, wartet und harrt aus. Sie will an keiner Art von Katastrophe schuld sein. Sie will heil ankommen.

Sie sehnt sich nach Gunnar.

Heiner

In der Wartehalle des überschaubaren Flughafens in Cagliari sind die Dreier- oder Sechsergruppen von schnurgerade an einem Metallgestell aufgehängten Stahlstühle nahezu alle besetzt. Heiner sitzt am Ende einer Reihe und schaut auf das Rollfeld: Markierungen auf dem Asphalt ordnen das Be- und Entladen der Flugzeuge, das zielgerichtete Bewegen der Fahrzeuge und der Flughafen-Arbeiter in hellen grün-orangen Warnwesten. Schnelle nahezu hektische Abläufe vor dem Einsetzen des Unwetters.

In seinem Gepäck findet er neben ein paar Cantuccini, einer Paprikaschote und einem Plastikbehälter mit Oliven noch ein Stück Pecorino. Bevor er Lebensmittelreste wegwirft, isst er sie lieber.

Der Pecorino hatte es Fine besonders angetan. Sie ist jetzt auf dem Weg nach Hause. Er bricht sich ein Stück von dem Käse ab. Den haben schon die römischen Legionäre gegessen, hat sie ihm aus dem Prospekt des Käseladens vorgelesen. Wissbegierige Fine, er seufzt und kaut. Altbewährter Käse – kann also nur stärken. Ein kleines Stück lässt er übrig, wickelt es erst in Papier dann in ein T-Shirt, um es mit nach Hause zu nehmen, zum nachschmecken.

Wo ist man zu Hause? Luckenwalde-Kolzenburg, Alemania steht auf seinem Gepäck. Er denkt an das hellgrau gestrichene Haus, das längst renoviert werden müsste, den übersichtlichen Einkaufsmarkt im Ort, die Tankstelle mit einer Zapfsäule, den Dorfkrug, die Allzweck- und Sporthalle. Er denkt an Marisa. Den restlichen Pecorino wird er nicht mit ihr teilen können. Er kann so gut wie nichts mehr mit ihr teilen.

Er schaut auf die Uhr. 19.34 Uhr. Fine wird schon bald in Deutschland landen. Heil ankommen doch hoffentlich. Sie wohnt in einem Vorort von Bremen. Viel fällt ihm dazu nicht ein. Er ist noch nie da gewesen, hat nur eine vage Idee – freie Hansestadt an der Weser, Bremer Stadtmusikanten und Werder Bremen natürlich – er kann sich ihr Leben dort schwer vorstellen: mit Mann und Job, den alltäglichen Verpflichtungen, das Übliche vermutlich. Gewöhnlich. Aber Fine ist ungewöhnlich.

Heiner reiht sich in die Schlange am Infoschalter ein. „Ja, auch aus Deutschland." Mit dem Pärchen vor ihm möchte er nicht reden. Sie sind zu zweit, er steht hier allein. Allein ... Allein wird er jetzt sehen, wie es weitergeht.

Jetzt muss er vor allem schnell wegkommen.

„Next plane to Berlin in two hours. But it takes ten hours. Stopover in Milano." Erklärt die sardische Bodenstewardess. Ihr eigenwilliges Englisch hat Charme.

„Yes, okay. Doesn't matter." Es gibt keine andere Alternative, noch vor dem Unwetter weg zu kommen.

„Counter 9, to the left." Sie zeigt nach links. Seile an silbernen Metallpfosten regulieren Warteschlangen, Reisende stellen Koffer auf Gepäckwaagen, Menschen schauen auf die Anzeigetafel. Irgendwo am Ende der Halle würde Schalter 9 sein. Die Umbuchung ist unkompliziert.

Nach Mailand also erstmal. So, als müsse es so sein, wird er erstmal ein Stück weiter ostwärts fliegen. Er nimmt die Verzögerung hin, sie ist ihm sogar recht.

Draußen steigt das Unwetter auf. Ihm ist mulmig zumute. Er rettet sich in die Flughafentoilette, stützt sich an die gekachelte Wand der Kabine, kann die Stimmung, die ihn nun beherrscht, nicht kontrollieren. Ein schmutzig gelber Gefühlscocktail braut sich in ihm zusammen, ähnlich unaufhaltsam wie sich außen, am Himmel über Cagliari, etwas anbahnt. Was sollte die ganze Aktion? Warum geht immer irgendwie alles schief?

Jemand rüttelt an der Klotür.

„Occupato!" Besetzt. Er will in Ruhe gelassen werden. Schon als kleiner Junge ging er immer aufs Klo, wenn er in Ruhe gelassen werden wollte. Heiner atmet tief durch: 5, 4, 3, 2, 1, 0 ... Auf geht's!

Er ignoriert den Mann vor der Tür und geht zum Waschbecken im Vorraum der Toilette. Außer den Händen bekommt auch das Gesicht einen ordentlichen Schwall Wasser ab. Er spült die Augen, schaut sich im Spiegel an: ein gebräuntes Gesicht, strubbelige Haare, graue hilfesuchende Augen: Heiner – Heini, wer auch immer ...

Die verbleibenden Abläufe sind klar vorgegeben, er steuert seinen Körper, so als gehöre der nicht wirklich zu ihm. Kein Schuhausziehen an der Sicherheitskontrolle, Alles okay mit Pass, Bordkarte und Gepäck. „Sì, tutti. No – no bagaglio extra." Alles geht merkwürdig reibungslos und sehr schnell.

Knapp zwei Stunden später sitzt er im Flugzeug, eingekeilt zwischen einer korpulenten Frau in violett, die eine Mischung aus Angstschweiß, blumigem Parfum und Zwiebelgeruch ausdünstet, und einem jungen Mann, vielleicht ein Student, der über Kopfhörer einem Takt lauscht. Er bewegt dabei den Oberkörper hin und her; die Bässe erreichen Heiners Gefühlswust unmittelbar, klopfen an die Schale, hinter der Tränen lauern. Die Schale hält zum Glück, er strengt sich an, ein Seufzen zu unterbinden. Er würde gerne schlafen. Die Flugzeit bis Mailand dauert immerhin eine Stunde, er rutscht tiefer in den Sitz und schließt die Augen, will von Fine und dem Strand träumen, sich an den feinherben Geruch ihrer Haut und ihr ausdrucksstarkes Gesicht erinnern. Es gelingt schwerlich. Marisas Bild schiebt sich dazwischen und die Erinnerung an die Streitigkeiten zu Hause. Dazu die Vorstellung wie seine Mutter ihn fragen würde, wo er denn gewesen sei. Irgendeinen Vorwand wird sie finden, um vorbeizukommen: frisch gekochte Marmelade bringen oder ein Behördenschreiben nicht verstehen. Und dann würde es losgehen: was ihm einfällt, so viel Geld für einen Flug auszugeben, und wie er sich das denke, seine Frau alleine zu Hause zu lassen ohne Bescheid zu geben. Ob er von allen guten Geistern verlassen sei.

Der Pilot sagt Flughöhe und Fluggeschwindigkeit durch und wünscht einen angenehmen Aufenthalt an Bord. Dann müssen sich alle anschnallen. „Leider gibt es Turbulenzen in der Luft. Es sind nur Ausläufer der Unwetter. Bleiben Sie bitte aufrecht auf ihren Sitzen. Beunruhigen Sie sich nicht, andere Fluglinien sind stärker betroffen. Wir sagen durch, wenn Sie sich wieder abschnallen dürfen."

Wie mag es Fine gehen?

Die Maschine landet in Mailand. Er wird im Pulk der Mitreisenden zum Transferbereich geschoben. Er bleibt dort erst einmal orientierungslos stehen. Sein Handgepäck steht neben ihm, er schaut hinein: das Badetuch ist noch feucht, helle T-Shirts, eine Sommerhose. Er riecht die Wäsche, aber vor allem riecht er Sonne, Salz, Rosmarin und Mandelseife. Die Reise war kein ein Traum, auch wenn es gerade so scheint.

Er steht mit seiner Tasche im Weg. Jemand stößt ihn an. „Machen'se mal Platz, Mann!"

Es ist später Abend und er muss mehrere Stunden warten. Die Flughafenhalle bietet schlichte Geborgenheit. Er findet eine Sitzgelegenheit und schaut sich um. Müde Menschen, der ein oder andere liest, manche laufen auf und ab, andere schlafen. Sein Handy vibriert. *Ich bin angekommen. Pass auf dich auf. Fine*. Er starrt auf den Text. Was soll er antworten? *Wann kommt man an?* schreibt er und löscht den Satz sofort wieder. *Ich bin jetzt in Mailand und von da fliege ich gleich weiter nach Berlin* tippt er ein und ergänzt *Danke*.

Sie haben nichts verabredet, nicht von Wiedersehen oder Telefonieren gesprochen.

Es ist keine Zeit dafür gewesen. Er fragt sich, was er gesagt hätte.

Etwa sechs Stunden verharrt er in einer Art Dämmerzustand mit geschlossenen Augen. Eine ganze lange Weile. Er liest nicht, isst nicht und redet schon gar nicht. Er fühlt Nebel.

Allmählich steigen Bilder in ihm auf: er sieht das Wasser vorbeifließen, es ist ein ruhiger Fluss, die Nuthe. Dort geht er zu Hause oft spazieren. Dann ein wildes Fließen mit unregelmäßiger Geschwindigkeit. Keine Brücke, kein Schiffsverkehr. Dann plötzlich ein Strand. Das sardische Meer. Die Berührung mit dem Wasser belebt. Die Beine lieben den Widerstand, die Arme die Kühle, es lockt seinen Körper, und je länger er am Wasser steht, desto deutlicher.

Er steht nicht am Wasser, sondern sitzt im Flughafen Mailand. Gleich würde es weiter nach Berlin gehen.

Von Berlin würde er in circa zwei Stunden in Kolzenburg sein. Er braucht jetzt Zeit. Zeit vor allem, um zu verstehen, dass sein Auf-und-davon-Projekt mit dem Unwetter jäh abgebrochen ist. Ebenso wie die gerade begonnene vage Beziehung zu Fine.

Er hat zielstrebig verfolgt, was er wollte, aber fühlt sich nun um irgendetwas betrogen. Ein Dackel, der unerledigter Dinge von der Jagd zurückkehrt.

Auch wenn es noch dauert, er wird bald zu Hause sein. Dann muss er mit seiner Zeit etwas anfangen. Es sind noch Sommerferien. Keine Pflichten, kein Stundenplan, keine Schüler ... Zurück in der Wohnung, die er noch zusammen mit Marisa bewohnt. Er hat es in den letzten Monaten so oft wie möglich gemieden dort zu sein. Eine Bodenleiste müsste ausgebessert, der Flur gestrichen, der Rasen gemäht werden. Nichts ging mehr vor und nichts mehr zurück. Kein Gespräch, keine Unternehmung, keine Planung ohne Vorwürfe und Streitereien mit den immer gleichen Resultaten: ‚Du interessierst dich ja eh nicht für mich' und ‚Dir kann man es nicht recht machen' oder ‚So geht das nicht mehr weiter'. Sätze, die wahlweise von ihr oder von ihm ausgesprochen werden. Noch schlimmer als die Zankereien ist das resignierte Schweigen. Sie schaffen es beide, darin ausdauernd zu sein. Er weiß nicht, wie es angefangen hat und warum. Er will nicht darüber nachdenken. Bringt eh nichts. Davon ist er überzeugt, wenn er in Marisas verhärmtes Gesicht schaut. Viel Bier trinken, zu viel Bier trinken. Bier hat geholfen, sich ihr und sich selbst und all den Fragen zu entziehen.

„Liebst du sie noch?", hat Hans-Georg einmal gefragt, und Heiner hat die Achseln gezuckt.

„Schon eher bringt es was, sich zu engagieren", hat er nachgeschoben. „Da kann man Dinge verändern." Außerdem lenkt es ab, das hat er nicht gesagt.

Es ist *seine* Idee gewesen für diese ländlichen Gebiete Strukturanpassungsmaßnahmen zu fordern. Er mag das Wort. Es klingt nach etwas. Die Suche nach einer regionalen Identität, nach einem Selbstbewusstsein für die Bewohner dieses Winkels der Republik hat so viele Facetten: ein Kulturzentrum errichten, regionale Produkte wie zum Beispiel Heidelbeeren, Honig, Spargel besser vermarkten, die Region touristisch erschließen, Führungen in den nahegelegenen Klöstern anbieten, Wanderwege beschildern oder Radwege ausbauen … so viele Ideen. Die machen ihn wichtig und diese Wichtigkeit hält ihn am Laufen. So einfach ist das. Auch die Kontakte zu Manfred, Gerlinde, Hans-Peter und den anderen. Der zu Konrad weniger. Den mag er nicht besonders, ein neunmalkluger Besserwisser mit völlig abgehobenen Ideen. Außerdem zählt Konrad immer mit, das wievielte Bier Heiner gerade trinkt. Als Lehrer müsse er an seine Verantwortung denken. Heiner braucht niemanden, der ihn bevormundet oder kontrolliert. Er muss den Kontrollverlust selbst vermeiden. Er muss raus aus dem Trott, raus aus dem piefigen Dorf, raus aus dieser müden Beziehung.

Die Durchsage reißt ihn aus seinen Gedanken. „Departure to Berlin …" Es geht weiter. In gut einer Stunde und zwanzig Minuten wird er in Berlin sein.

Die zweite Flugetappe verläuft ruhig und problemlos.

In Berlin muss er dann später am Hauptbahnhof noch in den Regionalzug umsteigen. Er könnte vorher versuchen Elvi zu erreichen. Sie würde sich wundern. Er hat ihr vor zwei Jahren beim Umzug geholfen, hat den Transporter bestellt und ihn gefahren. Hin und her, nahezu ohne zu reden und ohne lange dort zu bleiben. In Friedrichshain ist ihre Wohnung. Danach haben sie sich nicht mehr getroffen. An meine Tochter denken klingt so fremd. Dabei ist er so stolz darauf, dass sie studiert, in Berlin wohnt, ein anderes Leben führt als Marisa und er. Sie hat es geschafft. Er hat es nicht geschafft, nicht ein besseres Leben und auch nicht, ihr ein Vater zu sein – ein Vater, der da ist, sich interessiert und unterstützt.

Lust auf nen Kaffee in Berlin? Werde gegen 9.30 oder 10.00 am Hauptbahnhof sein. Wir könnten frühstücken … Ohne länger darüber nachzudenken, schickt er die Sprachnachricht direkt nach der Landung los. Er hatte bislang Elvi gegenüber keine Worte. Er könnte versuchen, welche zu finden.

Er hat auch mit Fine nicht über Elvi gesprochen. Es hätte sich angeboten. Sie hat auch eine Tochter. Er hätte gerne über viel mehr mit Fine gesprochen. Es hätte noch viel mehr Pecorino-Abende vor der Ferienwohnung geben müssen. Aus diffusen Wünschen nach Nähe im Sprachkurs ist etwas anderes entstanden. In ihrer Gegenwart ist er irgendwie echter. Es ist schwer zu beschreiben. Ob sie sich wiedersehen? Ob sie sich von ihm belästigt fühlt, wenn er sie anruft? Was er ihr wohl bedeutet?

„Ja, alles klar. Hauptbahnhof steige ich aus." Heiner blickt in das Gesicht des Kontrolleurs als sei der ein Gegner. Ausgerechnet in der S-Bahn zum Hauptbahnhof noch einmal Fahrscheinkontrolle. Er will in Ruhe gelassen werden.

Er holt seine Tasche aus der Gepäckablage, streicht sich einmal durch die

Haare: vierzig Minuten Aufenthalt in Berlin. Wenn Elvi sich meldet länger. Reicht für 'ne Currywurst mit Fritten zum Frühstück. Die gönnt er sich, bevor ihn zu Hause wieder Marisas Essen erwartet: nicht zu viel Fett, dafür Vitamine, Mineralien und Ballaststoffe. Sie kennt sich damit aus. In Sachen Haushalt und Ernährung ist sie nahezu missionarisch. Sie wird nicht fragen, wo er gewesen ist. Er kann also, wie immer, schweigen und so tun als sei nichts oder eine Geschichte erfinden.

Heiner würde gerne zu der Currywurst am Bahnhofskiosk gerne auch ein Bier trinken.

Als der Zug ankommt, erwartet ihn auf dem Bahnhof die morgendliche Betriebsamkeit, ein Getümmel von Berufstätigen, Städtetouristen, Durchreisenden. ‚Curry-Willi', das Hinweisschild deutet in Richtung Europaplatz. Er kann es dahin gerade so schaffen, wenn er sich beeilt. Er muss anstehen. Ein Mann vor ihm in einem mit einer zwinkernden Mickey Mouse bedruckten Shirt bestellt drei Portionen Wurst und Fritten.

„Mit Mayo und Ketchup!", schreit ein Mädchen, das ein paar Meter entfernt an einem Fahrradständer lehnt.

„Ich auch!", ruft ein anderes Mädchen, offensichtlich seine Kinder.

Der Mann schüttelt den Kopf. „Komm mir mal lieber tragen helfen", schreit er zurück und setzt gemäßigt nach, „eure Mutter würde Wurst am Morgen nicht erlauben."

Er dreht sich wieder Richtung Wurstbude um.

„Sie lässt mich mit den Blagen allein zurechtkommen!" Es ist unklar, wen er anspricht, den Wurstverkäufer oder Heiner oder die Umstehenden insgesamt. Er hat nur einen 50 €-Schein zum Bezahlen.

Der Wurstbudenmann geht zum Wechseln zum Taxistand und unterhält sich erst einmal mit einem der Fahrer. „Immer gut, überall Freunde zu haben", erklärt er, als er zurückkommt, und nickt zufrieden. Er zählt bedächtig das Restgeld ab. Dann wendet er sich Heiner zu. „Das gleiche?"

„Ja bitte!" Heiner schaut auf die Uhr. „Oh Mist ... der Zug ist seit zehn Minuten weg. Verpasst. Dann noch einen Kaffee dazu!" Es ist ihm egal, genau genommen sogar recht, dass er nun eine Stunde später ankommt. Er wäre glücklich, wenn Elvi sich noch melden würde, und er ihr eine Wurst kaufen könnte. Vermutlich isst sie keine Bratwurst.

An dem Stehtisch neben der Bude ist er allein, wälzt Wurststückchen in Curryketchup und kippt schwarzen Kaffee hinterher. In seinem Gepäck schwitzt der Rest Pecorino. Der wird hier anders schmecken als in Sardinien.

Er wählt Fines Nummer. Die elektronische Ansage fordert ihn auf, nach dem Piepton eine Nachricht zu hinterlassen. Er hat keine Nachricht.

Sardinien ist vorbei. – Seine Idee, sein Sardinien unvollendet. Wie kann die vage Idee weiterleben? Sein Traum. Heiner fragt den Wurstmann nach einem Stift und schreibt die Frage auf eine Serviette. Mein Sardinien? Er betrachtet die Buchstaben: krakelig, unterschiedlich groß und an einer Stelle so fest aufgedrückt, dass die Serviette kaputt gegangen ist.

Früher hat er mal davon geträumt Journalist zu werden. Internationales erkunden, Reportagen und Hintergrundberichte aus Russland, den Philippinen, Südafrika oder auch Rumänien verfassen, Interviewpartner finden – vielleicht sogar fürs Fernsehen. Das hat er sich gut vorgestellt. „Junge, schlag dir das aus dem Kopf", hat die Mutter gesagt, „solche Flausen hat schon dein Vadder immer im Hirn gehabt."

Heiner hat keinen Kontakt zu seinem Vater. Der hat die Mutter verlassen, als er gerade mal fünf Jahre alt war. ‚Der lebt mit ‘ner andern in Berlin‘, hat sie gesagt und der Ton war der gleiche, den sie anschlug, um auszudrücken, dass irgendwer unter ihrem Niveau ist, sowieso keine Ahnung hat, nichts kann und ihren Respekt nicht verdient. Vermeintlichen Freundinnen sprach sie mehr Schein als Sein zu, dem Gemüsehändler Aufschneiderei und dem Apotheker Arroganz. Es gab genau genommen wenige, über die sie nicht im abfälligen Ton gesprochen hätte.

Bei Heiner selbst hat sich der Vater nie gemeldet. Und Heiner hat nie den Mut gehabt, ihn zu suchen. Vielleicht wäre es der Mühe wert. Er schaut sich um. Der betonierte Platz voller Menschen, dahinter Straßenbahngleise, Haltestellen, eine aufgerissene Straße, alte Gebäude. Hier in Berlin leben sowohl sein Vater als auch seine Tochter.

‚Schlag dir die Flausen auf den Kopf.‘ Es ist immer die Stimme seiner Mutter, die er am lautesten hört. Er bestellt noch ein kleines Bier zum Kaffee und schaut über die Gebäude, die sich vor ihm auftun. Nicht weit entfernt fließt die Spree. ‚Die kommt hier an und wird was Größeres … wie die Elvi.‘

Gunnar

Es ist der gleiche Tag, an dem sich auf Sardinien die Sturmwarnung lauffeuerartig verbreitet, als Gunnar zu Hause zuerst den berstenden Druck in seinem Schädel, dann das Stechen in den Gliedern und eine nie zuvor gekannte Übelkeit erlebt. Schwindel im Kopf, Schweißausbrüche und Kälteschauer folgen.

„Melde mich krank." Die tonlose Stimme spricht für sich. „Gute Besserung. Passen Sie auf sich auf!" Frau Kupisch in der Verwaltung wird gewissenhaft alles in die Wege leiten. Das beruhigt. Andrerseits wird dadurch die ganze Abteilung schnell wissen, dass es ihm nicht gut geht, man wird über ihn reden und Ideen entwickeln, warum das so ist. Auch Ortwin wird sich seinen Teil denken.

Gunnar hat keine Kraft weiter darüber nachzudenken. Er legt sich ins Bett.

Eingewickelt in seine Decke dämmert er vor sich hin, unter den geschlossenen Augen tauchen Ungeheuer auf: zweiköpfige brüllende Giganten, Riesenkraken, die ihn mit hunderten von Armen umschlingen.

Gunnar fiebert, atmet schwer. Er schläft ein, kämpft mit den Geistern, die ihn überfallen, schreit, ohne es zu merken, auf. „Hilfe!" Der gellende Ruf lässt den Nachbarn aufschrecken. Er klingelt, trommelt an die Tür. Buschtrommeln klingen in Gunnar wider: eine Horde Wilder mit Pferden, nackte raue Männer. Er wälzt sich hin und her. Das Klopfen reißt nicht ab. Gunnar schreit erneut.

Bertold, der Nachbar, beschließt die Polizei zu holen.

Als sie es schaffen die Tür aufzustemmen, finden sie den schweißgebadeten Mann zusammengekauert am Ende des Bettes liegen, zitternd mit angstgeweiteten Augen.

„Er braucht einen Arzt." Der Polizist wählt die Notfallnummer. „Vor was haben Sie Angst?" Gunnar schaut den Fremden mit großen Augen an.

„Laufen Sie weg", flüstert er, „es ist sehr gefährlich."

„Das Leben ist immer gefährlich ... Du hast Fieber." Bertold schaut sich um. „Ist denn Fine nicht da? Die Silvi hat vor ein paar Tagen gesagt, dass sie mit ihr im Garten geredet hat. Fine sei merkwürdig gewesen."

Als Gunnar ihren Namen hört, zuckt er zusammen. „Fine", flüstert er. Das Telefon klingelt. Er fühlt sich nicht in der Lage abzunehmen. Er schläft ein. Bertold wartet, bis der Notarzt kommt. „Starkes Fieber; vielleicht ein Infekt ... Antibiotika ... Ich schaue morgen wieder vorbei. Lass dich pflegen!"

‚Von wem?', will Gunnar fragen. Er schafft es nicht. Es ist schwer die Ungeheuer, die ihn bedrohen, von Bertold zu unterscheiden.

Das Telefon klingelt wieder.

Er schleppt sich an den Apparat.

„Fine, ja – ja, das ist meine Frau!"

Die Angestellte der TUI erklärt ihm die Gefahr des Fluges, dem Flugzeug, in dem sie sitzt, dass es eine Abwägung war. Aus Sardinien komme sie.

„Ja", sagt Gunnar.

„Ja. Ja. Ja."

Dann legt er sich wieder hin und schläft.

Viele Menschen sind da irgendwo und er mit Auguste, seiner Tante, und ein paar Leuten aus seiner Grundschulklasse. Sie sind auf einer Karnevalsfeier. Es gibt eine Bühne. Sie müssen im Vorraum warten, weil die vorangegangene Veranstaltung noch nicht vorbei ist. Sie sind verkleidet und ausgelassen. Auguste sitzt auf dem Sofa. Plötzlich sieht er, dass in seiner Uhr Wasser ist, weshalb er sie öffnet. Dann fallen ihm alle Einzelteile entgegen: Zeiger, Zahlen, Schräubchen etc ... Auguste schimpft, weil er die Uhr geöffnet hat ...

Der Radiowecker ist angesprungen, irgendein Schlager dröhnt überlaut auf ihn ein. Er muss sich orientieren: Bett, Stuhl, Medikamente ... Er ist krank. Ein Zettel liegt auf seinem Nachtschränkchen: M*elde dich, wenn du mich brauchst. Ich geh jetzt wieder rüber* Bertold war da. Stimmt. Gunnar setzt Erinnerungsfetzen zusammen. Gut, dass er seine Silvi nicht mitgebracht hat. Fine kann sie nicht leiden. Sie würde nicht mögen, dass sie sich in ihrem Schlafzimmer umsieht. Er geht zur Toilette, quillt die über oder ist es eine neue Fieberfantasie? Gunnar kann das nicht mehr unterscheiden. Er tastet sich die Wand entlang, ihm ist schwindelig und übel dazu.

Fine!? Er rekonstruiert mühsam das Telefonat. Flugzeug? – Wo ist oder war sie?? ... Er legt sich wieder hin, wälzt sich von der einen auf die andere Seite, was hatte die Frau am Telefon noch gesagt? Unglück? Gefahr? ... Irgendwann schläft er wieder ein.

Fine

Als Fine wieder zu Hause ankommt, ist es Nachmittag. Die Sonne scheint junimild. Das Leben gaukelt ‚wie immer' vor. Nichts ist wie immer.

Ihr Herz pocht, übernimmt die Vorherrschaft im gesamten oberen Brustraum. Sie setzt die Schritte zögerlich, geht das letzte Stück Weg bis zu ihrer Wohnung wie schwerelos. Sie kramt den Schlüssel aus der Tasche; wie gut es ist, eine Haustür aufschließen zu können. Selbstverständlich, sie wohnt hier. Die Tür muss gestrichen werden. Der streifenweise abblätternde Lack verlangt Aufmerksamkeit. Sie ist einer Katastrophe entkommen. Sie steht vor dem Haus, umklammert den Schlüssel, zögert.

Die vertraute Wohnung ist berechenbar.

Was soll sie Gunnar sagen? Wie ihm begegnen? Ihr Bauch krampft, sie atmet flach, braucht Anlauf: Sesam, öffne dich! Sie schließt die Wohnungstür auf. Die Luft im Flur ist stickig, es riecht schwer, verbraucht und irgendwie nach Alter.

„Gunnar?" Keine Reaktion. Normalerweise ist Gunnar um diese Zeit von der Arbeit zurück. Er kommt in der Regel sofort nach Hause.

„Gunnar!?“, ruft sie, etwas greller, eine Spur lauter, fordernder.

Sie geht ins Wohnzimmer: nichts – keine Spur von Gunnar. Eine Etage höher, im Bad brennt am helllichten Nachmittag Licht, aber auch dort ist er nicht. Sie geht ins Schlafzimmer.

„Du meine Güte, Gunnar!“ Ein zerwühltes Bett, verbrauchte Luft im Raum und Gunnar, der im Schlaf röchelt. „Gunnar!!“ Sie nähert sich dem Bett. Gunnar liegt auf dem feuchten Kissen, mit rotem Gesicht, schwer atmend, als sei er weit weg. Sie streicht ihm mit der flachen Hand über die Stirn, schaut ihn an, spürt für einen Moment eine Welle tiefer Zärtlichkeit, die von wirrer Sorge abgelöst wird. „Du liebe Güte!“

Sie hat sich im Flugzeug und dann im Zug alle möglichen Variationen des Wiedersehens ausgedacht. Die, dass Gunnar krank sein könnte, nicht. Sie streicht ihm über den Kopf. Der Körper holt sich, was er braucht. Gunnar muss schlafen, wenn er krank ist. So ist das bei ihm, sie kennt ihn.

Sie packt ihr Gepäck aus. Strandkleider, Wäsche, salzige T-Shirts landen zusammen mit Gunnars Hemden direkt in der Waschmaschine. Fast wie immer, fast ... würde da nicht der Rest Sardinien an ihr kleben. Sie setzt Teewasser auf, greift einen Beutel Sommertraum und hängt ihn in einen Becher. Mit exotischen Früchten verheißt das Etikett. Sommertraum, Sommeralbtraum ... nur eine feine poröse Grenze trennt das eine vom anderen.

Sie setzt sich ans Fenster, denkt an Heiner. Wo mag er sein? In welcher Situation befindet er sich? Vor einem Tag lag er noch neben ihr; jetzt scheint er Meilen entfernt irgendwo, vor allem unerreichbar zu sein. Vielleicht gut so. In ihr ist alles versperrt. Im gesamten Körper, in Magen, Darm, der Brust, im Herzen, im Kopf hat sich die ihr lang vertraute seelische Ganzkörpertaubheit wieder einmal ausgebreitet.

Der aufdringlich parfümierte Tee ist heiß und süß.

Sie läuft unschlüssig in der Küche hin und her.

Im Flur hängt ein Spiegel. Er ist an zwei Stellen gesprungen. Wie sie selbst. Sie ist gesund, trotzdem fühlt sie den Riss. Im Spiegel sieht sie Dopplungen und ein Stück fehlt. An ihr fehlt etwas, oder sieht es nur so aus? Sie schaut sich an: ihre Haut ist braun, die neue Frisur ist als solche noch erkenntlich, wenn auch struppig und ungewaschen. Letztendlich alles wie immer: Unauffällig und irgendwie ganz nett. Sie lächelt sich zu, zupft ein Haar aus dem Leberfleck an der Wange. Ihre Großmutter hatte das gleiche Merkmal. Wie lange würde es dauern, bis Gunnar erwacht?

Auf dem Küchentisch liegt Post für sie: zwei Rechnungen, eine Bescheinigung der Krankenkasse, eine Postkarte ihrer Freundin Renate aus Spanien, ein Strand im Sonnenuntergang. Heiß muss es da sein um diese Zeit. Vermutlich noch heißer als Sardinien. Sie seufzt. Das ist sehr weit weg und wie unendlich lange her.

Weit weg … wie Antonia.

Und Gunnar liegt im Bett und fiebert.

Sie wählt Antonias Nummer.

„Mama?"

Fine atmet tief, bevor sie Worte findet. „Tonia, ich hab dich sehr lieb."

„Mama, ich dich auch. Wo warst du? … Also … Papa hat … Is irgendwas?"

Antonia weiß also irgendwas von ihrem Ausflug. Gunnar hat offensichtlich mit ihr gesprochen. Tränen laufen über Fines Gesicht. Sie sind salzig wie das Meer und heiß wie der Tee, in den sie tropfen.

„Nein … nicht wirklich. Ich war kurz verreist. Gunnar hat wohl die Grippe. Sonst nichts."

„Kurz verreist? Wo warst du denn? Warum weinst du?" Antonia wird ungeduldig. „Ich war kurz da. Papa war völlig von der Rolle … Sehr merkwürdig, Mama! Und dann rufst du an, sagst aber nichts. Oh Mann! Oder besser: Oh Frau …"

„Alles gut, mein Kind – ich wollte dich nur hören."

„Ja aber …" Antonia sucht nach Worten.

„Alles gut, Toniakind!"

„Okay, okay … versteh ich zwar nicht, glaub ich auch nicht, und Kind bin ich keins mehr … aber na ja, …grüß Papa und mach es gut! Und ein bisschen sauer bin ich auch." Tonia drückt das Gespräch weg.

Fine starrt auf ihr Handy, auf dem Bildschirm strahlt ihr eine sardische Hibiskusblüte entgegen. Was hätte sie Tonia sagen sollen? ‚Ich vermisse dich?', ‚Ich bin gerade orientierungslos, weil ich mit einem Mann auf Sardinien war, nicht weiß, wo der grade steckt, und ich mache mir Sorgen um Gunnar, der Fieber hat. Aber ich weiß auch nicht, was ich ihm erzählen soll …' Alles Quatsch!

Sie geht wieder hoch ins Schlafzimmer. „Gunnar!?" Sie fühlt seine Stirn, streichelt ihm über den Kopf.

„Fine." Er wacht auf, blinzelt, schaut sie an. „Ich träume nicht, oder? Ich hab so einen Durst!"

Fine lächelt ihn an. „Das klingt gesund, ich hol dir ein Glas Wasser!"

Sie bringt eine Karaffe Wasser und etwas kleingeschnittenes Obst und setzt sich auf die Bettkante. „Hier – trink! Kaum bin ich drei, vier Tage weg, muss man sich schon Sorgen um dich machen …"

„Länger, viel länger …“, flüstert Gunnar und schaut sie an.

Fine hört nicht auf seinen Kopf zu streicheln. „Hast du Medikamente?“

Gunnar nickt. „Na ja, und du bist ja auch eins.“

Muss er krank werden, um so mit ihr reden zu können?

Er fragt nicht, wo sie war. Fine schüttelt sein Bett auf, reicht ihm ein Stück Pfirsich.

„Hast du Hunger?“

Er schüttelt den Kopf. „Wie spät ist es?“

„Zehn nach fünf.“ Mit dem Blick aufs Handy sieht sie auch die eingegangene SMS. Sie öffnet den Text: *Ich bin jetzt in Mailand. Werd von da nach Berlin fliegen und mit dem Zug nach Hause. Danke. Heiner*

Sie drückt die Nachricht weg.

„Ich könnte etwas einkaufen und eine Gemüsesuppe kochen, die könnte uns beiden guttun, was meinst du?“ Sie schaut Gunnar an.

Gunnar greift nach ihrer Hand. „Komm wieder vom Einkaufen, sonst lass ich dich nicht los.“

Fine schluckt. „Dann geh ich mal. Schlaf noch ‘ne Runde, du bist wirklich krank!“

Es ist gut, jetzt eine Aufgabe zu haben. Karotten, Porree, Zwiebeln, Broccoli … Vielleicht gibt es Ingwer. Ingwer wird ihm guttun. Sie rezitiert die Einkaufsliste, als sei sie eine Litanei. Sie schaut in den Kühlschrank: der gleiche Inhalt wie vor ihrer Abfahrt, nur trauriger geworden. Sie wirft ein Stück angeschimmelten Käse und eine welke Gurke in die Mülltonne.

„Ich geh jetzt los!“, ruft sie laut und schlägt die Tür hinter sich zu.

Draußen schaut sie noch einmal auf ihr Handy. *Okay* tippt sie ein ohne zu wissen, was sie damit wohl meint.

Lange schon nicht mehr hat sie mit so viel Sorgfalt einen so großen Topf Suppe gekocht: die bunte Gemüsemischung zu säubern, Zwiebeln kleinzuschneiden, ihre Knoblauchhände ebenso zu riechen wie die Frische der Karotten, die Schärfe der Ingwerwurzel oder den Sommerduft ihrer Haut. Sie atmet den Dampf der würzigen Brühe im Topf und schließt die Augen. Das Meer, der Salzgeschmack auf den Lippen … Sie streckt sich wohlig, bevor sie ein Tablett arrangiert, um es ins Schlafzimmer zu bringen.

Sie öffnet die Tür und bewegt sich behutsam in Richtung Bett. Zwei Schalen, zwei Löffel und zwei Servietten … „Rutsch ein Stück, den Topf stelle ich auf den Boden.“

„Aber …“ Gunnar will etwas sagen, sie hält ihm sanft den Mund zu. „Kein aber. Wir essen im Bett. Du bist krank. Einen Moment.“

Sie holt den Topf, stellt ihn auf den Bettvorleger und gibt je zwei Kellen Suppe in jede der Schalen. „Vorsicht, nicht wackeln …"

Sie zieht Shirt und Hose aus und steigt zu ihm ins Bett. „Setz dich auf, komm! Guten Appetit!"

Gunnar gehorcht, er lässt sie nicht aus den Augen, nimmt vorsichtig den ersten Löffel an die Lippen und pustet. „Heiß!"

„Klar heiß. Schmeckt's?" Fine schaut ihn erwartungsvoll an, löffelt dann selbst etwas von der Suppe.

„Da haben wir uns was eingebrockt, nicht wahr …?" Gunnar redet leise.

Fine schweigt.

„Ich meine, du bist doch vor mir weggelaufen, oder?"

„Ein bisschen salzig, oder?" Fine rührt in der Gemüsebrühe.

„Fine?"

„Nein und Ja. Oder … ich weiß auch nicht. Jetzt löffeln wir es aus …."

„Was?"

„Erstmal die Suppe. Dann gesund werden."

„Ich hab komische Sachen gemacht, Fine."

„Du bist krank, Gunnar."

„Nee, das meine ich nicht."

Sie essen schweigend ihre Portionen auf. Fine stellt das Tablett mit den leeren Schalen an die Seite und legt sich neben Gunnar.

„Aber es ist so. Du bist sogar ziemlich krank!"

„Ja … vielleicht bin ich schon lange krank …" Er schließt die Augen.

Fine betrachtet ihn, dann, wie als müsse sie etwas hinter sich bringen, brechen die Worte sich ihre Bahn. „Ich war auf Sardinien. Ich hatte eine Einladung. Ich kenne ihn von einem Sprachkurs, damals. Ich bin einfach hingefahren." Ganz gleich, ob Gunnar ihr zuhört, oder wieder eingeschlafen ist, sie muss jetzt möglichst schnell alles loswerden. „Dann mussten wir die Insel verlassen. Eine Sturmwarnung. Jetzt bin ich wieder da."

Sie hört sich selbst zu wie einer Fremden.

Er behält die Augen geschlossen, liegt regungslos im Bett.

„Sturm. Ja. Sturm … Es passieren Dinge, und man muss da durch." Er murmelt noch etwas, was sie nicht versteht, dann schläft er wieder.

Was soll sie nun tun? Fine ist hellwach, ohne Gefühl für Raum und Zeit. Sie sucht einen Stift, ein Stück Papier. Sie will Worte suchen, die das, was sich gerade so sperrig anfühlt, dissonant klingt und undefinierbar schmeckt, sortieren:

Brauner Sturm, herbes Abenteuer, flirrende Frisur, gelbe Grippe, runde Suppe, salziges Sardinien, feines Salz, splitterndes Meer, modriger Kühlschrank, stechendes Fieber ... schreibt sie und liest sich das Geschriebene laut vor. Sie schaut sich in der Wohnung um, dann schaltet sie den Fernsehapparat ein. Im Wetterbericht wird das Sturmtief über Sardinien und Korsika kommentiert, Bilder von Überschwemmungen und zerstörten Gebäuden, sowie Menschen, die sich in Sicherheit zu bringen versuchen.

Glück gehabt! Glück?

Fine lässt den Fernseher laufen, ordnet ein paar herumliegende Zeitschriften und grübelt weiter nach. Schließlich gießt sie sich den Rest Wein ein, den sie im Kühlschrank findet. „Auf das Glück!" Sie prostet sich zu, denkt an Heiner, meint Gunnars bettwarme Haut zu riechen, hört das Meer, fühlt die Suppe im Bauch und spürt, dass sie froh ist wieder zu Hause zu sein.

Dann geht sie auch ins Bett. Gunnar schläft tief und fest neben ihr weiter. Sie wischt ihm ein paar Schweißperlen von der Stirn.

Im Übergang zur Nacht mischen sich Innen und Außen. Fine lässt Bilder vorüberziehen, Gunnar neben ihr atmet schwer, stöhnt ab und zu auf. Alles mischt sich, als sie in einen tiefen Schlaf übergleitet. Traumbilder entstehen. Irgendwann wird sie wach:

„Meine Mama ist weg, einfach so. Ich bin doch noch so klein."

Sie sucht im Halbschlaf nach Gunnars Hand.

„Sie ist mit dem Fahrrad weggefahren und jetzt komme ich nie mehr zu ihr. Der Schlüssel ist weg."

Gunnar murmelt etwas. Fine kann lange nicht mehr einschlafen. Sie dämmert in einem Gefühl von Verlorenheit vor sich hin, den Arm über das Gesicht gelegt, der Körper zusammengekauert.

„Fine, bist du wirklich da?" Gunnar ist wach geworden. Er schaut sie an. „Meine Fine, mein Mädchen ... meine Frau." Er streichelt ihren Kopf.

„Gunnar ..." Sie nimmt seine Hand, „meine Mama ist weg ..." Es tut so gut, ihm die Restfetzen des Traumes einfach zu erzählen.

„Aber ich bin doch da", sagt er mit größter Selbstverständlichkeit.

„Ja?" Jetzt wird Fine vollends wach. „Gunnar!" Sie fühlt seine Stirn. „Wie geht es dir?"

„Schon besser, jetzt wo du hier liegst. Heute ist Sonntag, nicht wahr?"

Fine schaut auf die Uhr. „Schon kurz nach acht. Guten Morgen, Gunnar."

Sie rücken nah aneinander.

Irgendwann steht Fine auf, geht nach unten in die Küche, kocht Kaffee, stellt den Toaster bereit, Butter und Marmelade auf den Tisch. Sie schaut aus dem Fenster. Alles ist wie immer. Ein Sommermorgen mit leichtem Nieselregen. Die Pflanzen werden sich über die Erfrischung freuen.

Sie schaut durch die Schlafzimmertür: „Kannst du aufstehen oder soll ich dir Kaffee ans Bett bringen?“

„Du könntest uns Kaffee ans Bett bringen!“

Ist das Gunnar?

Sie füllt zwei Becher, einen mit viel, einen mit wenig Milch und kommt damit wieder ins Bett. „Bitteschön!“

„Danke, Fine. Das wolltest du doch immer schon mal, oder?“

„Lange her, dass ich mir das gewünscht habe.“

„Hm .... Also du bist mit dem Flugzeug wiedergekommen?“

Fine schluckt.

„Hm.“

„Weit weg warst du. Weit, weit weg ...“

„Ja, schon lange ...“ Fine weiß nicht, wie sie weiterreden soll. Gunnar streichelt ihr Bein.

„Dieses Verlorensein heute Nacht, der Traum, dieses Alleinsein, mutterseelenallein ... grauenvoll!“

Gunnar stellt den Kaffee ab, umarmt sie.

„Dein Fieber ist deutlich gesunken.“ Sie fühlt an seiner Stirn.

„Ja. Siehst du mal ...“ Gunnar schaut sie an.

Fine nimmt Anlauf: „Hab ich dir doch schon gestern erzählt: Sardinien, ein Freund hat mich eingeladen, ich wäre erstickt oder geplatzt, wenn ich nicht gefahren wäre, ehrlich gesagt es war schön ...“

Gunnar lässt sie los. „Aha ... und ...?“

„Und was? Jetzt bin ich wieder da.“

„Und der ‚Freund‘?“

„Ist wohl auch wieder zu Hause ...“

Gunnar schweigt eine Weile, bevor er neu ansetzt. „Dir ist es zu öde mit mir, da ist ein anderer. Du willst weggehen?!“

„Das habe ich nicht gesagt.“

Gunnar starrt an die Decke. „Ich habe mich früher als Junge gerne als Frau verkleidet. Das grüne Kleid meiner Mutter, dieser herrliche Stoff ... Fine, ich hatte das vergessen, und dann kam Ortwin ...“

Fine schreckt auf. „Gunnar, oder hast du doch noch Fieber?“

„Hör mir mal zu: du warst weg. Ich auch irgendwie. Verstehst du, Fine? Also wie soll das gehen? Kannst du ja gar nicht verstehen? Ortwin, den kennst du doch. Er hat mich mit in so eine Kneipe genommen und dann kamen sie wieder, die Bilder ... diese Männer um mich rum ... also Männer, die Männer mögen ... Ortwin zum Beispiel ...“

„Ortwin ist schwul?“ Was erzählt Gunnar da? „Du warst in einer Schwulenbar und dann fiel dir ein, dass du früher Frauenkleider mochtest?“

„Vielleicht ja noch immer. Ich weiß nicht. Ich bin dann krank geworden.“

Fine trinkt einen großen Schluck Kaffee.

„Hm ... also wie? Und ... hat deine Mutter das früher mitbekommen?“

„Weiß nicht ... Als Kleiner habe ich das schon gemacht. Da hat sie immer gelacht. Ich hab mich immer sehr geschämt. Hab das dann heimlich immer weiter gemacht, bis wir uns ja auch Gott sei Dank schon bald kennengelernt haben. In der Abschlussklasse, weißt du noch. Die Berlinfahrt?“

„Klar weiß ich das noch. Deine freundlichen Augen, das verschmitzte Lachen ... ich bin drauf abgefahren ... ziemlich lange her.“

„Wer hat eigentlich wen dann angesprochen?“

„Ich dich natürlich.“ Fine lacht. „Du warst sehr schüchtern.“

„Bin ich immer noch.“ Gunnar spricht sehr leise. „Ich frag mich, wie ich mich in diese Bar getraut habe ... Du warst mit einem anderen im Süden. Arschloch, dieser Typ. Hat er dich geküsst?“

Fine schweigt.

„Sag schon. Ich will das wissen. Und was noch? Willst du mich jetzt verlassen, bist eigentlich nur da, um mir das zu sagen? Ein junger dynamischer Kerl, der mit dir am Strand rumläuft und sonst was macht ... Sag‘s mir doch!“ Gunnars Stimme wird hart, seine Worte stechen.

„Ich ziehe mich an, Gunnar ... wir reden später ... miss vorsichtshalber nochmal Fieber!“

Gunnar explodiert. „Du weichst mir aus, ich weiß selbst, was ich tue, ich bin viel gesünder vermutlich wegen dir, das nützt aber nichts, wenn du mich verletzt wegen diesem Scheißkerl. Was hat der, was ich nicht habe? Fickt er gut? Setzt er dir Flausen in den Kopf ... was denn? Schau mich nicht so an. Sag schon, dass du mich verlassen willst ...“

Fine verlässt den Raum.

Gunnar

Gunnar schläft und schläft. Er schläft sich die Krankheit aus den Gliedern, er schläft, weil er nicht weiß, was er sonst machen soll angesichts der Tatsache, dass Fine nun einfach wieder da ist. Er schläft, als könne er die Szenen in der Bar, Ortwin, seine Erinnerung an früher weg schlafen.

Er schläft schwer, wälzt sich hin und her, möchte, dass sie zu ihm kommt, und möchte genau das auch wieder nicht.

Im Halbschlaf sieht er sich als Jungen, 12-jährig vielleicht. In der Schule hatte er sich angewöhnt fleißig, strebsam und angepasst zu sein; Chemie und Mathe waren seine Lieblingsfächer. Niemand kannte die Scham darüber, dass er abends im Kleid auf seinem Zimmer saß, so fremd im eigenen Körper. Der Stimmbruch mit 14, der wachsende Penis und diese frei florierende Lust waren bedrohlich, das feuchte Bett am Morgen peinlich. Alles völlig unkalkulierbar. Und das alles gemischt mit seinen Frauenkleiderfantasien. Er konnte es keinem erzählen. Die Bilder ziehen grell durch seinen Kopf. Sportunterricht in der siebten oder achten Klasse, er hatte das Umkleiden zwischen den anderen Jungs auf der engen Bank vermieden, die Sportsachen bereits zu Hause unter die Jeans angezogen – Theo, der schon richtige Muskeln hatte, hat immer den Ton angegeben. Er galt als Schwächling. Und die Mädchen waren irgendwie so anders, weit weg. Befremdlich und anziehend zugleich. Mädchen haben es irgendwie leichter, davon war er überzeugt, und vor allem hatten sie viel schönere Kleider. Silvia zum Beispiel, die meistens eine Reihe vor ihm saß in der Schule. Dieses Verlangen nach silbern glitzernden Paillettenshirts oder rosa Rüschen passte so gar nicht zu einem mittelgroßen Jungen, der weder sportlich noch gänzlich unsportlich war, weder besonders beliebt noch ein Außenseiter. An Silvia irgendwie ranzukommen war schwer, ebenso an eine von den anderen, Stefanie, Katja oder Birgit zum Beispiel. Sie trugen richtig schöne Kleider, um die er sie beneidete. Für Jungs gab es diese Vielfalt an Farben, Formen, Mustern nicht, kein Spiel mit Stoffen um Beine und Bauch. Hose und T-Shirt fühlte sich praktisch an, sportlich vielleicht und vor allem aber langweilig.

Dazu dann noch die Brille, die ihn so unansehnlich, geradezu hässlich machte. Ohne das verhasste Teil sah er nur verschwommen. Es war grässlich. In dieser Zeit hat es so gutgetan, heimlich ab und zu in die Kleider seiner Mutter zu schlüpfen. Es kostete Planung, Phantasie und Genauigkeit beim Vertuschen, um nicht erwischt zu werden. Die Sachen wieder genauso akkurat in den Schrank zu legen, wie er sie herausgenommen hat, brauchte Übung. Hinterher schämte er sich für sein Verhalten, das er mit niemanden teilen konnte.

Wenn die Umkleidesituation vorbei war, hatte er im Sportunterricht den Clown gespielt. Besonders gut konnte er Herrn Schrögel nachahmen, wie er in seiner Adidas-Kombi breitbeinig dastand und mit ausufernden Bewegungen Anweisungen gab. Gunnar wusste von sich abzulenken. Keiner sollte merken, dass er es nicht zu schaffte über das Pferd zu springen, ein guter Fuß- oder wenigstens Basketballspieler zu sein.

Seine wirklichen Rollenspiele hat er niemanden gezeigt.

Damals und heute vermischen sich: die schreckliche Unsicherheit und der schreckliche-schöne Wunsch sich selbst wie ein Mädchen, wie eine Frau zu kleiden.

Fines Kleider fasst er immer nur an, riecht an ihnen, nur manchmal, ab und zu, zieht er ihren Bademantel über.

In sie hat er sich tatsächlich sehr verliebt, mehr als in die Mädchen vorher. Sie war sehr natürlich und irgendwie weniger bedrohlich als viele andere. Er mochte ihre Sommersprossen, ihr nachdenkliches Gesicht ebenso wie ihr Lachen und die Art kluge Fragen zu stellen, bei denen man merkte, dass sie dem nachging, was sie wirklich interessierte: sie las Gedichte, kannte ein paar Philosophen, machte sich nichts draus, ob sie beliebt war oder nicht, und wenn sie gute Laune hatte, sang sie. Es machte ihr nichts aus, dass die meisten anderen ihre Musik kitschig fanden. Sie roch gut, nach den Himbeerbonbons, die sie so gerne lutschte, und so frisch, nach Wald und Morgenluft vielleicht.

Sie haben lange Spaziergänge gemacht, er hat versucht sie zu beeindrucken, hat ihr besondere Steine gezeigt, Bäume erklärt, er hat begonnen sich mit den Sternen zu beschäftigen, als er gemerkt hat, dass sie gerne abends rausgeht und den Himmel so sehr mag – Fine hat viel erzählt, von ihrer Familie, von Dingen, die sie gelesen hat, von ihren Freundinnen, von ihren Gefühlen und Träumen. Fine, die Träumerin ... erst waren ihm ihre Welten unheimlich. Dann hat er sich daran gewöhnt, die merkwürdigen Geschichten in ihr liebgewonnen, gespürt, dass Fine so ist wie sie. Sie hat begonnen, ihm beim Aufwachen von ihren Träumen zu erzählen. Sie haben unendlich oft Spaghetti gekocht, sich gegenseitig Musik vorgespielt und sind ins Kino gegangen.

Fine liebt die leisen Filme. Er lässt sie aussuchen. Wenn sie weint, hält er ihre Hand. Sie sind schon lange nicht mehr im Kino gewesen.

Mit Fine hat er sich normal gefühlt, gut genug. Sie haben sich aneinander gewöhnt. Sich abends zu treffen, hat Sicherheit gegeben und Schutz vor dem diffusen Gefühl irgendwie falsch zu sein. Es kam ihm logisch vor, sie irgendwann zu fragen, ob sie ihn heiraten wolle. Sie waren Anfang zwanzig, und irgendwie passte das. Ihre Einwilligungserklärung nahm er als Selbstverständlichkeit. „Keine Familie" hat sie gesagt, als es um die Hochzeit ging. Das war ihm nur recht. Nach dem Standesamt haben sie Sekt getrunken und später Roulade und Klöße gegessen. Fine hatte ein blaublumiges Sommerkleid an und einen Strohhut auf, den sie auch beim Essen nicht abnahm. Anschließend sind sie 14 Tage an die See gefahren. Von da aus haben sie dann Verwandten und Freunden geschrieben, ‚wir haben geheiratet'.

Sie lieben ruhig, leidenschaftslos meist, ein sanfter Fluss. Die verbindliche

Gewohnheit trägt. Die leisen Übereinkünfte beruhigen. Jeder ist zudem mit eigenen Aufgaben beschäftigt gewesen. Bis jetzt ...

Als Fine ihm sagte, dass sie schwanger ist, war Gunnar zuerst erschrocken: wie sollte er Vater sein? Als das Baby dann ein Mädchen war, hat ihn das erleichtert. Er hat den Namen ausgesucht, Antonia, und dieses glatzköpfige zerbrechliche Wesen sofort liebgehabt. Er hat sie gewickelt, gefüttert, gebadet und ausgefahren. Die Frauen haben anerkennend genickt, wenn er mit der Karre im Park spazieren ging. Später ist er mit seinem kleinen Mädchen ins Tiergehege gegangen, oder an den Ententeich, er hat ihr das Fahrradfahren beigebracht, ihr Pfannkuchen mit Zucker und Zimt gebacken und ihr Pflaster aufs Knie geklebt, wenn es nötig war ... Er und Antonia waren von Anfang an Verbündete, er war ihr näher als Fine.

Gunnar schläft bei dem Gedanken an seine Tochter noch einmal ein.

Irgendwann kommt Fine in den Raum.

„Gunnar?"

„Hmmm ..."

„Gunnar, du hast jetzt, glaube ich, seit über 10 Stunden geschlafen. Wie geht es dir?"

„Hmmm – was soll ich sagen?"

„Komm, wir essen was." Fine hat den Tisch gedeckt. Rührei und Brote, ein Salat aus der Gurke und einen Ring Salami, Vorrat aus dem Keller.

„Frühstück oder Brunch, wie du willst." Sie lächelt. Gunnar liebt das Finelächeln. Er liebt sie, er spürt es. „Fine, ich liebe dich."

Schon lange hat er das nicht mehr so gesagt, es ist nicht seine Art zu sprechen, es ist eine Phrase, meint er zu anderen, er wiederholt es noch einmal. „Ich liebe dich, Fine!"

Sie lächelt warm. „Komm, wir essen was." Sie reicht ihm einen Becher mit heißem Kaffee. „Ich hab schon einen Kaffeerausch vom Warten auf dich."

Gunnar setzt sich auf. „Typisch – meine Fine."

Sie legt die Hand auf seine Stirn. „Du hast kein Fieber mehr, ziemlich sicher!" Sie nimmt die Hand wieder weg.

„Du machst mich gesund." Er steht auf. „Ich wasch mich kurz und zieh mir was an. So bin ich kein charmantes Gegenüber."

Charmant, hat er charmant gesagt? Gunnar wundert sich über sich selbst, als hätte der Schlaf und das Fieber etwas verändert, das ihn anders fühlen, anders sprechen lässt. Er zieht eine Jeans und einen hellen Pullover, den er eigentlich immer im Urlaub trägt, aus dem Schrank. Er will ihr gefallen, verdammt nochmal, er will attraktiv sein für sie. Er schaut in den Spiegel: Er

– ein Mann, der beginnt älter zu werden, Bauchansatz, graue Schläfen und Geheimratsecken ... Sein Gunnar-Spiegelbild sieht irgendwie langweilig aus, ein hilfloser Körper voller Fragen: Ob Fine noch etwas an ihm interessant findet? Ob sie die Sache mit den Kleidern aushalten kann? Ob er mutig genug sein kann sich zu zeigen?

Sie sitzen in der Küche und essen. Gunnar hat plötzlich großen Hunger – nach Rührei und Schinken und nach mehr; er kann es nicht benennen.

Fine isst wenig. Sie schaut ihn an.

„Und jetzt?“, fragt sie nach einer Weile.

„Gute Frage.“ Gunnar schaut auf die Uhr.

Es ist zehn nach zwei, früher Nachmittag. „Verlässt du mich?“ Er spricht sehr leise.

Fine zuckt die Achseln, schüttelt ganz leicht den Kopf. „Ich weiß nicht. Nein, also ... und du?“

„Du bist doch gegangen. Du hast einen anderen Typen, bist mit dem in den Süden, an den Strand gefahren ... also was?“ Gunnar steht auf, läuft in der Küche hin und her.

Fine sitzt ganz aufrecht. „Also was? Ja ... Gunnar, ja, ich war weg, und ja, ich hab es nicht mehr ausgehalten. Also was? Keine Ahnung ... Aber ich lebe doch hier. Hier mit dir, oder? Ich meine, wir leben doch hier, und das schon eine ganze Weile. Unser Revier, es riecht nach dir und mir und schmeckt nach dir und mir und ... das ist nun mal eine Tatsache und nicht so leicht wegzukriegen.“

„Und warum rennst du dann weg, fliegst an irgendeinen verdammten Strand?“

„Kannst du raus? Ich meine, ich würde gerne rausgehen? Irgendwohin? Spazierengehen, was trinken, Musik hören? Lass uns anderswo weiterreden.“

Gunnar schaut an sich herunter. „Ich fühl mich wieder ganz okay. Ausgehen? Wohin denn?“

Fine seufzt, atmet einmal tief durch. „Wald, See, Stadt, Gartenlokal, Park ... Egal, Gunnar, aber rausgehen, etwas erleben. Zusammen!“

„Hm ... wir könnten in die Stadt laufen, erst ein Stück durch den Wald, ein bisschen am Wasser lang, dann Cityflair und ...“

„Wenn du das schaffst – gern. Ich ziehe mich um.“

„Fine, du siehst doch so gut aus.“ Er betrachtet die gebräunte Haut, die helle Bluse über der eng geschnittenen Hose, die leicht gewellten Haare, den sinnliche Mund ... Er möchte sie küssen und kann den Gedanken an diesen anderen, der diesen Mund geküsst hat, nicht verdrängen. „Scheißkerl“, murmelt er und zieht eine Jacke über.

Fine verlässt die Küche.
Gunnar will sie halten, er will sie festhalten. Auf keinen Fall soll sie noch einmal weggehen.
Sie laufen gemächlich, weder nah noch weit voneinander entfernt. Gunnar will ihre Hand nehmen; er tut es nicht.
„Was wolltest du von Ortwin erzählen?" Fine fragt das nach etwa einem Drittel des Weges.
„Ortwin ... ich hab ihn angerufen, weil ich mir nicht erklären konnte, dass du einfach weg bist ... Ortwin ... ja also ... wir waren in so 'ner Bar ... also, ich wusste zwar, dass Ortwin schwul ist ..."
„Ah ... hab ich mir gedacht." Fine nickt.
„Dann brauch ich ja wohl nicht weiterreden." Seine Stimme kippt. „Manchmal hasse ich deinen siebten Sinn für alles und jedes."
„Hey Gunnar, nun sei doch nicht so gereizt. Weiß auch nicht, aber Ortwin ist ... ist ... ist irgendwie schwul ... Ja und ...?"
Gunnar schweigt.
Sie laufen weiter.
„Ich mochte es da. Ich hab mich anfassen lassen von irgendeinem Typen. Ich hab an früher gedacht ..."
„Anfassen lassen? Was soll das heißen? Früher – wie, an früher? Gunnar ... Komm, wir gehen in den Park." Fine zeigt auf die gegenüberliegende Seite. Sie überqueren die Straße. Verschlungene Wege, teils mit Kieselsteinen befestigt, führen an mächtig ausladenden Bäumen vorbei.
„Diese Blutbuche, was für eine Farbe!" Fine atmet tief durch.
„Ja, prächtig! Wenn so einer umfällt ... Dieses Unwetter hätte dich auch umbringen können." Gunnar schaut in Richtung des freistehenden Baums.
„Ja, das stimmt." Sie wartet eine Weile. „Was war früher? Komm, wir suchen uns eine Bank."
Sie laufen schweigend noch ein ganzes Stück weiter, vorbei an den urigen Grotten, kleinen Tempeln, bearbeiteten Buchsbaumstauden bis zu einem der Teiche, wo sie sich setzen.
„Ich dachte eine ganze Weile ..." Gunnar sucht nach Worten. „Ich dachte, ich sei vielleicht schwul, und das zu glauben war grässlich. Also wegen meiner Eltern, den Leuten, der Schule ... Ich hab abends gerne Klamotten von meiner Mutter getragen, mir schon mal ein paar Mädchensachen gekauft, einfach so ... also, ich hab mich selbst nicht verstanden. Ich mochte das einfach. Einmal hab ich es einem Freund erzählt. ‚Schwuchtel' hat der gesagt, und dann hab ich mit niemanden mehr gesprochen und hab mir das

abgewöhnt. Nein, verboten hab ich es mir. Streng, streng verboten." Gunnar schnäuzt sich die Nase.

„Und … bist du schwul?"

„Nee … wohl nicht ... oder nicht nur …, nur … das Thema insgesamt war danach irgendwie out, tabu … also Sex und wie man so ist, und was man mag. Ich hab versucht so gewöhnlich wie möglich zu sein, weißt du …" Und er setzt nach, „zu langweilig für dich wahrscheinlich." Er weiß nichts weiter zu sagen.

Gunnars Knie zittern. „Mist!" Er würde jetzt gerne weglaufen, wie ein kleiner Junge, sich irgendwo verstecken. „Lass uns weiterlaufen!" Er steht auf.

Fine folgt ihm. „Ich bin auch nicht grade aufregend. Das Leben ist aufregend … Und wir haben es zu wenig an uns herangelassen."

„Aha … das Leben heranlassen – wie soll das gehen?"

„Ach Gunnar …." Fine umarmt ihn. „Dieser Park hier, der hat so ‘ne lange Geschichte, alle diese Bäume und Wege und Bauten erzählen doch irgendwas. Und wir sind mittendrin. Mittendrin in so einer Geschichte. Schau mal, der Springbrunnen. Der brauch die richtige Zuleitung, den notwendigen Druck, was weiß ich … damit der sprudelt – es ist kompliziert. Wie wir … "

Er schiebt sie weg. „Springbrunnen? Scheißkerl … Scheißkerl, der da mit dir unterwegs war. Hat dich wohl auch sprudeln lassen."

„Bitte, Gunnar, lass dich umarmen."

Gunnar lässt es zu. „Fine! Fine Fine Fine … Wir haben geschlafen in den letzten Jahren, nicht wahr? Tote Springbrunnen sozusagen … Das, was mir schwerfällt, ist dieser Scheißkerl … Und Ortwin unter die Augen zu gucken."

Fine

Fine stellt Gunnar regelmäßig wahlweise Tee oder Hühnerbrühe ans Bett, misst Fieber, überwacht seinen Schlaf. Er kuriert sich aus, schläft viel und redet wenig. So kennt sie ihn seit Jahren: pflichtbewusst, verlässlich, loyal – oder krank, abwesend. Sie kann damit rechnen, dass er in etwa drei Tagen sagen wird, dass er sich wieder gesund fühlt.

Sie hat Zeit, die Spuren dieses unwirklichen Trips zu beseitigen, ihr Sardiniengepäck wegzuräumen, sandige Shirts zu waschen: wegwaschen, als habe es diese Reise nicht gegeben. Es hätte diese zweite Begegnung mit Heiner nicht geben sollen. Die absurde Einladung zu Genuss und Schwerlosigkeit ist ordentlich fehlgeschlagen. Nicht nur … Die Sehnsucht, die Heiner in ihr ausgegraben hat, schwimmt jetzt auf der Oberfläche ihrer Seele auf der Suche nach einem Ziel. Gut, dass Gunnars Krankheit sie erst einmal wieder dämpft. Fines ist froh über ihren Lieblingsstuhl, die Sonne, den Garten. Vorerst muss das genügen.

Die Unruhe wächst erst, als Gunnar wieder arbeitet.

Er ist früh um 7 Uhr gegangen. Sie hat beobachtet, wie er sich angezogen hat, Krawatte und ein helles Sakko zu einer seiner Sommerhosen. Wie er in den Spiegel geschaut und die Achseln gezuckt hat. Sie hat sich schlafend gestellt, als er noch einmal zum Bett kam, um sie anzuschauen.

Sie haben in den letzten Tagen vermieden zu reden.

Alles fühlt sich merkwürdig pelzig an.

Sie liegt im Dämmerzustand. Alles hängt ihr nach und auch die vergangene Nacht: sie haben weder eng noch weit entfernt voneinander dagelegen, sind wie zufällig zueinander gerückt. Beiläufig, unbeholfen haben sie irgendwann zusammen geschlafen. Sex, der auf eine eigene Weise fremd und doch wohltuend war. Dann dieser Traum, von dem sie Fetzen erinnert:

Sie steht in einer Kirche. Dort soll eine Trennungszeremonie stattfinden. Sie trennt sich von Piet – in ihn war sie früher einmal verliebt ... *Viele Menschen sind in der Kirche. Ein Priester bereitet ein Ritual vor ...*

Hat die Trennung stattgefunden? Sie erinnert sich nicht mehr. Irgendwann ist sie zur Toilette gegangen. Danach hat sie den Faden des Traums verloren.

Sie schläft noch einmal ein und wacht erst spät wieder auf.

Als sie aufwacht, kocht sie sich einen Kaffee und setzt sich damit wieder ins Bett. Und jetzt? Das Sardinien-Abenteuer geplatzt. Das Leben mit Gunnar irgendwie porös und schwankend. Gunnar ein Frauenkleiderliebhaber in einer Schwulenbar. Schwer zu greifen, nicht zu begreifen ... Heiner irgendwo in seiner Stadt weiter im Osten, im politischen Geschehen, in der Auseinandersetzung mit seiner Frau und vielleicht manchem mehr. Und sie selbst?

Sie trinkt den Kaffee hastig, starrt an die Wand, versucht herauszufinden, wie sie sich fühlt. Verwirrt. Beklommen. Traurig. Erleichtert auch. Dunkelgelb oder Hellviolett – alles in allem eine verschwommene Zerbrechlichkeit.

Sie schlüpft in ihre Flip Flops, läuft zwei Straßen weiter zur Bäckerei an der Ecke, kauft zwei Brötchen, schaut die Schlagzeile der Tageszeitung auf dem Tresen an: Querelen in den großen Parteien, Streikdrohungen im öffentlichen Dienst, der Tod eines bekannten Schauspielers. Etwas geschieht immer in der Welt außerhalb ihr selbst. Etwas Reales, Benennbares. Die innere Welt ist komplizierter.

Sie nimmt einen Umweg nach Hause. Die Nacht mit Heiner hat Spaß gemacht und sich frei angefühlt. Sie hat sich begehrt gefühlt, sexy. Auch im warmen

Wind, Wasser auf der Haut, von Heiner berührt. Aber es war auch schräg. Sie mochte seine Berührungen nicht immer. Trotzdem hat Heiner, hat dieser Trip eine Lust geweckt, die viel zu lange geschlafen hat. Das schon mal kann sie auf den Punkt bringen. Sie holte einen Kassenzettel aus dem Portemonnaie und den Kugelschreiber, den sie immer bei sich trägt, aus der Tasche. Sie hat den Drang aufzuschreiben, was sie denkt, will es begreifen: *ich habe meine Lust wiedergefunden*. So schwarz auf weiß wird dieser Satz eine Wahrheit. Ihre Wahrheit. Heiners Rolle spielt dabei eine zweitrangige Rolle.

Braun, kräftig, männlich, gut gelaunt, witzig ... Er hat sie betört, im richtigen Moment verführt, zwei Mal haben sie dort miteinander geschlafen, wild, leidenschaftlich! Sie haben begonnen sich kennenzulernen, als die Geschichte jäh abgebrochen ist. Sie schaut auf ihr Handy. In der Fotogalerie gibt es zwei Selfies zu zweit, ein Foto von ihm am Strand, eins unter einer sardischen Korkeiche: Mein Pirat! Sie streicht über den Bildschirm.

Das Handy klingelt.

„Oh, ich habe gerade an dich gedacht." Sie meldet sich erst gar nicht.

„Fine? Ich denke oft an dich. Wo bist du?" Es ist Heiners Stimme.

„Auf dem Weg vom Bäcker nach Hause ... und du?"

„Schulhof. Muss was klären fürs nächste Schuljahr. Muss gleich wieder aufhören ... Fine, ich vermiss dich ..."

„Wie bist du weggekommen?"

„Is doch egal, na ja, Flug über Mailand, dann Zug ... Ich hab's jedenfalls geschafft. Da, wo wir waren, hat es ganz viel umgehauen. Hast du die Bilder gesehen?"

Fine nickt.

„Fine?"

Stimmt, er sieht sie ja nicht. Sie lacht. „Ein paar Bilder ... im Fernsehen ..."

„Ich liebe dein Lachen. Würd dich gern küssen, Fine!"

Fine starrt das Telefon an. „Heiner, ich bin völlig durcheinander."

„Küss mich!!"

„Hey, lass mich. Ich muss mich sortieren. Telefonkuss ... Nix für mich ... Heiner ... Gunnar braucht mich hier. Er ist von der Rolle irgendwie, weißt du ..."

„Fine ... Ich will dich wiedersehen! Ich kann jetzt nicht lange telefonieren."

„Ich weiß nicht, was ich will. Vielleicht." Spröde, sie ist spröde, und es ist ihr in diesem Moment egal, was er dazu denkt. Jetzt weiß er es.

„Ruf mich an!!"

„Heiner?"

„Ja."
„Sei mir nicht böse … ich … ich …"
„Bitte ruf mich an. Bald ja?!"
Er hängt ein.

Fine steckt das Handy in die Tasche. Seine Stimme weckt Bilder: Heiner, wie er Witze erzählt, am Steuer sitzt, am Strand liegt, Heiners Körper und wie er sie berührt. Sie schließt die Augen, atmet tief und geht dann schnurstracks nach Hause.

Sie schaltet das Radio ein, schaut auf die Uhr. Viertel nach elf, bald Mittag also. Mittwochmittag, 9. Juli. Erstmal frühstücken. Und dann? In drei Wochen hat Antonia Geburtstag. Sie könnte in die Stadt gehen und ihr ein Geschenk kaufen. Ein Buch? Ein Kleidungsstück, Schmuck, Musik? Sie hat gar keine Idee, was ihr gefallen könnte. Oder soll sie das Badezimmer putzen, die Bücherregale abstauben oder den Schreibtisch aufräumen? Noch einen Spaziergang machen, ins Café gehen oder ins Schwimmbad? Banane, Bullshit, Quark! Alles ist möglich, es ist ein freier Tag, und sie hat keine Ahnung, was von allem sie jetzt will.

Grauenvoll. Woher weiß man, was man will? Gelernt hat sie es jedenfalls nicht. Und mit Gunnar zusammen ist eigentlich immer klar, was als nächstes dran ist. Da haben die Dinge ihre Ordnung. Scheinbar. Jetzt ist ja wohl auch bei ihm etwas … alles … in Unordnung geraten. Sich um seine wiederkehrenden Krankheiten zu kümmern hat sie hingenommen, aber jetzt …? Ein kleidertragender Mann – es passt nicht. Es passt ihr nicht. Was tut man in so einer Situation?

Sie könnte eine Kur beantragen, alleine Urlaub machen, einem Chor beitreten, einen Malkurs belegen, ihre Träume und Gedanken aufschreiben, Geschichten erfinden oder sich die Haare rot färben oder … Sie schaut sich um, was davon ist ihr Herzenswunsch? *Blind* schreibt sie auf das Papier neben sich. Irgendwie ist sie blind für sich selbst. Sie schließt die Augen.

Sie muss jemanden sprechen, um nicht verrückt zu werden. Vielleicht Elsa. Das ist unverfänglich. Elsa ist Gunnars Tante. Gunnar ist immer erleichtert, wenn sie Elsa besucht oder anruft. Er erträgt die Tante nicht. Fine mag es Wahlverwandtschaft zu haben. Sie hat kaum Kontrakte in der eigenen Familie. Elsa und sie haben schon lange nicht mehr miteinander telefoniert.

Fine sucht den Kontakt und tippt auf verbinden. Elsa nimmt den Anruf für selbstverständlich. Sie redet und redet und redet. Die Nachbarn hätten einen zu lauten Rasenmäher, gestern habe sie Tomatensuppe gegessen, der Taxifahrer, der sie zu ihren Arztterminen fährt, sei ein Araber. Heute sei alles anders als früher, als sie zur Schule ging. Übergangslos rezitiert sie ein Gedicht, aus der ersten Klasse, ‚Wir klein – du groß …‘, für den Führer gelernt. Sie kann das Gedicht noch aufsagen. Und diese Krankheit, die ihre Cousine habe, hätte es früher auch nicht so oft gegeben. Sie meint Krebs. Elsa hat Arthrose im Schulterbereich. Darüber klagt sie heute nicht.

„Ich hab jetzt einen Termin." Fine beendet das Gespräch.

Fine geht die Adressliste in ihrem Telefon durch. Sie möchte sich spüren, möchte Kontakt. Sie wählt dann Antonias Nummer und drückt sie sofort wieder weg. Was gäbe es zu sagen? Sie könnte jetzt nicht ertragen, wenn Antonia am anderen Ende so etwas sagen würde wie ‚Mama?! Du, ich habe jetzt eigentlich gar keine Zeit. Was ist los?‘ Zu sagen ‚Alles gut, mein Kind, ich will dich nur kurz hören‘ wäre schwer.

Und Heike, die Freundin, die sie zwei-, drei Mal im Jahr besucht? Oder Mona, die Kollegin? Hören, was so los ist, schließlich würde sie bald wieder arbeiten. Fine starrt auf ihr Handy und wählt schließlich Heikes Nummer.

„Oh hallo Fine, lange nicht gehört … Ich bin gerade in Oldenburg mit Stefan. Bei einem Spezialtischler, die Einrichtung unseres Campingbusses beraten … Unser Traumauto." Heike erklärt ihre alle Details und schwärmt von den kommenden Ferien in dem Gefährt.

Fine hört zu, täuscht Begeisterung vor, hängt wieder ein.

Die Nervosität kribbelt. Sie muss etwas tun. Kochen! Das hat schon immer gut getan. Sie wird heute Linsen kochen. Rote Linsen. Ein Curry vielleicht, das Rezept, das seit Wochen in der Küche liegt, weil sie es ausprobieren will.

Wärme, Sättigung, die Gemeinschaft beim Essen, Zugehörigkeit im besten Fall. Zu wem? Zu was? Liebe geht durch den Magen. Wie geht das mit der Zugehörigkeit? Mit der Liebe? Die Gedanken reißen nicht ab. ‚Heute gibt's was Besonderes‘ tippt sie in ihr Handy, was immer Gunnar davon halten würde.

Dann verlässt sie das Haus und geht zielgerichtet in den nahe gelegenen Supermarkt und kauft Linsen. „Jogurt, Trauben und Weißbrot bitte und ein Flasche Chablis." Sie zahlt mit Karte. „Vielen Dank. Ich freu mich schon darauf gleich zu Hause. Ihnen auch einen schönen Abend!" Die Frau an der Kasse schaut auf: „12,45 € – kriegt man Fernweh bei Ihrer Bestellung: Sandalen an und ab in den Urlaub!"

Wenn die gute Frau wüsste, dass sie gerade aus dem Urlaub kommt. Fine murmelt nur etwas von „nur zu …" und „Auf Wiedersehen." Dann verlässt sie den Laden.

Fernweh und Sandalen … Heiner hat ihr an einem der Strandläden ein paar hellbraune Ledersandaletten gekauft. „Für die schönsten Füße der Welt", hat er gesagt, und sie hat es an diesem Tag geglaubt und es genossen, ihre Füße stolz und ein wenig tänzelnd zu bewegen.

Nun steht sie in genau diesen Schuhen mit einer vollen Einkaufstasche vor dem Supermarkt und plant ein Linsencurry mit exotischen Früchten und Chablis für Gunnar und sich. Es fühlt sich gerade wie das größere Experiment an.

Sie schaut auf ihre Einkaufstüte. Für ein Linsencurry braucht sie neben den roten Linsen auch Kurkuma, Kokosmilch, Kardamom, Ingwerwurzeln und Chilischoten.

Das alles gibt es in dem orientalischen Geschäft etwas weiter weg. Sie ist schon öfter davor stehengeblieben ohne es zu betreten.

Der Inhaber des kleinen Ladens, ein Pakistaner, zieht mit Bedacht ein Gewürzglas nach dem anderen hervor und lässt sie daran riechen. Die ganze Welt des Orients tut sich auf. Fine atmet die Exotik ein, und es ist als atme sie all das Andere, Schwere damit aus.

„Ich koche selten so mit Bedacht. Und wenn dann eher heimische Gemüsesorten." Sie meint etwas sagen zu müssen, während sie die Gewürzregale betrachtet.

Der Mann, dessen helle Kurta sich von der kaffeebraunen Haut abhebt, lächelt. „Die Gewürze sind es, die den Unterschied machen. Wir essen auch Blumenkohl und Tomate und Möhre. Es sind die Gewürze ..." Wieder stellt er ihr eines der Gläser hin. „Eine besondere Schärfe!" Seine Augen blitzen. Fine nickt und entscheidet sich außer den notwendigen Zutaten drei unterschiedliche neue Aromen zu kaufen. Er schenkt ihr zwei zusätzliche Tütchen zum Probieren dazu. Sie trägt alles zusammen wie Heiligtümer nach Hause.

Fernweh in der Nähe, schreibt sie auf einen Kassenzettel und steckt ihn in ihre Handtasche. Sie findet Gefallen an ihren Gedanken-Zettelchen. Die Sammlung von aufgeschrieben Worten und Einfällen nimmt zu.

Der Bus 53 bringt sie nach Hause. Sie schaut aus dem Fenster. Die Welt ist bunt. Auch die zu Hause. Gunnars Eskapaden mit Ortwin sind keine Fiebergeschichte. Hat er sich in Ortwin verliebt? Es kommt ihr unwahrscheinlich vor. Wie soll sie sein Verhalten einordnen? Frauenkleider anziehen? ... Womöglich ab und zu ihre? Sie muss verstehen, mehr nachfragen. Sie muss ihn konfrontieren. Welche Worte gibt es dafür? ‚Unverständnis'. ‚Irritation'. ‚Unbehagen'. ‚Neugier', kritzelt sie auf das Papier, in das das Brot eingewickelt ist.

Die Situation zwingt dazu sich neu zu verhalten.

Gunnar

Was soll er zu ihrer „Heute-mal-was-Besonderes“-Idee sagen? Er schaut auf die Nachricht, die sie ihm geschickt hat. Der Bürotag nach der Fiebererkrankung zieht sich, die Arbeit strengt an. Gunnar weicht Ortwins fragendem Blick aus.

‚Etwas Besonderes‘ ist für ihn etwa Roulade oder Rumpsteak mit viel Zwiebeln oder gar ein Wildgericht. Einmal hatte er sie überrascht, als er mit einem gewaltigen Stück Wildschweinrücken nach Hause kam. Die Beute eines Kollegen, Hobbyjäger, die er im Büro verteilt hat. Fine hatte sich Mühe gegeben, das Fleisch mit Rotwein und Thymian zuzubereiten, sie hatte Klöße dazu gemacht, und er war nach dem Essen satt, zufrieden, geradezu selig.

Das ist lange her. Was sie unter ‚etwas Besonders‘ versteht, und warum sie gerade heute denkt ‚etwas Besonders‘ zubereiten zu wollen, ist ihm ein Rätsel. Es wird sich auflösen, er konzentriert sich wieder auf die vorliegende Akte: brachliegende Gemeindeland wird zu Baugrund. Die ersten Vermessungen haben stattgefunden. Er konzentriert sich auf Zeichnungen und Zahlen. Noch drei Stunden, dann ist Feierabend. Er fühlt sich außerhalb der Zeit. Immer wieder schweifen seine Gedanken ab: Fine hatte etwas mit irgendeinem Mann. Wer weiß, wen sie noch alles getroffen hat, mit welchen Männern sie unterwegs gesprochen hat, wo auch immer sie überall gewesen ist. Und wohl nicht nur gesprochen. Und dann dieser Sardinienmann. Wie kommt einer dazu, seine Frau einfach in den Süden zu locken? Er könnte diesem Kerl die Gurgel zudrücken, aber der ist weg, wo auch immer, für ihn nicht greifbar. Er kennt noch nicht einmal seinen Namen. Fine spricht nicht darüber.

Warum sollte er, Gunnar, nicht der Verführer sein, dem ihre Italienleidenschaft am Herzen liegt. Und er könnte es anders, besser als es dieser Sardinenfritze machen, der ihr nur Flausen in den Kopf gesetzt hat, um dann zuzusehen, wie sie unter Gefahren zurückkehren muss …

Was könnte er tun? Gunnar brütet vor sich hin. Ein Haus in Italien …? Eigentlich gar keine schlechte Idee … Würd‘ ihm selbst auch gefallen: eine Immobilie im Ausland … Er kann sich ja einmal umschauen, er wird sobald möglich ein paar überregionale Zeitungen kaufen und den italienischen Immobilienmarkt erforschen.

Er schafft sein Arbeitspensum heute nicht, das bedeutet Mehrarbeit in den nächsten Tagen. Er klappt die Akte zu.

„Wiedersehen – Sie sollten auch bald Schluss machen.“

Frau Döllinger im Büro hebt die Hand. „Ja, bald. Wiedersehen und schön, dass Sie wieder gesund sind.“

‚Schön, dass Sie so beständig da sind' sagt Gunnar nicht, sondern nickt freundlich. „Bis morgen!"

Auf was ist gerade eigentlich noch Verlass? Fine müsste eigentlich schon zurück sein. Er legt die braune Aktentasche auf die Kommode im Flur und geht nach oben ins Wohnzimmer, einen Moment aufs Sofa legen, wird guttun. Von da aus kann er aus dem Fenster schauen. Die Couch ist ein sicherer Ort.

Er hat Hunger, und wenn er Hunger hat, kann er nicht denken. Und jetzt soll es Abendessen geben. Wo bleibt Fine?

„Ah, da bist du ja ... da bin ich aber erleichtert." Gunnar steht auf und läuft nach unten, als er sie im Hausflur kommen hört.

„Wieso? Ich war einkaufen und koch noch etwas. Hab' ich doch geschrieben."

Er folgt ihr in die Küche.

„Ja, hast du geschrieben ... ‚was Besonderes', wo ich doch eigentlich an Leberwurst, Gurke, Brot und Salat gewöhnt bin. Also schon wieder eine Änderung." Er verzieht das Gesicht. „Okay ... und übrigens: mir geht es wieder halbwegs gut! Jedenfalls hab ich den Bürotag überstanden."

„Das ist gut! Ja – ich koche!" Fine lacht ihn an. „Ein indisches Linsencurry."

„Indisch? Ich dachte, du stehst auf Italienisch ..."

„Ja, aber deshalb kann ich ja wohl auch mal indisch kochen."

„Ah ... ja . Wann gibt's Essen?"

„In 'ner dreiviertel Stunde fertig." Ihre seltsam gepresste Stimme für die selbstverständlichen Worte irritieren.

Gunnar folgt ihr in die Küche. Sie packt die Sachen aus, stellt merkwürdige Gewürze auf die Küchenanrichte. Sie schneidet ein Stück der Ingwerwurzel ab und hält es ihm hin. „Riech mal!"

Gunnar schnuppert. „Was ist das?"

„Ingwer!" Sie reibt die Wurzel zu feinen Fädchen, stupst ihn an der Nase.

„Ingwer also. Na dann ... In einer dreiviertel Stunde bin ich dann da." Er reibt sich die Nase, da wo sie ihn berührt hat. „Ich geh Zeitung lesen." Er deutet eine Art Handkuss an. „Also bis gleich!"

Er sucht die Wochenendausgabe der Tageszeitung, um den Immobilienteil in Augenschein zu nehmen.

Während des Essens schweigen sie.

Gunnar hasst es grundsätzlich, beim Essen zu reden. Jetzt ist er mit seinen Gedanken bei seinen begonnenen Recherchen. Er hat schon zwei Angebote für Objekte in Italien entdeckt, die ihn jetzt beschäftigen: ein Haus in Ligurien, ein anderes in Kalabrien. Er will nach dem Essen den Atlas aus dem Schrank holen, um zu schauen, wo genau das überhaupt ist.

Fine kaut Linsen. Dass sie nicht spricht, ist ungewöhnlich.

Sie essen alles auf.

Gunnar sagt nicht, dass es ihm schmeckt. Fine fragt nicht.

Der Chablis schmeckt frisch und perlig. Gunnar lässt es, nach einem Bier zu fragen.

Fine räumt das Geschirr vom Tisch. „Schaler Beigeschmack, Gunnar, oder? … Ich mein nicht das Essen …“

„Ich weiß … Und jetzt? Ich meine, wie weiter, Fine?“ Nach dem zweiten Glas Wein traut sich Gunnar diese Frage zu stellen.

„Ja. Wie weiter, Gunnar? Keine Ahnung, ehrlich gesagt.“

„Also, du warst mit diesem Typen unterwegs.“ Gunnars Stimme schwankt.

„Und du warst auch unterwegs.“ Fine hält ihn auf.

„Jung, schlank, braun? Was hat er?“ Gunnar lässt sich nicht unterbrechen.

Fine seufzt. „Unwichtig. Lass uns bei uns bleiben. Warum bist du mit mir zusammen, wenn du auf Männer stehst?“

Gunnar schaut weg. „Ich dachte, das geht weg … ich wollte es nie … nicht nur Männer … Fine, du bist … ich hab dich … ach … ich …“

„Was?? … Und jetzt? Wirst du da öfter hingehen? In diese Bar, meine ich …“ Fine fällt es plötzlich leichter zu reden. „Und würdest du mir sagen, wenn du da hingehst?“

„Und du: würdest du mir sagen, wenn du das nächste Mal mit so einem Playboy verreist?“

„Gegenfragen sind keine Antworten.“ Fine schaut ihn herausfordernd an.

„Vermisst du ihn?“ Bevor sie antworten kann, steht Gunnar auf und beschließt im Keller nach einer zweiten Flasche Wein zu suchen. Die kurze Unterbrechung hilft.

Das Entkorken gestaltet sich mühsam. „Und vermisst du Italien?“

Fine schüttelt den Kopf. „Ich wundere mich, dass ich ihn nicht vermisse. Wiederkommen und du krank – das war grässlich … Italien … Ja, also … Es gibt so eine Sehnsucht …“

„Wiederkommen und du bist weg … Das war erst recht grässlich!“ Er schaut sie an. „Was für eine Sehnsucht? Lass mich raten: Wärme, Einfachheit, gute Gerüche, Leben auf der Straße, Märkte, Improvisation, Meer, Sonne …“

„Ja …“ Fine lächelt. „Wer hat solche Sehnsüchte nicht?“

„Aber wer geht ihnen nach?“ Er spricht leise. Was er da sagt, klingt fremd in seinen eigenen Ohren.

Fines Gesichtszüge entspannen sich.

Sie sitzen so lange am Tisch, schweigen ebenso viel wie sie reden.

„Etwas läuft schon lange schräg“, so fasst Fine es zusammen, „dass wir uns darüber einig sind, ist mir allerdings neu.“

„Und darüber, dass irgendetwas anders werden muss, sind wir uns glaube ich auch einig“, ergänzt Gunnar, „auch wenn ich Änderungen im Leben hasse.“

Am nächsten Morgen klingelt der Wecker, er muss zur Arbeit fahren. Wie immer. Fine kocht Kaffee, wie immer. Es ist eben nicht wie immer. Nervös blättert er in einem Prospekt, das auf dem Küchentisch liegt: Kühlschränke, Gefriertruhen, Grillgeräte zu Sonderpreisen. Sein Ellenbogen stößt an die Kaffeetasse. „Mist!“

Er steht auf. „Hab schlecht geschlafen, ‘tschuldigung!“

„Lass mal, du musst los. Ich wisch das weg. Wir brauchen eh keinen Kühlschrank.“ Fine kommt mit einem Lappen. „Frostig genug grade ...“

Auf der Fahrt zur Arbeit mischen sich seine Gedanken mit dem Motorengeräusch und formen seine neue Idee: er wird der Italienidee weiter nachgehen, ihre Träume verstärken.

Sie muss zwar eigentlich ihre Arbeit auch bald wieder beginnen und zwischen all denen sitzen, die jetzt pflichtbewusst irgendwohin fahren. Aber es geht doch vielleicht auch anders ... Er wird dafür sorgen!

Heiner

Was machst du denn in Berlin heute Morgen? Bin grade erst aufgestanden – sorry, wohl zu spät? Kurz vor Luckenwalde hat ihn Elvis Nachricht erreicht. Heiners Herz weitet sich.

Ja. Schade. Wir haben uns verpasst.

Verpasst, aber doch erreicht, irgendwie – mit diesem tröstlichen Gedanken kommt er zurück. Zurück in die Wohnung, die er mit Marisa bewohnt. ‚Mehr aber auch nicht‘, so sagt er schon seit einer ganzen Weile zu seinen vermeintlichen Freunden, um klarzustellen, wie es um seine Ehe bestellt ist. „Man sieht euch gar nicht mehr zusammen“, sagen die oder „Beim Schulfest biste wohl alleine gewesen?“ Jeder denkt sich seinen Teil.

Die Maserung der Tapete, die penibel gesaugten Böden, die ordentliche Anordnung der Kiefernholzmöbel, das klinisch reine Bad und der stechende Geruch nach Putzmittel umgeben die Sprachlosigkeit zwischen ihr und ihm.

Heiner hat sich damit abgefunden, schon eine ganze Weile. Wie lange, weiß er nicht genau. Der Zermürbungsprozess geschieht schleichend: sie essen und schlafen im gleichen Haus. Marisa kümmert sich um den Haushalt, er verdient das Geld, geht ihr aus dem Weg so gut er kann, arbeitet, schläft, trinkt.

Die Gewöhnung wird von zufälligen Augenblicken der Freundlichkeit, und häufiger, anderen der Unerträglichkeit unterbrochen.

„Heiner …“ Marisa sieht ihn mit waidwundem Blick an. Die unausgesprochene Frage, wo er gewesen ist, füllt den Raum. Er fühlt Schwere. Im Brustraum zieht sein Herz sich wieder zusammen, auch im Bauch zieht es. Kopfschmerzen kündigen sich an und schlimmstenfalls würden lästige asthmatische Beschwerden schon bald bekräftigen, wie erstickend sich alles anfühlt, wenn diese Art Alltag ihn nun wieder einholt. Marisa, die als absolute Schönheit in der Schule galt, die zu erobern ihn so glücklich gemacht hat. Jetzt kann er ihren Anblick kaum mehr ertragen kann; als ob ihre immer gedrückte Stimmung auch ihn krank macht.

„Marisa, ich bin abgehauen, einfach weggefahren. Weggeflogen. Ich habe Fine, eine Frau aus dem Italienischkurs damals, angerufen, und hab sie nach Sardinien eingeladen, war ein Impuls gewesen.“ Er hört sich selbst reden. Es klingt idiotisch.

Marisa schweigt, schaut mit einem leeren Blick an die Wand, dann geht sie dazu über, sich ihre gelben Gummihandschuhe überzustreifen und den Putzeimer zu füllen. „Die Kacheln müssen mal geschrubbt werden“, sagt sie mit monotoner Stimme. Sie geht zum Schrank und sucht das passende Reinigungsmittel.

Unschlüssig geht er in sein Arbeitszimmer. Auf dem Schreibtisch türmt sich Post: Rechnungen, Einladungen zu diversen Meetings und schlimmer noch die leeren Blätter, die er beschreiben müsste: Moderationen, Prozessbegleitungen müssten angekurbelt, Anfragen beantwortet werden. Er ist immerhin der Kopf der Bürgerbewegung hier. Alles strengt an. Alles, was einmal dringlich war, ist so beliebig geworden. Dabei hat er mit Leidenschaft begonnen sich für so viele Dinge zu engagieren. Zuletzt für das Kulturzentrum, er schaut auf die Einladung zu einem Planungstreffen. Gerade ist ihm unklar, was er wirklich will.

Die Kopfschmerzen nehmen zu, sein Schädel droht zu platzen, schwere Gedanken ziehen auf, dazu der dickflüssige Selbsthass, der sich schnell ausbreitet, eine gallertartige Masse, die alle Poren verstopft, den gesamten Organismus lähmt.

Bier trinken liegt nahe. Es ist noch zu früh, um in den Dorfkrug zu gehen. Außerdem würde es seinen Zustand noch schlimmer machen. Die Sache mit Marisa verändern ist das Schwierigste und das Wichtigste jetzt. Er muss sie um ein Gespräch bitten – morgen vielleicht … Da ist nur bleiernen Schwere. Er hat es nicht geschafft. Er konnte nicht richtig sein. Nicht für sie. Er muss ihr sagen, dass er so nicht mehr kann, nicht mehr will, dass er ihre Traurigkeit nicht erträgt. Und wenn sie sich dann trennen müssten, trennen würden, was dann? Gleich einem immer weiter ausufernden Insekt kriecht die Angst ihm den Nacken hoch. Auch die Angst davor, plötzlich alleine zu sein, womöglich ausziehen zu müssen, finanzielle Sorgen zu haben und nicht zu wissen was kommt. Etwas würde kommen – neben dieser schwer greifbaren Angst sitzt die etwas kleinere Zuversicht und schaut ihn an wie ein argloses Frettchen.

Er fühlt sich gelähmt, wie ausgestopft, unfähig etwas zu tun. Der Schreibtisch ist ein Erbstück, das vom Großvater, der über den Vater nun bei ihm seinen Ort hat; das schwere dunkelbraune Möbelstück mit kolonialem Charakter sticht aus dem gesichtslos funktionalen Inventar der Wohnung hervor, an den tiefen Schubladen prangen Messinggriffe.

Heiner holt das gerahmte Foto des Vaters aus einer der Schubladen hervor und wischt einmal über das Glas: der Vater, ein großer dunkelhaariger Mann, markante Züge. Er kann sich an ihn kaum erinnern.

Heiner sieht den Fünfjährigen, der dem Papa auf Wiedersehen sagen soll. Er hatte nicht wirklich verstanden, was vor sich ging und warum er so ein schönes Bilderbuch geschenkt bekam. Aber er hatte gefühlt, dass er jetzt trotz Bilderbuch alleine sein würde. Für immer alleine.

Wird Marisa es schaffen alleine zurechtzukommen?

Er legt das Foto wieder zurück in die Schublade. Der Vater hatte wohl eher selten an diesem Schreibtisch gesessen; der Großvater, der Verwaltungsaufgaben in der Wurstfabrik innehatte, eher schon. Erst war der strenge Großvater, Heinrich; dann ein konturloser Vater, Heinrich; und jetzt er, Heiner. Heini? Alle mit dem gleichen Namen. Heinrich, hat die Oma ihm stolz erzählt, kommt aus dem Althochdeutschen. Es bedeutet ‚Herr im Haus'. Er ist das immer weniger.

Ob Fine auch an Trennung denkt? Manchmal ist es ihm zwischen den Zeilen so vorgekommen als sei das so. Er hat kaum eine Vorstellung von ihrem Reihenhausleben in Bremen, mit ihrem Mann. Er hat es in den wenigen Tagen dort vor allem genossen, sich selbst zusammen mit Fine so ganz anders zu erleben. Als sei auf Sardinien etwas in ihm aufgeploppt: eine Wundertüte, in der sich Fürsorglichkeit, Feuer, Angst, Leidenschaft, Stärke und mehr befindet. Einfache Verliebtheit war nur am Anfang. Vielleicht haben sie eine ähnliche Sehnsucht. Am ehesten das. Heiner muss unwillkürlich lächeln. Etwas hält ihn davon ab, sie augenblicklich anzurufen. Er hat es versucht. Sie hat ihn weggedrückt. Genauer betrachtet hat sie ihn auch auf Sardinien immer wieder abgewehrt. Und angenommen er trennt sich von Marisa … er würde sich nicht wegen Fine trennen, nicht für Fine, er würde sich trennen, weil er sich trennen muss. Fines Lebenshunger, ihre Sehnsucht sind derzeit der am größten spürbare Einwand gegen die Müdigkeit, die er zu Hause spürt. Sie sind hilfreich, sogar notwendig, um sich aufzulehnen gegen sein bisheriges Arrangement, sein Sich-drein-fügen.

Er kann jetzt weder Post erledigen, Wäsche auspacken noch essen, trinken oder reden. Er muss das kranke Haus verlassen.

Er setzt sich ins Auto, fährt zielstrebig, wie automatisch gelenkt, 20 km weiter, nach Königs Wusterhausen. Er bleibt vor dem Haus stehen, an dem ein Schild prangt, das ihn schon längere Zeit anspricht: Chinesische Massage, Akkupunktur, Yoga und Meditation. Jedes Mal, wenn er vorbeifährt, schaut er unwillkürlich da hin und überlegt, ob es das wäre, was sein überall störungsanfälliger Körper brauchen könnte. Keiner darf das mitkriegen, alle würden sich über ihn lustig machen. Egal. Jetzt oder nie. Er hält an, klingelt. Er weiß nicht, wen er erwartet hat. Auf jeden Fall nicht diese nüchterne schlanke Frau in Jeans und weitem T-Shirt. Er reicht ihr die Hand. „Ich … ich dachte …“

„Kommen Sie rein!“ Sie lächelt warm.

„Ich brauch irgendwas. Ich bin dabei mich zu verlieren. Vielleicht ist es schon passiert. Ich hab Asthma und Kopfschmerzen und so was alles, auch Stress …“

Die Frau sieht ihn an und lächelt. „Eine Probestunde?“

Heiner nickt schnell, so als könne etwas dazwischenfunken, damit er es sich anders überlegt.

„Du – ich duze meine Kunden, ich hoff, das ist okay?“ Sie wartet seine Antwort nicht ab. „Du hast Glück. Ich habe gerade niemanden anderes.“ Freundlich und mit großer Selbstverständlichkeit zeigt sie ihm eine Kabine für seine Sachen.

„Ich bin in fünf Minuten wieder da.“

Heiners Herz schlägt schnell, er hofft, dass niemand sein Auto vor der Tür sieht. Er zieht sich bis auf die Unterhose aus, schlüpft in den bereit gelegten Bademantel.

„Yonna.“ Sie gibt ihm die Hand.

„Angenehm – Heiner.“

Sie erklärt ihm, dass sie sich die Elemente, mit denen sie arbeitet, selbst zusammengestellt hat, „Tuina-Massage und Tao Yin zum Beispiel“, sagt sie so selbstverständlich, dass es Heiner vorkommt, als wisse er, was das bedeutet. „Vielleicht wunderst du dich, dass ich keine Chinesin bin, aber ich habe eine Zeit lang von einer gelernt. Kim Maylin, meine Meisterin.“ Sie lächelt.

„Dann leg dich mal da hin.“ Und während sie zuerst seinen Rücken, dann Nacken, Beine, Arme und Füße bearbeitet, erinnert sie ihn immer wieder daran, tief zu atmen und seine Spannung loszulassen. „Tiefer, entspann dich, dir passiert nichts!“

Er fühlt die Verspannungen als Schmerz. Im Kopf drehen die Bilder.

„Atmen“, sagt sie mit leiser Stimme, dunkel und bestimmt. „Atme!“

Er möchte reden und spürt, dass das jetzt nicht passt. Schreien, ganz laut schreien wäre noch besser.

„Atme“, sagt sie. Er beginnt zu weinen. Erst leise, dann immer heftiger. Er weint lange. Tränen von ganz tief innen. Es schüttelt ihn. Sie hat ihm eine Decke übergelegt. „Gut so. Lass es zu!“

Sie bleibt bei ihm im Raum, er hat das Zeitgefühl verloren, versinkt ganz tief in sich selbst.

„Jetzt musst du aufstehen.“ Sie berührt ihn an der linken Schulter. „Ein andermal mehr! Du hast ‘ne Menge Energieblockaden zu lösen, stimmt’s?“

„Kann schon sein.“ Wie im Trance zieht er sich wieder an, schaut verlegen um sich. „Ich muss noch zahlen, stimmt‘s?“

„Ja. Das war eine Kennenlernstunde – 30 Euro. Du solltest ein oder auch zweimal in der Woche kommen.“ Selbstverständlich reicht sie ihm ein Prospekt mit ihren Daten, den Angeboten und Preisen.

„Hm ...“ Heiner schaut verlegen auf den Flyer, dann zu ihr.

Er legt das Geld auf das Glastischchen im Eingangsbereich. „Danke.“

„Alles gut. Pass auf dich auf und komm wieder!“ Yonnas Lächeln, ein goldgelber Eierkuchen mit Zucker und Zimt.

Er steigt ins Auto. In der nahegelegenen Bäckerei kauft er sich drei belegte Brötchen und einen Kaffee. Lange schon hat etwas nicht mehr so gut geschmeckt. Er hat großen Hunger.

Als er nach Hause kommt, nickt er Marisa zu. Sie hängt auf dem Balkon Wäsche auf. Badetücher, Handtücher, Geschirrtücher, Waschlappen, sauber geordnet. „Können wir reden, Marisa? Bald?“

Sie schaut versteinert. „Müssen wir wohl.“ Sie konzentriert sich auf die Wäscheklammern in ihrer Hand.

„Ja.“

Er heftet zwei Rechnungen ab und beantwortet eine Moderationsanfrage, dann legt er sich hin. Es ist mitten am Tag. Er schläft bis zum Abend.

Beim Aufwachen erstmal orientieren: er liegt in dem Bett, in dem er alleine liegt, seit Marisa eines Tages, er weiß den Anlass nicht mehr, in Elvis ehemaliges Zimmer gezogen ist. Das war vor ungefähr einem halben Jahr oder länger. Sie ist seitdem nicht mehr wieder zu ihm gekommen. Ein Stapel Bücher, den er noch lesen will, staubt auf der Ablage; auf einem Stuhl liegen Kleidungsstücke wild durcheinander. Seit sie hier nicht mehr aufräumt, wächst der Haufen ins Unermessliche. ‚Atmen‘ hat Yonna gesagt. Atmen, als sei das der Schlüssel zu allem.

Er räkelt sich, schaut aus dem Fenster. An die angrenzenden Häuser schließen sich Felder an, weite grüne und braune Flächen. Keine Grenze nirgends. Die Grenze ist in ihm. Enge – ‘Blockaden lösen‘ hat sie gesagt.

Er geht in die Küche und findet auf dem Herd einen Rest Spaghetti mit Gemüsesoße im Topf. Er schöpft sich einen Teller auf. Marisa schaut fern.

„Danke“, murmelt er und deutet auf das Essen.

Sie nickt.

Er setzt sich auf den Balkon. Draußen ist es fast vollständig dunkel. Schlafen, essen und atmen: vorerst würde er damit beginnen. Vorerst – bis es Zeit ist den nächsten Schritt zu machen. Er sitzt lange auf dem Balkon. Irgendwann geht er rein. Marisa ist schon ins Bett gegangen. Er schaut die Spätnachrichten, die wie aus einer anderen Welt von Dingen berichten, die er auch kennt: Aktienkurse, Parteienstreit, der Tod eines bekannten Schauspielers und das Wetter. Die Folgen der schweren Unwetter über Sardinien und Korsika werden gezeigt: verwüstete Strände, abgebrochene Bäume, zerstörte Gebäude und überflutete Straßen. „Schwein gehabt, aber wirklich!“ Niemand hört seine Erleichterung. Niemand sein Seufzen. Er denkt an das Ferienhaus, das türkisschimmernde Meer, Fine mit und ohne Sonnenbrille, Fines Bauch, Fines Busen, Cagliari, der Flughafen, der kleine Leihwagen mit offenem Verdeck … Er lächelt, Atmen! … Wie auch immer. Es ist, wie es ist.

Am kommenden Tag ist der Drang, unbedingt mit Fine sprechen zu wollen, groß. Als warteten die angerissenen Gespräche darauf fortgesetzt zu werden. Er gäbe was dafür sie zu berühren, noch einmal mit ihr zu schlafen. Etwas Rätselhaftes geht von ihr aus, das ihn anzieht. Fine, eine Freundin, eine Affäre, Bekanntschaft, Liebe, ein Abenteuer …? Passt alles nicht. Er wählt ihre Nummer.

„Fine?!“ Sie hat nach zweimal Klingeln bereits abgenommen. „Fine!“

„Heiner …“ Sie schweigen beide, und dann nach einer gefühlten sehr langen Pause, fast gleichzeitig, sprechen und hören sie gleichzeitig: „Wie geht‘s dir?“

Das anschließende Lachen entspannt.

„Dein Finelachen – hab ich schon beinahe vergessen. So schön!“

„Jetzt dürfen wir uns was wünschen! Aber nicht verraten.“

Fine klingt entspannt. „Wo bist du grade?“ Heiner sitzt im Auto, schaut in die Weite, nichts und niemand soll ihm in die Quere kommen. Er versucht sich vorzustellen, in welcher Situation er Fine antrifft.

„Ich gehe zur Apotheke. Gunnar ist krank. Ich stehe auf der Straße, und jetzt habe ich mich in eine Hofeinfahrt gestellt."

„Hm." Heiner streicht über das Lenkrad. „Sehen wir uns wieder, Fine?"

„Ich weiß nicht … Ich gäbe was für 'ne Zigarette."

„Aha. Ich hab dich gar nicht rauchen sehen."

„Du hast ja nur wenig gesehen von mir, Heiner. Die Zeit auf Sardinen war kurz, weit weg. Außerhalb. Unwirklich. Ich hab vor einiger Zeit noch viel geraucht, jetzt nur noch manchmal: wenn ich Schweigepausen brauche; wenn ich etwas herbeisehne; wenn ich verwegener sein will als ich bin; wenn ich Gefühle nicht einordnen kann; alles in allem, ganz schön oft."

„Spannend … Es ist unsere Zeit gewesen, Fine. Eine unglaublich schöne."

„Eine kurze Zeit – auch eine komplizierte."

„Das Komplizierte ist auch schön gewesen mit dir." Heiner würde sie jetzt gerne sehen. Er könnte ihr vorschlagen die Bildfunktion einzuschalten. Er tut es nicht.

„Ich weiß nicht, was ich will, Heiner. Was ich mit dir will, von dir will ..."

„Ich auch nicht, Fine. Aber ich will dich hören."

„Mach es gut, Heiner. – Pass auf dich auf! Gerade muss ich mich wirklich um Gunnar kümmern."

„Mach's gut, Fine."

Die hat das Gespräch bereits beendet.

Er hat ihr nicht gesagt, dass er sie stark, mutig und humorvoll einerseits und dann wieder empfindsam, in sich gekehrt, traurig erlebt hat, und dass er diese Mischung verstehen will, dass sie einen Sog auf ihn ausübt. So etwas hat er noch nie gesagt.

Heiner bleibt noch eine Weile im Auto sitzen. Es ist nichts zu tun, das sich richtig anfühlt. Es ist heiß draußen, bereits am Nachmittag schwül; sein Asthma ist bei diesem Klima besonders lästig.

„Nicht Atmen können wie man will ist scheiße", sagt er zu den anderen, als sie sich abends im Dorfkrug treffen und lacht weg, was ihn bedroht. Er erzählt niemanden, wie es ist, wenn er nachts röchelnd auf dem Bett sitzt, und dass mit der Schlaflosigkeit die Nervosität zunimmt und die Angst. Er weiß, dass er mit jedem Bier die Beschwerden verschlimmert.

„Warste weg, Heini?" Ausgerechnet Fred spricht ihn jetzt an.

„Hm … kurz mal rausgewesen."

„Ohne Marisa? Haste die Faxen dicke?" Fred prostet ihm zu. „Komm, Mandy, zapf dem Heini noch'n Bier!" Und er setzt nach: „Wo warst'n kurz mal raus?"

Ganz bestimmt erzählt er nicht Fred, dass er gerade aus Sardinien wiederkommt, 'ne Mini-Auszeit mit einer besonderen Frau hatte, jäh unterbrochen von einem Orkan. „Nix von Belang … Und wie sieht's aus mit der Kirmesplanung?"

Hinter der Theke beobachtet Mandy das Geschehen und mischt sich jetzt ein. „Da muss noch 'ne Menge organisiert werden. Wird Zeit, dass ihr damit anfangt!"

Er schaut sich um und nickt ihr anerkennend zu. Mandy kriegt mehr mit als man ihr zutraut. Sie kann die Männer lenken. Tatsächlich folgt kein Kommentar, keine Nachfrage, keine Belehrung weiter in seine Richtung. Er braucht seine Ruhe und dazu eine bestimmte Sorte von Orientierung, die richtige Orientierung, nicht irgendeine. Aber wie genau, auf welche Art, und wo und wie er sie finden kann ist ihm schleierhaft. Er ist aber auf dem Weg.

Er trinkt sein Bier aus und steht auf. „Tschüs. Ich geh … Das mit der Kirmes gehn wir an!" Er wird sich nicht an den Vorbereitungen beteiligen. Am liebsten würde er gar nicht mehr in den Dorfkrug gehen, aber bislang ist da keine gute Alternative.

Auf dem Nachhauseweg lässt er seine Gedanken schweifen. Er denkt er an die Leute im Ort, die Kirmes ist für sie ein Highlight im Jahr. Die meisten werden das geplante Kulturzentrum erst einmal beargwöhnen. Er muss sich zusammen mit den anderen ein gutes Programm überlegen. Die Schule muss einbezogen werden. Alles Arbeit, die mehr Spaß machen würde, wenn es zu Hause nicht so beklemmend wäre, er nicht dauernd diese Asthmaanfälle hätte. ‚Atme!' hat Yonna beim Massieren wiederholt befohlen. ‚Blockierungen durchbrechen' hat sie gesagt. Ihm ist schleierhaft, wie das gehen soll. Die Gedanken und Gefühle fließen ineinander, bilden bunte Schlieren – wie dieses Ölleck, in dem die Sonne sich spiegelt. „Sauerei eigentlich!" Irgendwer hat wieder einmal nicht dafür gesorgt die Pfütze zu entsorgen.

Zu Hause geht er Marisa aus dem Weg. Auch ein „Gute Nacht" ist ihm jetzt zu viel. Sie ist ihm zu viel.

Auch am nächsten Morgen hat Heiner keine andere Idee als einfach ins Auto zu steigen und loszufahren. Nur losfahren, egal wohin, das Steuer in die Hand nehmen und einen Weg finden. ‚Der Weg ist das Ziel', wie blöd das klingt, Heiner fährt planlos durch das Dahmeland, wo Moorgebiet, Wälder und Seen ineinander übergehen. ‚Wird schon wieder', ‚Licht am Ende des Tunnels', ‚Was nicht tötet, macht nur stärker'. Alle Selbstbeschwörungsformeln klingen hohl und sind gerade nutzlos in seiner Situation. ‚Hauptsache weg sein' ist allenfalls eine Entspannung, keine Lösung. Statt mit einem Polo auf einsamen Landstraßen entlang zu fahren, hätte er Lust auf Quadfahren, breit über die Straße, quer über die Landschaft, über ruppige Wege, wühlen, was das Zeug hält, die Freiheit auf vier Rädern genießen, von jedem gesehen. Vielleicht am Wochenende. Die Idee beflügelt ihn. Er dreht das Radio an, die Musik regt an, er summt mit.

Ein Feldweg führt von der Straße ab. Er hält den Wagen an, parkt so, dass gegebenenfalls auch ein Traktor Platz hat vorbeizukommen. Es ist so wunderbar real, über die Breite des Weges und die der Fahrzeuge nachzudenken. Dieses Stück Land gehört zu denen von Ernst Künning, einer von denen, die es irgendwie gepackt haben mit Landwirtschaft zu überleben. Eigentlich sind diese Künnings Betrüger. Sie haben einen Großteil der ehemaligen LPG bekommen. Andere sind nahezu leer ausgegangen. Heiner könnte jetzt eine flammende Rede halten. Seine Arme spannen sich an, er öffnet und schließt seine Fäuste und denkt an den dicken Künning, der sich als Adressat für die gesamte Misere, die er in sich aufsteigen fühlt, bestens eignet. Er legt sich auf die angrenzende Weide. Das sommersatte Gras steht hoch, es duftet schwer. Offensichtlich haben hier schon lange keine Kühe oder Schafe mehr geweidet. Er atmet tief ein und aus, streckt Arme und Beine weit von sich und schläft ein.

Mit einem lauten Schrei wacht er auf, kann den Traum schwer wegwischen: er musste rennen, wurde verfolgt von übergroßen Tieren. Eine Kuh war dabei. Aus ihrem mächtigen Bauch ist Blut geflossen.

Er schaut sich um, sieht auf die Uhr. Er hat nahezu zwei Stunden geschlafen, zwei Stunde Ruhe von allen und allem.

Er röchelt. Da ist diese fürchterliche Atemlosigkeit wieder. Wiesen sollte er meiden, genau wie Hausstaub, Katzen oder Bier. Heiner weiß das. Er tut mit großer Sicherheit das, was ihm schadet.

Im Auto findet er eine Flasche Wasser und sein Asthmaspray. Er drückt auf den Sprühknopf, schüttet das Wasser in die Kehle wie ein Verdurstender.

Er würde gerne mit jemandem sprechen. Nicht mit irgendjemanden, aber mit Fine zum Beispiel, am liebsten sogar mit ihr. Aber Fine ist weit weg und nicht wirklich Teil des Lebens, das er hier und jetzt führen muss und nicht recht weiß wie.

In Yonnas Praxis hat er keinen weiteren Termin vereinbart. Er kann nicht noch einmal einfach so vorbeikommen. Er denkt an Yonnas Hände, und wie es sich angefühlt hat, als sie ihn geknetet hat, er ruft sich ihre beschwörende Stimme ins Bewusstsein.

Er greift nach seinem Handy in der Hosentasche und scrollt nach und nach drei Nummern herunter, die er sofort anruft.

„Nein, in nächster Zeit könnt ihr nicht mit mir rechnen."

„Nein, diese Versammlung werde ich nicht leiten können."

„Nein, ich werde nicht versuchen noch mehr auf die Beine zu stellen, ich pausiere erst einmal."

Nein. Nein. Nein. Drei Absagen auf einmal. Er atmet tief ein und wieder aus. Hat das Spray seine Atemwege freigelegt oder die Anrufe gerade oder beides?

Heiner hebt ein Stöckchen vom Boden auf und ritzt in großen Lettern *Nein* in die Erde. Dann atmet er noch einmal.

Er fährt irgendeine andere Strecke zurück, ‚Umwege sorgen dafür, dass man die Landschaft kennenlernt'. Schon wieder so eine Weisheit. Er fragt sich, woher er die Sprüche alle kennt.

Irgendwo kehrt er in einem Landcafé ein, bestellt Windbeutel mit heißen Kirschen und tut so, als habe er Urlaub oder irgendetwas zu feiern. *Nein*. Er feiert sein Nein. Er will das ewige Kopfnicken verabschieden, es kotzt ihn an. *Nein*. Am liebsten würde er es schreien, tanzen, hüpfen: *Nein. Nein. Nein*.

Die Serviererin lächelt ihm zu. Er hebt die Hand, gibt ihr zu verstehen, dass alles in Ordnung ist: mit dem Kaffee und seiner sonstigen Bestellung, mit der Welt, mit ihm selbst. In diesem Moment heute ist alles in Ordnung.

Er überlegt, ob es eine Chance gibt, wenn er nur genug Neins setzt – eine Chance vor Ort glücklich oder zumindest zufrieden zu leben; eine Chance, dass Marisa und er wieder etwas finden, wofür es sich lohnt zusammen zu sein. Schließlich haben sie sich vor Jahren einmal ein Ja geschenkt. Marisa ist so weit weg. Er kommt schon lange nicht mehr an sie heran, nicht mit seinen Ideen oder seinen Scherzen, schon gar nicht mit seinem Körper. Es stimmt ihn traurig. Innendrin. Auch das hat er schon lange nicht mehr so gefühlt.

Wie klar er in den vier Wänden von ‚Annas Café' gerade sieht, eine närrische Heini-Klarheit, die sich leicht anfühlt, ihm aber nicht ganz geheuer ist. Er schaut um sich. Er würde am liebsten den Rest des Tages sitzenbleiben.

Er will Marisa mit irgendetwas überraschen. Jedenfalls würde es ihn freuen, wenn sie überrascht wäre. Er kauft im Supermarkt an der Ecke Salat und Butter, Käse, Tomaten und ein Glas eingelegte Wiener Würstchen ein. Er betrachtet die abgepackten Blumensträuße neben dem Kühlregal und überlässt sie ihrer Traurigkeit. Stattdessen kauft er eine Flasche Sekt und Marisas Lieblingsschokolade mit Erdbeergeschmack. Er will mit ihr feiern, dass er lebt und atmet und da ist. Sie wird das befremdlich finden. Es ist ihm egal, ob und was sie dazu sagen wird.

Fine würde es verstehen, die eigenwillige rätselhafte Fine ... Er kann nicht aufhören an sie zu denken. Aber Marisa? Gleichgültig, den Sekt und die Schokolade soll sie bekommen.

Sie erwartet ihn nicht zu Hause. Sie hat kein Essen vorbereitet. Sie hat keine Nachricht hinterlassen. Sie ist weg.

Heiner wartet ab. Sie war schon einmal weg und ist wiedergekommen. Sie kann ja nicht wissen, dass er ausgerechnet an diesem Tag an sie gedacht hat.

Drei Tage später kommen zwei Männer vorbei. „Sie sind Herr Stöbecker?"

„Ja. Der bin ich."

„Winter, Kripo Bremen, guten Tag, und das ist mein Kollege Herr Holsten, unser Notfallseelsorger. Marisa Stöbecker ist Ihre Frau?"

„Ja ..." Heiner setzt sich. Im ganzen Ort werden sich die Leute fragen, was die Polizei bei ihm will. Und ein Seelsorger ...?

„Herr Stöbecker ... Ihre Frau wurde von einem Jogger am Ufer des Krummen Sees gefunden, sie ist angespült worden. Tot. Mein Beileid." Herr Winter setzt sich jetzt auch.

Heiner sagt nichts.

Herr Holsten übernimmt es weiter zu reden. „Ihr Fahrrad lag in der Nähe und daneben zwei Packungen eines starken Schlafmittels. Portemonnaie mit Ausweis hat sie in der Hosentaschen stecken gehabt. Da konnten wir sie schnell benachrichtigen."

Was sie sonst noch alles sagen, kommt nicht wirklich bei ihm an. Es ist, als ob eine dicke Plastikwand ihn von den beiden Männern trennt. „Identifizieren, nach der Obduktion", hört er noch, bevor er am Tisch in sich zusammensinkt.

„Trinken Sie was!" Er sieht das Glas Wasser neben sich. „Trinken Sie!" Jemand rüttelt an ihm, hält ihm ein Glas hin. Es ist Herr Holsten, der bei ihm geblieben ist, während der Beamte bereits wieder weg ist.

„Sie hat Angst vor Wasser. Sie kann nicht schwimmen. Kann sie doch gar nicht. Hören Sie?! Was wollte die denn da am See? Das muss 'ne Verwechslung sein. – Sie irren sich bestimmt!" Heiner wird laut. „Nein, das konnte sie nicht. Nein. Nein. Nein."

„Ja, unfassbar." Der Seelsorger bleibt noch eine Weile da. Heiner hat kein Gefühl für Zeit und Ort.

Er verschwindet.

Alles ist weit weg. So tastet er sich durch den Tage, spricht nicht, isst und trinkt nicht, fühlt sich gelähmt. Er nimmt alles wie von ferne wahr, reagiert nicht, wenn der Seelsorger ihn anspricht. Der lässt seine Karte da. „Rufen Sie mich an. Und trinken Sie bitte!" Er hat eine große Flasche Wasser und ein Glas auf den Tisch gestellt. Wozu sollte Heiner ihn anrufen?

Er ist alleine.

Die Identifizierung von Marisas Leiche geht über seine Kräfte. „Nein!“, will er schreien. Der Schrei bleibt ihm im Halse stecken. Die Atemlosigkeit holt ihn ein. Er röchelt, erbricht sich. Irgendwer bringt ihn nach Hause. Er kann sich nicht erinnern.

Das Nein wird zur entsetzlichen Wahrheit, zur Bedrohung, zum Würgegriff.

Die Nachricht hat sich herumgesprochen. Nachbarn und Bekannte kommen und gehen. Sie klingeln so lange, bis er irgendwann öffnet. Gerlinde und Manfred, Siggi, Konrad und Hans-Peter schauen täglich mehrmals nach ihm, bringen Suppe und Brot, kochen Kaffee, setzen sich zu ihm. Konrad besteht darauf, dass der Hausarzt vorbeischaut und Medikamente da lässt.

„Ich weiß nicht. Nichts weiß ich gerade.“ Heiner lässt geschehen, was geschieht. Alles zieht an ihm vorbei.

„Ich kann das alles nicht.“ Wenige Tage später wendet er sich an Gerlinde. „Ich funktioniere nicht, kann bestenfalls tun, was man mir sagt, und jetzt all diese Formalitäten ... geht einfach nicht.“ Er schenkt sich ein Bier ein. „Hilf mir bitte!“

Gerlinde beauftragt ein Beerdigungsunternehmen alles Notwendige in die Wege zu leiten, zwischendurch holt sie immer wieder seine Meinung ein. „Kiefernholz is okay, ja. Nein, keine Anzeige in die Zeitung. Ja, ich suche selbst Musik raus ... Elvi ... irgendwer muss Elvi anrufen ... Ich kann nicht!“ Weinend bricht er zusammen, als er an seine Tochter denkt. Jemand benachrichtigt den Hausarzt.

Der Arzt schreibt ihn krank, er lässt ein Beruhigungsmittel da. „Und dann eine Reha-Maßnahme: Burn-out-Trauer ... Asthma ... Passt grade alles. Ehrlich gesagt: primär Alkoholentzug auch und anschließend Therapie ...!?“

„Ich denk drüber nach ...“ Wenn nicht jetzt, wann dann? Fürs erste muss der Tranquilizer herhalten. Die Packung muss bis zur Beerdigung reichen.

Die Schule beurlaubt ihn.

Er sitzt zu Hause auf der Couch, hört die immer gleiche CD seit Tagen: ‚The best of Rolling stones‘. ‚Paint it black‘ wieder und wieder und wieder.

Ab und zu geht er in die Kneipe, trinkt und schweigt. Mandys Gegenwart an der Bar tut ihm gut. Immer setzt sich jemand neben ihn, auch das ist gut.

Elvi kommt zur Beerdigung. Sie übernachtet nicht bei ihm, spricht kaum mit ihm, berührt ihn nicht.

Alles geschieht irgendwie. Er ist irgendwo. Er weiß nicht wo.

Eine Woche nach Marisas Beerdigung unterschreibt er den Antrag auf stationäre Behandlung, den sie in der Hausarztpraxis bereits vorbereitet haben.

Fine

Sie ist nie zuvor so verwirrt gewesen wie in den letzten Tagen, jedenfalls kann sie sich nicht daran erinnern.

„Wie geht es dir in deiner freien Zeit?“, fragt Mona am Telefon. Die Frage ist eine Zumutung. Fine hat dieses ‚Wie geht es dir?‘ noch nie gerne beantwortet.

„Nein, nicht treffen. Es passt gerade nicht. Ich weiß nicht.“ Ihr Befinden hat keinen Namen, den sie Mona mitteilen kann. Der Fine-Funktions-Kümmer-Modus hat an Bedeutung verloren, ohne dass es einen neuen anderen Modus gäbe. Alles fühlt sich irgendwie schal an, falsch.

Sie trägt ihren Lieblingsstuhl in den Garten, holt Papier, einen Stift, Handy und eine große Tasse Kaffee und setzt sich in die Sonne und schaut auf die Blumen: der Hibiskus blüht, sie fotografiert unterschiedlichste Facetten der weitgeöffneten sattroten Blüten. Zarte zerbrechliche Schönheiten. Von kurzer Dauer. Dann kommt die nächste Blüte. Eine nach der anderen.

Einen Gedanken nach dem anderen aufblühen lassen. Sich sortieren, zumindest das will sie versuchen. Lieben, nicht lieben, einige lieben, Männer lieben, Frauen lieben, den einzigen überhaupt lieben, sein Kind lieben, die Eltern lieben ..., die Deklination kann lange so weiter gehen. Sie kommt damit aber kein Stück weiter. Manchmal helfen die Träume. Was hat es mit der Angst vor diesen Räubern letzte Nacht auf sich? Früher, als Kind, hatte sie Angst vermeintliche Räuber würden unter ihrem Kinderbett liegen oder unter der Waschmaschine. ‚Alles Unsinn‘, hat die Mutter gesagt, ‚du bist doch schon ein großes vernünftiges Mädchen!‘ Vernünftig, vernünftig, ... alles musste vernünftig sein. Wenn sie Angst hatte, die wilde Wut kam oder diese gruselige Traurigkeit, wenn sie sich übermütig fühlte oder superstolz auf etwas war ... Immer sollte sie vernünftig sein, nicht auffallen, ein liebes und hilfsbereites Mädchen. Scheiß auf Vernünftig-sein! Die Vernunft hat sich quadratisch-praktisch in ihr einbetoniert. Fine umklammert die Kaffeetasse. Und jetzt hat die solide Betondecke einen Riss ... die Unvernunft hat mit voller Wucht zugeschlagen und sie ihres Konzeptes beraubt. Und jetzt?

Die Angst vor Räubern braucht Beruhigung. Sie braucht warmes Vertrauen, hellgelb und leuchtend!

„Alles gut – es wird alles gut, mein Mädchen“, hat sie zu Antonia gesagt, als die klein war, sich die Knie verletzt hat, nicht in den Kindergarten wollte. „Es wird alles gut“, sagt Gunnar in der Nacht, wenn die Traumgespenster kommen.

Fine legt den Kopf in ihre Arme und wiegt sich. „Es wird alles gut!“, flüstert sie. „Es wird alles gut“, sie beschwört, fordert, spielt mit diesem Satz. „Es wird alles gut.“ Je länger sie sich das zusagt, desto mehr glaubt sie sich. Sie schreibt den Satz auf, daneben schreibt sie ‚Vernunft‘ und ‚Unvernunft‘ und ‚Räuber‘. Sie schaut auf das Papier, versucht den Worten einen Sinn zu entlocken. Sie findet keinen.

Es sind eher Bilder, die ihr Durcheinander beschreiben. Schon lange hat sie nicht mehr gemalt. Fine überlegt, wo sie den Wasserfarbkasten aufbewahrt, der zu den Dingen gehört, die Antonia beim Auszug dagelassen hat. Irgendwo im Keller müsste der sein. Entschlossen geht sie auf die Suche. Ganz hinten im Fach des Kellerschrankes, neben einer Tüte mit abgebrannten Kerzen, einer Sammlung Bierdeckeln aus aller Welt und einem schweren Flaschenöffner mit barocken Ornamenten findet sie den Farbkasten. In das silberfarbene Blech hat Tonia ein Herzchen geritzt. Sie war immer verliebt. Immer dramatisch. Die gesamte Mittel- und Oberstufenzeit über litt sie unter Liebeskummer. Immer andere Jungs erwiesen sich als Herzensbrecher. Fine hat die liebeskranke Tochter versucht mit Kakao und zaghaftem Streicheln zu trösten. Aber die wollte sich gar nicht trösten lassen. Jedenfalls nicht von ihr.

„Ach, Tonia.“ Fine seufzt. Gern wäre sie so frei wie ihre Tochter es vermutlich ist, sich ausprobiert, mit sich und ihrem Körper und diversen Kleidern spielt, sich verliebt, Freunde und Liebhaber findet, sich wehtut dabei und wieder aufsteht …

Fine holt den Farbkasten aus dem Keller, dazu zwei Marmeladengläser für Wasser. Sie setzt ihren Sonnenhut auf, zieht ein altes Hemd von Gunnar über und nimmt eine Flasche Mineralwasser mit in den Garten. Der Gartentisch reicht ihr so gerade. Er bietet keinen Platz sich auszubreiten, aber genug für ein Blatt Papier. Farben und Pinsel stellt sie auf den Stuhl. Sie öffnet den Deckfarbkasten. Auf zwei Etagen 24 Farben in allen Abtönungen: „Schwarz, Umbra, Violett, Lila, Zinnoberrot, Karminrot, Preußischblau, Goldgelb.“ Sie liest die Namen der Farben laut, als seien sie ein Gedicht. Bei Kobaltblau, Französischgrün und Türkisblau spielt ihre Stimme ganz sanft mit den Worten. Ultramarin und Umbra schließen den Reigen.

Keiner hört ihr zu. Wie gut.

Eine nahezu leere Tube Deckweiß liegt im rechten Rand des Farbkastens. Die restliche Paste ist vertrocknet. Auch in den Plastiktöpfchen sind zum Teil nur noch krümelige Rückstände, manche Farben sind aber noch nahezu unverbraucht. Antonia hat offensichtlich viel Rot gebraucht. Und Schwarz. Fine versinkt in Gedanken an ihr kleines Schulmädchen: Tonia, die nachmittags plappernd wiedergab, was sie vormittags im Unterricht gehört, mit Freundinnen erlebt hatte; Tonia, die später viel schweigsamer, nahezu undurchdringlich wurde und begonnen hatte, ihre Mutter zu beleidigen, sie herumzukommandieren. ‚Ich hasse dich', hatte sie mit 14 einmal gesagt, als Fine mit ihr stritt wegen der Unordnung, der herumliegenden Handtücher und Essensreste.

Es war eine Zeit, in der sie sich fast von Gunnar getrennt hätte. Sie war eifersüchtig auf ihn. ‚Du bist viel zu streng und zu herzlos' hatte er zu ihr gesagt, wenn sie bei ihm wegen der Streitereien Trost suchte. Sie hatten abends stundenlang darüber diskutiert, wie man sich der pubertierenden Tochter gegenüber am besten verhalten solle. Fine hatte sich dabei immer unfähiger und hilflos gefühlt. Gunnars Verständnis für Antonia und ihre eigene Dünnhäutigkeit passten nicht zusammen.

Im Kindergarten, bei der Arbeit, war das von Anfang an anders. Da haben die Kinder sie schon immer gemocht. ‚Frau Elsterding!' – Sie liebt es, freudig erwartet zu werden, an jeder Hand ein Kind, basteln, singen, spielen, vorlesen, lachen, trösten ...

Fine gibt den Erinnerungen, den Gedanken und Gefühlen Farben. Sie pinselt intuitiv Formen, immer kräftiger.

Als Antonia schließlich auszog, hat sie außer ein paar Dingen und Kleidern vor allem Schuldgefühle, Fragen und sehr viel Trauer hinterlassen.

Fine starrt vor sich hin. Noch immer hält sie den Farbkasten in der Hand. In der unteren Etage, mittig, liegen zwei feine Haarpinsel.

„Okay, also weiter!" Sie überblickt die Reihe der Blautöne und vertieft sich darin: „Blau. Blau. Blaugrün. Preußisch-, Kobalt-, Französischblau ..." Zunächst vorsichtig und dann mit jedem Pinselstrich zielstrebiger fährt sie über das Papier und lässt die Farben ineinander verschwimmen. Das sardische Meer und das Licht des Südens – Bilder, die sie beim Nachhausekommen eingeschlossen hat, steigen in ihr auf.

„Meer. Das ist das Meer." Sie reißt ein Blatt des Zeichenblocks ab, wird kräftiger in den Pinselstrichen, nimmt andere Farben hinzu, lässt Formen entstehen, malt wild und groß auf einem dritten Blatt und tupft Punkte auf ein viertes. Zum Schluss liegen sechs Bögen Papier mit Farbmischungen und Formen auf dem Boden. Fine atmet jetzt tief, bis in den Bauch hinein. Sie schaut auf das eingeritzte Herz auf dem Farbkasten. Sie spricht vor sich hin. „Mein Herz ... Ich will mein Herz hören, meinem Herzen folgen, dieses Herz trösten ... irgendwie so ..." Möglicherweise hören die Amseln auf dem Apfelbaum und die senffarbene Katze der Nachbarin, die neugierig vorbeischaut, zu.

„Nicht drüber laufen!", gebietet sie ihr streng. Die Katze stellt den Schwanz auf und schaut zu Seite. Fine muss lachen.

Sie malt noch ein Bild: etwas Orangerotes bricht sich Bahn auf einem dunkelschattierten Hintergrund. Es sieht kraftvoll aus, so als würde ein Gitter gesprengt.

Erst als die Augen schwer werden, merkt Fine, wie sehr das Malen und Fühlen sie anstrengt. Sie verschränkt die Arme auf dem Tisch und schläft auf der Stelle ein.

Sie sucht ihr Bett. Irgendwann findet sie es, aber darin schläft ihre eigene Mutter. Wirr, desolat, merkwürdig angezogen liegt sie da. Außerdem läuft ein kleines Mädchen orientierungslos umher und muss ganz offensichtlich versorgt werden. Verantwortungsgefühle überrollen sie, es ist klar, dass sie zuständig ist, sie will weglaufen und kann es nicht.

Fine wacht auf und schaut um sich. Sie liegt vornübergebeugt auf dem Gartentisch. Um sie herum liegen ihre Bilder. Allmählich kehrt die Erinnerung zurück. Sie schaut auf das Gemalte, dann aufs Handy: bereits viertel vor fünf. Gunnar würde bald zurück sein. Normalerweise jedenfalls.

Das Normalerweise ist ihnen entglitten.

Sie hört Gunnar nicht über die Terrasse in den Garten kommen, und erschrickt, als er sie anspricht.

„Was machst du?“ Er schaut sich um.

„Ich habe gemalt. Ich male ...“

„Gemalt?“

„Ja, siehst du doch.“ Fine reibt sich die Augen. „Und geschlafen.“

„Das ist Antonias Farbkasten.“ Gunnar nimmt den Blechkasten in die Hand. „Sie hat immer ganz gut gemalt, stimmt‘s?“

Fine sammelt ihre Bilder ein. „Antonia ... ja, glaub schon.“

„Und du malst auch?“ Gunnar möchte sich ihre Bilder genauer anschauen.

„Na ja – eher Kritzeleien.“

Sie räumt Papier und Farben schnell weg, schüttet das dunkel verfärbte Wasser im Marmeladenglas unter dem Apfelbaum aus.

Dann stellt sich in etwa ein Meter Entfernung direkt vor ihn hin. Wie nackt. Die Haare ohne wirkliche Farbe, ohne wirkliche Frisur, der gedankenerregte Kopf, der hungrige Körper: Haut, Fleisch, Blut, Nägel, Herz, Darm, Magen, Milz, Leber, Nieren, Kiefer, alles dran.

„Du hast einen neuen Sonnenhut auf.“ Gunnar schaut sie an.

„Hab ich mir in Hamburg gekauft. Er behütet mich ...“

„Aha ... also für den Sardinientypen ... und damit malst du?“

„Ach Gunnar. Vielleicht ... Behütet sein macht mutig ... Ich hab grade von meiner Mutter geträumt. Die lag in meinem Bett … ‚Sei behütet, mein Kind‘, hatte sie früher mal gesagt. Hätte sie das mal getan … dann wäre ich jetzt weniger zersprungen …“

„Fine, was ist los mit dir?“

„Der Zustand grade macht mich verrückt. Schau mal, der Teich.“ Sie zieht ihn in die andere Ecke des Gartens zu dem kleinen Tümpel, den seit Jahren ein einziger Frosch bewohnt. „Das Wasser spiegelt uns: ein nervöser Teich der Zweisamkeit, so ist das in den letzten Tagen. Eine Unruhe, die den Stress spiegelt. Den Stress des Wie-geht-es-weiter? Und des Was-lauert-hinter-der-nächsten-Ecke? Der Stress des Was-jetzt? Gibt es eine Ruhe nach dem Sturm?“

„Hm … ‚nervöser Teich‘ … Und meine Fine, mit Hut und fast nackt mit diesem Kittel darüber, malt. Außerdem riechst du gut: nach Moschus und Vanille oder so ähnlich?“

Er hält sein Gesicht an ihre Schulter. „Hm ...“

„Stimmt, diesen Duft benutz ich eigentlich selten, heute ist mir danach ...“ Sie schmiegt sich an. „Mehr! Es fehlt etwas!“

Gunnar schaut sie an. „Du bist heute so anders …“

„Ich bin behütet, siehst du das nicht.“ Sie schiebt ihn auf den Gartenstuhl und setzt sich auf seinen Schoß.

Sie will, dass er sie streichelt. Er atmet ihren Duft und drückt seine Nase in ihr Haar, die Hände, auf ihre Brüste. „Fine?“

„Mach weiter. Ich habe Hunger! Ich bin Hunger.“

„Hunger-Fine … Warte!“ Gunnar steckt seinen Fingen in ihren Mund, sie beißt, lutscht, leckt.

„Iss mich.“

Er beginnt sie zu streicheln. „Ich behüte dich. Ich behüte dich. Ich will dich. Ich liebe dich.“

Sie spürt seinen heißen Atem, sein hartes Glied an ihrem Schenkel, sie riecht Gunnargeruch.

Sie lehnt sich zurück, zusammen fallen sie ins Gras, suchen sich, zärteln, beißen, küssen, bleiben Rücken an Rücken aneinander liegen.

„Das ist das Stück, was fehlte!“ Fine räkelt sich.

„Gunnar … Ich hab Durst – und Hunger!“

„Hunger-Fine! Lass uns Essen gehen, Sonnenstraße … da hat ein neues Restaurant eröffnet, hab ich gelesen. Ein Spanier, glaube ich.“

Fine nickt. „Sì, Senor, den Hut lasse ich auf. Rot fehlt noch, mehr Rot: Schuhe vielleicht und mehr Haut. Ich werde einkaufen gehen demnächst, werde ergänzen, was fehlt. Vorerst ziehe ich an, was ich habe. Momento …“

Sie streicht behutsam über den Riss im Spiegel an ihrer Schlafzimmerwand.

‚Die implodierte Lust braucht Behütung' schreibt sie auf einen Zettel und, um es nicht zu vergessen, ‚Nervöser Teich' und auf einen anderen.

Gunnar

„Du hast schon wieder wild geträumt, stimmt's?" Er legt seinen Arm über ihre Decke.

„Ja, hab ich geschnarcht?"

„Nein, aber dich wild bewegt und irgendwas gesagt. Hab ich aber nicht verstanden."

Fine greift seine Hand.

Ein großes Camp, viele verrückte Leute. Woodstock vielleicht. Eine Frau tanzt. Sie bewegt ihren Körper, fühlt sich sinnlich, weich und warm. Einer nimmt sie an der Hand. Sie tanzen. Dann zieht er sie etwas abseits. Sie schlafen miteinander. Wild, ekstatisch, mit einer ungeheuren Lust. Sie kommen zurück auf den großen Platz. Jemand verteilt Briefe. Alle nicken sich zu, nur sie weiß nicht, um was es geht. Sie sieht ein verlorenes Mädchen am Eingang des Platzes sitzen. Sie weiß, dass sie sich um dieses Mädchen kümmern will.

„Gunnar, da geht's irgendwie um mich!"

„Du willst mit diesem Sardinientypen schlafen!?" Er zieht seine Hand weg.

„Oh Mann Gunnar … Das Mädchen, ich muss mich um das kleine Mädchen kümmern! Musst du nicht verstehen …"

Und ob er versteht. „Na ja … Du hast in deinem Traum auch mit irgendeinem Typen geschlafen … Nein, ich muss nicht alles verstehen, da haste recht. Aber äh … ich seh' vielleicht mehr als du denkst … mein kleines Mädchen, meine Frau!"

Fine holt sich seine Hand zurück. „Was meinst du?"

„Ähhh also … Gestern konnte ich dir das nicht mehr sagen … Aber jetzt … äh … also Italien, deine Sehnsucht … Wie soll das gehen? Ich habe viel nachgedacht …"

„Über Italien?"

„Über dich … über mich auch … über uns und die Sehnsucht … und Italien. Ja, stell dir vor … also da gibt's Häuser zu kaufen, ziemlich viele sogar – die kleinen Orte in vielen Regionen scheinen ziemlich verlassen … wie du oder ich? Ich meine …"

„Gunnar?"

„Na … wie wäre es, so ein Haus in Italien … irgendwas, wo du wohnen kannst, zeitweise, was Neues anfangen, malen von mir aus, wenn das jetzt deins ist oder alle deine Träume und Gedanken aufschreiben, was weiß ich, irgend sowas brauchst du! Also wir könnten uns das, glaube ich, leisten …"

„Gunnar?!"

Es gelingt, sie reagiert. „Na ja, wir müssen doch atmen können: du genauso wie ich … also, wie soll das gehen, wenn wir so weiter machen?"

„Ist das dein Ernst?"

„Blutiger Ernst … Außerdem … Ich, ich … muss auch gucken, was das für mich so alles heißt, also die Kleidergeschichten und so … Ich brauche Zeit." Ganz leise spricht er weiter. „Es gibt ja andere, die das auch mögen, sich schön anziehen, Pumps usw. … Ich will die kennenlernen. Wenigstens ein paar davon, will hören wie die leben … Also … mit heimlich, das ist vorbei, aber wie anders, weiß ich nicht. Na ja, und du ... du … Also, ich lieb dich ja irgendwie, und irgendwie passt aber was nicht, also … Ich überlege, wie das alles gehen kann."

Fine kullern Tränen aus den Augen. Sie wischt sie nicht ab. „So viel hast du schon lange nicht mehr von dir geredet, Gunnar …" Sie rollt näher an ihn heran.

„Wart mal, Fine." Er schiebt sie sanft zur Seite, verlässt das Schlafzimmer, um gleich darauf mit einem Stapel Papier wiederzukommen. „Hab Kaffeewasser für dich aufgestellt. Moment! Dann leg ich alle diese Zettel auf ein Tablett als Unterlage gewissermaßen und den Kaffee gleich dazu."

Fine sitzt jetzt aufrecht und beobachtet ihn.

„So Signora, Caffè latte, prego!" Er rückt mit dem Tablett neben Fine. „Schau mal, alles Angebote aus dem Internet und aus der Zeitung!"

Er liest ihr die Inserate, die er am eindrucksvollsten findet, vor: „Kalabrien Bauernhaus in Cesenza, 190 Quadratmeter und 12.000 Quadratmeter Land, 79.000 €; Ligurien 165 Quadratmeter und 8 ha Land bei Savona für 120.000 € … nur zwei Beispiele, alles verlassene Bauernhäuser. Die Leute ziehen in die Städte. Toskana ist schon teurer, aber gibt's auch, San Casciano di Bagni, klingt gut, irgendwo bei Siena, 138 Quadratmeter für 250.000 € …" Gunnar hat eine ganze Reihe von Angeboten ausgedruckt. Erwartungsvoll schaut er sie an. „Ist halt auch die Frage, wo in Italien."

„Gunnar, was machst du da?" Fine schaut auf die Sammlung von Angeboten und Zeitungsannoncen, die über der Bettdecke ausgestreut liegen. „Wer soll das bezahlen? Und überhaupt …"

„Italien … Vielleicht liegt da was drin … für dich, für uns … Keine Ahnung …" Gunnar will das nächste Angebot vorlesen.

Fine schubst ihn zur Seite. „Schau mal, da." Sie zeigt auf ein Inserat in der Wochenendausgabe der Zeitung, unterhalb der Immobilien. „Torria, Provinz Imperia, Ligurien, Hausverwaltung für Ferienwohnungen gesucht. Charmante Whg. vor Ort von Febr./März bis Sept./ Okt. steht zur Verfügung, nähere Information Tel. ..."

Sie schauen sich an, keiner sagt etwas. Dann holt Gunnar den Atlas. „Italien ... hier, westlich von Genua, Richtung Frankreich, oben am Berg, aber gleichzeitig nicht weit vom Meer ..."

„Ich koch noch einen zweiten Kaffee." Fine ist aufgestanden, läuft hin und her. „Concierge in Italien. Mein Traum, ehrlich Gunnar: Berge, Meer, Sonne, Zeit und ein Verdienst, um da zu leben. Das ist mein Ding. Ich bin die Frau, die sie suchen! Ich telefoniere jetzt und erkundige mich, was dahinter steckt ... Wer, was, wieviel usw."

Gunnar ist voll bei der Sache. „Das wusste ich nicht, das mit dem Traum ..."

Fine läuft eine Träne übers Gesicht. „Nee, hab ich so auch nicht drüber geredet." Sie schnäuzt sich die Nase. „Kam mir immer sehr absurd vor ..."

„Lass uns aufschreiben, was es zu fragen gibt ... und für mich auch Kaffee oder besser Cappuccino, falls wir so was haben, und du immer noch vorhast welchen zu kochen."

„Gunnar, was ist mit dir passiert? Cappuccino – du? Gut, dass du immer noch so hoffnungslos vernünftig bist – von wegen erstmal die Fragen aufschreiben. Ich werde einfach sofort anrufen, ich will keine pro und contra Diskussion und auch nicht drei Nächte darüber schlafen." Sie geht runter in die Küche und kommt mit zwei gefüllten Kaffeebechern wieder.

Gunnar steht auf, sucht im Nachbarzimmer eine Schere, geht damit zurück ins Bett und schneidet die Annonce säuberlich aus. Er betrachtet sie von allen Seiten, so als ob er noch etwas Wichtiges entdecken könnte.

„Wie soll das alles gehen?" Gunnar sitzt gepolstert mit ein paar Kissen in dem mit Papieren gepflasterten Bett. Er könnte Fine von zu Hause aus unterstützen, ab und zu dorthin fahren, es gibt einen Zug bis Genua, die Fahrt ist bestimmt schön. Im Winter wäre sie vielleicht zu Hause bei ihm. Es bliebe Zeit sich in dem Club umzuschauen, Männer kennenzulernen, die ähnlich fühlen wie er. Er könnte, wenn ihm danach ist, nachmittage-, abende-, tagelang Kleider tragen, Hüte, Schuhe anziehen ... Kein Versteckspiel mehr!

Der Kaffee neben ihm wird kalt. Fines „Wow" reißt ihn aus seinen Träumereien.

„Gunnar, ich hab da angerufen! Das ist eine kleine Agentur, die an unterschiedlichen Standorten Ferienhäuser und -wohnungen vermittelt. Also, es gibt neun Ferienhäuser bzw. Appartements da vor Ort, in Torria. Es geht darum, die Schlüssel an Urlauber zu vergeben, die Reinigung zu organisieren, für die Leute ansprechbar zu sein und sich zu kümmern, wenn was kaputt ist oder so. Der Job wird bezahlt, und eine Wohnung kriegt man außerdem. Die Frau, die das macht, hört auf. Sie war da verheiratet, jetzt geht sie zurück nach Deutschland. Ich kann mir das anschauen, sobald es mir möglich ist. Stell dir das mal vor … Gunnar!"

Und als könnte es dann wirklicher werden, wiederholt sie das Gesagte in unterschiedlichsten Varianten. „Mama mia … Ich muss weiter italienisch lernen! Saisonbetrieb, besondere Einheimische, mit denen man warm werden muss, eigenes Häuschen mitten im Ort … Ich bin die Frau, die sie suchen, Gunnar!"

Das hat er jetzt davon … Die Geister, die ich rief, werd ich nun nicht los … „Oh weia, wie soll das alles gehen? Jetzt geht mir das eindeutig alles zu schnell."

Dennoch ist er es, der kurzentschlossen bereits 14 Tage später ein verlängertes Wochenende in Ligurien organisiert, um das Angebot zu überprüfen. Es ist so schön, Fines Staunen zu sehen, immer wieder dieses ungläubige „Gunnar?" Wie ein Kind.

Es ist ein nahezu heiliges Anliegen: er will sie beide ein gutes Stück nach vorne bringen. *Italien* schreibt er auf eine grüne Kladde, in die er Angebote, Flug- und Zugverbindungen sowie Notizen einheftet.

Sie sitzen im Flugzeug nach Nizza, schauen in die Wolken und halten sich an den Händen. Auf der Autofahrt über die französisch-italienische Grenze sitzt Fine am Steuer. Gunnar verfolgt die Route. „Menton, gleich geht's rüber nach Italien. Hier ist ein besonderes Museum, Jean Cocteau, kennst du ihn?"

„Hm, glaub ja … hat auch Gedichte geschrieben … Ist gar nicht so weit weg, nicht wahr? Ich werde mir das anschauen."

„Okay. Woher weißt du das denn?" Gunnar staunt. „Irgendwie lerne ich dich grade neu kennen. So viel, was ich nicht weiß, nicht gesehen habe an dir. Klingt abgeschmackt, ich weiß …"

„Nein, klingt schön." Sie nimmt eine Hand vom Steuer und legt es kurz auf sein Knie.

In weniger als zwei Stunden sind sie in Imperia. Die letzte Etappe führt über kleine Sträßchen hinauf in die Berge, nach Torria.

Das malerische Dorf liegt steil am Hang, umrahmt von Olivenhängen, Kastanien und Eichen. Sie stellen das Auto vor der Kirche ab und laufen einmal kreuz und quer durch den kleinen Ort: verwinkelte Gassen, gemauerte alte Torbögen, eine kleine Piazza und vorwiegend alte in den Fels gehauene Häuser.

„Wie schön ...“ Fine läuft ganz langsam, sie atmet tief.

„Ein bisschen verschlafen aber auch ...“ Nahezu unmöglich ihre Begeisterung für das träumerische Flair zu dämpfen. Will er wirklich, dass sie so weit weg geht?

Sie finden die vereinbarte Adresse.

Signora Rossi bittet sie rein. „Sie legen sich ja ins Zeug, gleich einmal herzukommen. Gut.“ Der badische Dialekt überrascht. „Ich komm aus der Nähe von Stuttgart. Leonardo hat da bei seinem Onkel in der Trattoria ausgeholfen und ich war hin und weg ... Na ja, und dann hat er mich mit hierher genommen. Wir waren einundzwanzig Jahre verheiratet. Ich hab gewartet, bis die Kinder groß sind ...“ Sie zeigt auf ein paar Fotos an der Wand: zwei Kinder am Strand, zwei Kinder mit Schultüte, Erstkommunion und jede Menge mehr, Bilder aus allen möglichen Altersstufen. „Francesca und Matteo – Zwillinge. Nicht so einfach, sag ich Ihnen. Studieren beide.“ Sichtlich stolz redet sie weiter. „Bin nach der Scheidung von meinem Mann hiergeblieben. Mit einem Italiener verheiratet sein ist eine Sache für sich. Ich wollte ja nur ihn loswerden, aber nicht gleich die Perle hier ... Ich mein den Ort. Torria ist ein Schmuckstück. Haben Sie sich umgesehen? Mein Ex wohnt jetzt ein paar Dörfer weiter ...“

„Ja, bezaubernd!“ Immer ist Fine gleich so überschwänglich. Umso verhaltener reagiert er. „Hm ...“ Er weiß nicht recht, was er sagen soll. Die Frau erzählt nur von sich. Dafür ist er doch nicht so weit angereist.

Signora Rossi lacht. „Ich geb Ihnen erstmal was zu trinken!“ Dann erzählt sie mehr aus ihrem Leben, dass Leonardo sich auf Autos spezialisiert habe, „reparieren und so, aber auch in der Gastronomie hilft er auch immer wieder aus.“ Sie redet ungefragt weiter. „In den letzten Jahren sind immer mehr Touristen auch in diese abgelegenen Gebiete hier gekommen. Ich habe Glück gehabt mit der deutschen Firma, der die Appartements gehören. Mir macht das Spaß, die Häuser zu verwalten. Leute von überall her kennenlernen, mit denen hier vor Ort irgendwie gut zurechtkommen und so weiter. Viel gelernt habe ich dabei! Und jetzt ist meine Mutter dran“, resümiert sie. „Die lebt in Heidelberg und ist 82, und das ist zu weit von hier, um regelmäßig nach ihr zu schauen. Verstehen Sie? Wir können uns auch duzen. Ich bin Annegret, Anna für die Leute hier. Also, ich bin wie die Italiener: die Mama ist Mama! Und deshalb geh ich jetzt zurück. Aber der Job hier is gut. Sprichst du Italienisch? Man muss sich mit den Leuten verstehen, nicht nur verständigen ... das ist das Wichtigste.“

„Ich hab angefangen ... ein Kurs bislang, aber große Lust weiterzumachen.“

Gunnar hört aufmerksam zu, was Fine aus dem Italienischkurs erzählt. Sardinien erwähnt sie mit keiner Silbe.

Sie sitzen lange zusammen. Fine sagt zwar, dass sie sich das Ganze zu Hause überlegt, aber Gunnar spürt, dass sie sich bereits jetzt sicher ist. Sie bestätigt das wenig später, als sie mit dem Wagen in die Trattoria einige Kilometer entfernt fahren, die Anna ihnen empfohlen hat: „Das dürft ihr euch nicht entgehen lassen da. Ligurische Speisen in einer langen Abfolge, den ganzen Abend essen und Wein trinken, alles frisch zubereitet!"

„Gunnar, tief im Innern weiß ich, dass ich das hier will! Ich werde mich sobald wie möglich bei der Agentur melden und sagen, dass ich in der nächsten Saison Annegrets Job übernehme."

Er hat das bereits verstanden. Jetzt ist er viel zu müde, um noch etwas dazu zu sagen. Sie übernachten in Ventimiglia, verbringen den noch verbleibenden Tag an der Küste, spazieren, sitzen am Meer und hängen ihren Gedanken nach.

Fine wird sich über den Winter in die Sprache vertiefen, ihren Job zu Hause kündigen und sich auf das neue Leben vorbereiten. Zu Beginn des neuen Jahres kann sie nach Torria umsiedeln, um vor der Touristensaison Zeit zu haben, Umgebung und Leute kennenzulernen, sich vertraut zu machen mit dem, was sie da vor Ort erwartet.

Bei allem, was da auf ihn zukommt, schwindelt Gunnar. Gleichzeitig ist da eine neue tiefe Freude, von der er hofft, dass Fine sie hinter seinem schweigenden Dasein erreicht.

Erst auf dem Rückflug nach Deutschland überschlagen sich ihre Worte: sie werfen sich Assoziationen, Gedanken, Ideen zu wie Bälle.

„Torria – Bremen, unsere neue Achse"; „dieser Blick über die Berge"; „das Meer – so nah"; „dieser warme Wind!"; „Und mit dem Zug nach Genua fahren könnte auch sehr schön sein."

Fine ist so lebendig wie schon lange nicht mehr. Es macht ihn glücklich.

„Ich liebe dich", flüstert er ihr ins Ohr, bevor sie am Flughafen Bremen landen. „Alles wird gut."

Fine

Ein gutes halbes Jahr später.

Der Italienisch-Intensivkurs Teil I und II hat sie in Beschlag genommen. Viermal in der Woche Unterricht, daneben Hausaufgaben und die Lerngruppe zum Sprechen üben. Jeder der neun Teilnehmer hat andere Gründe leidenschaftlich zu lernen. Hilke und Gerd wollen auswandern, Lars heiratet eine Italienerin, Sybilles Firma expandiert und eröffnet eine Dependance in Turin und Rom, Carola geht zum Freiwilligendienst nach Neapel und Rüdiger und Svenja werden als Auslandskorrespondenten in Italien arbeiten. Nur Alexander, der ursprünglich aus Sibirien stammt, hält mit seiner Motivation hinter den Berg. Sprachen brauche man im Leben, sagt er, wenn man ihn fragt. „Ich will verstehen, was Leute sagen, und selbst ausdrücken können, was man meint, egal in welcher Sprache“, erklärt er und schaut sehr ernst. Niemand fragt weiter.

„Hilke und ich wollen uns in Italien treffen irgendwann. Ich glaub, sie ist eine wirklich gute neue Freundin.“ Ob Gunnar will oder nicht, sie kann gar nicht anders als ihm täglich neue Episoden aus dem Kurs zu erzählen. Er muss hinnehmen, dass nahezu alle Alltagsgegenstände mit ihren italienischen Bezeichnungen beschriftet sind: La tazza, il piatto, lo specchio, l'armadio … usw. „Eigentlich müsstest du auch schon fließend sprechen, mein Lieber.“ Sie küsst ihn auf die Wange. „Il bacio, der Kuss.“

„Weiß ich wohl …“ Leicht gereizt erwidert er die Liebkosung.

„Die Professora ist begeistert von uns, und das will was heißen, die ist echt superkorrekt. Ach Gunnar, ich freu mich so!“

Die Gruppe verstärkt das Ziel, das sie jetzt gradlinig verfolgt: sehr bald schon erst einmal für mehrere Monate in Italien zu sein.

Dieser Winter hat ein Fenster, durch den sie den Frühling sieht. Er geht rasch vorbei.

An einem der Weihnachtsfeiertage bei Stollen, Buttergebäck und Kaffee erzählt sie Antonia von ihren Plänen, „Concierge in Ligurien statt Erzieherin in Bremen – jedenfalls für ein paar Monate im Jahr …“

Antonia zieht die Brauen hoch, die linke mit neuem Piercing, zwei kleine Kegel funkeln jetzt ober- und unterhalb der schwarz gefärbten Härchen neben dem bereits vorhandenen Silberring. „Oh Mama, bleiben mir glatt die Krümel im Hals stecken.“ Sie hustet, trinkt einen Schluck. „Aber ehrlich gesagt, überrascht mich das und irgendwie auch nicht. Etwas ist ja schon die ganze Zeit im Busch … hab ich doch gemerkt! ... Und Papa?“ Sie schaut von einem zum anderen. „Ach, ihr wisst schon, was ihr macht … hoff ich jedenfalls. Und irgendwie muss auch mal was passieren bei euch … ich dachte schon, es bleibt bei ‚Stille Nacht‘ und ‚Alle Jahre wieder‘.“ Nach und nach entlockt sie den Eltern Details, von denen Fine nicht recht weiß, was sie in der Tochter auslösen. Als sie vor Silvester wieder in ihre WG in Freiburg zurückfährt, umarmt sie Fine sehr fest. „Pass auf dich auf, Mama … und ihr auf euch beide! Gutes Neues Jahr also!“ Diesmal hinterlässt ihr Besuch ein warmes zärtliches Gefühl statt der gewohnten Mischung aus Schuld und Trauer.

„Gutes Neues Jahr, Gunnar!" Als sie kurz darauf miteinander anstoßen, prickelt nicht nur der Sekt. Gunnar nimmt sie in den Arm. „Wird schon alles, nicht wahr?"

Eine Zeit ist vorbei und eine andere beginnt.

Nach und nach hat sie aufgeräumt, Dinge weggeschmissen und begonnen ihre Koffer und Taschen zu packen. Es fühlt sich so an, als habe sie sich zwischen Traum und Wirklichkeit schon eine lange Zeit damit befasst. Sie erinnert die Träume, in denen sie Koffer mit Kleidern ein- und ausgepackt hat, Träume voll Kleiderverwirrspielen, Kleiderverlorenheiten, unzureichende falsche Kleider und einmal, so erinnert sie sich, hat sie alle Kleider über und über voll mit Blut bespritzt. Abschied schmerzt.

Es ist ein kalter Januar gewesen. Jetzt künden die ersten Schneeglöckchen und Krokusse im Vorgarten den Frühling an. In Italien würde die Natur schon viel weiter sein. Je näher die Abreise heranrückt, desto unwirklicher erscheint sie ihr.

Gunnar ignoriert das Thema soweit er eben kann. Es hat immer neue Facetten.

„Ich bin jetzt Fiene – mit i-e – mehr ich selbst oder jedenfalls auf dem Weg dahin ..." Sie hatten das Thema schon einmal, als sie geheiratet hatten. „Dann unterschreibst du die Urkunde eben mit i-e und sonst bist du Fine", hat Gunnar ihr damals geraten. „Ist doch kein Problem."

Ist doch ein Problem. Fiene ist nicht Fine.

Fiene mit i-e. So steht es in der Geburtsurkunde, so stimmt es: vor zwei Tagen hat sie ihren neuen Reisepass abgeholt. Für Italien braucht sie den nicht, aber wer weiß schon, wohin es sie noch ziehen würde. Fiene Elsterding, geborene Weinert. Sie wird das i-e nicht mehr verleugnen.

„Wenn du meinst." Gunnar nimmt es so hin.

Obwohl Gunnar angekündigt hat, nie mit sich experimentieren zu wollen, sieht sie bei ihm keine Aktivitäten, die darauf hindeuten. Sie fragt auch danach nicht – der Gedanke an Veränderung seinerseits macht ihr in gleicher Weise ein mulmiges Gefühl wie der an Nichtveränderung. Sie vermeidet es sich vorstellen, ihn zu Hause plötzlich mit Kleid oder gar Wäsche anzutreffen. Es ist ihr befremdlich, macht Angst. Besser nicht nachfragen.

Und so schweigen sie einvernehmlich über diese Dinge, so wie sie es lange Jahre geübt haben bis zu Fienes Abreise.

Am 23. Februar bricht sie auf. Sie muss Gunnar jetzt in gewisser Weise loslassen. Das Leben mit ihm, so wie es bislang gewesen ist, loslassen. Alles wird anders werden. Sie weiß nicht wie, aber sie weiß, dass die grundlegende Veränderung nicht mehr aufhalten lässt.

Sie haben sich am Vorabend verabschiedet. „Ich komm dann dort vorbei – zum Bahnhof nicht, das schaffe ich nicht. Mich macht das zu traurig“, hat er gesagt, bevor sie ins Bett gegangen sind und sich vor dem Einschlafen lange festgehalten haben.

Es klingt unbestimmt bestimmt und irgendwie richtig.

Gunnar ist an diesem Morgen normal zur Arbeit gegangen. Sie ist liegengeblieben, er hat sie nochmal auf die Stirn geküsst, so als könne man etwas aufhalten, wenn man so tut als sei alles wie immer.

Aufbrechen ist eine Angelegenheit, die man alleine bewerkstelligen muss. Sie schreibt den Satz auf den Rand der Tageszeitung, ersetzt alleine durch einsam, dann durch eigen-willig, streicht die Worte dann wieder und lässt den ursprünglichen Satz stehen, reißt das Stück Zeitung ab und steckt es in die Hosentasche.

Ciao bello schreibt sie an das andere Ende der Zeitungsseite unter einen Artikel über den aktuellen Stand der kommunalen verkehrspolitischen Debatte.

Der Rest Kaffee ist kalt geworden, sie schüttet ihn weg. Die letzten Sachen zusammenpacken, den Koffer schließen. Fertig. Dann holt sie einen Bogen Papier und ihren Füllfederhalter, setzt sich erneut an den Tisch und vervollständigt ihren hingeworfenen Abschiedsgruß:

Lieber Gunnar, jetzt bin ich erstmal wieder weg. Nicht wie Sardinien. Anders. Es ist mit Sicherheit richtig so. Wir wissen ja schon lange, dass das so nicht weitergeht. Ich bin gespannt, was uns dieses neue Leben bringt. Ich lass dir zwei Sommerkleider im Schrank hängen. Pass auf dich auf! Ich liebe dich, Fiene.

Sie lässt den Zettel und die abgerissene Zeitung in der Mitte des Tisches liegen und schaut sich noch einmal um. „Ciao“, flüstert sie dann, „Auf Wiedersehen.“

Dann nimmt sie ihr Gepäck und geht Richtung Bahnhof. Sie würde den Nachtzug Richtung Italien nehmen, vielleicht durchfahren, vielleicht in Österreich aussteigen. Sie weiß das jetzt noch nicht. Selbst wenn das mit dem neuen Job aus irgendwelchen Gründen daneben geht, wird ihr Erspartes für eine gute Zeit lang ausreichen. Es war leicht ihren Erzieherinnenjob endgültig zu kündigen.

Wie viel Mut sie plötzlich gefunden hat. Rot-orangenen Mut, wie die Mangos am Obststand oder die Sonne am Morgen oder der Hibiskus, wenn er sich öffnet. Aufschreiben, sie will das aufschreiben! In ihrem Italiengepäck sind Farben, Stifte und dazu eine leere Kladde. Sie will ausdrücken, was ist. Was in ihr ist. Dieser Gedanke macht glücklich.

Fiene fährt mit dem Taxi zum Bahnhof. „Zug nach Italien – Genua, fährt in einer Stunde ab. Ja, vielleicht dem Schmuddelwetter entfliehen."

Der iranische Taxifahrer nickt. „Deutschland ist viel zu kalt." Er wünscht ihr viel Glück.

Sie hat noch Zeit. In einem Bistro am Bahnhof bestellt sie ein Mozzarellabrötchen und einen kleinen Prosecco und bezahlt sofort. Sie isst hastig, trinkt einen winzigen Schluck. „Auf das Neue, Fiene!"

„Sie sehen glücklich aus." Der Mann hinter dem Tresen lächelt, als sie ihm das noch halbvolle Glas zurückgibt.

„Ja!" Sie fühlt ihr eigenes Strahlen. „Einen schönen Tag Ihnen!"

Dann geht sie hinüber in die Bahnhofsvorhalle, wartet am Anfang von Gleis 15, bis der Zug einfährt, läuft das Gleis entlang bis ganz hinten und steigt in einen der letzten Wagen ein.

Zeit schreibt sie auf die Rückseite ihres Fahrscheins. Sie sitzt allein in einem Abteil, die neue Kladde liegt auf der Ablage. Sie legt die Beine hoch, lehnt den Kopf an ihre Jacke und schaut aus dem Fenster. Die Landschaft zieht vorbei. Sie schließt die Augen – nicht zurückschauen, nicht weinen, nicht grübeln. Das Geräusch des Zuges ist lauter als das Toben im Innern, das sich aus einer Vielzahl von Gefühlen zusammensetzt. Ein Feuerwerk. *Das Aufblühen einer Sternlauchblüte*, schreibt sie auf die erste Seite ihrer Kladde.

„Bist du verrückt", hat Mona gesagt, als sie ihr erzählt hat, dass sie ihre Arbeit nun endgültig gekündigt hat. „Du riskierst viel zu viel." Andere haben ihren Entschluss mit „Das legt sich wieder" kommentiert und geraten sich beurlauben zu lassen statt zu kündigen. Fiene hat versucht etwas zu erklären, was sie nicht erklären kann. Auch sich selbst nicht wirklich.

Sie hat genug geredet, die letzten Jahre analysiert, den Ist-Zustand beschrieben. Jetzt braucht es etwas anderes.

Die Liebe zu Gunnar ist dabei die größte Herausforderung. Sie hat sich verändert. Weggegangen ist sie nicht. Alles ist anders. Wer oder was ist die Liebe?

Fiene hat so lange Zeit versucht diese Frage in dieser Klarheit zu umschiffen. Sie nagt, beklemmt, schmerzt, verursacht Kotzen, quält.

Sie wollte weglaufen. Jetzt fährt sie weg, ist glücklich, ohne das Gefühl zu haben wegzulaufen.

Sie hofft, Gunnar versteht das alles auf seine Weise.

Fiene denkt an Antonia. „Mama, bist du dir sicher?", hat sie zwischendurch noch einmal gefragt.

„Sehr sicher, Tonia." Fiene hat ihr die neue Anschrift gegeben und gesagt, dass sie sich freut, wenn sie voneinander hören. Irgendwann bald würden sie telefonieren und endlich Worte finden, die stimmen.

Sie lässt die Augen geschlossen, bis der Schaffner zur Fahrscheinkontrolle kommt. „Ja, bis Genua und dann umsteigen …"

„Ganz schön weit. Haben Sie deshalb Zeit darauf geschrieben?" Er gibt ihr das Ticket zurück und schmunzelt. „Na denn, junge Frau. Gute Fahrt!"

„Ja, weit, ich weiß, Ich genieße die Fahrt! Danke!" Sie lächelt. „Jung ist was anderes, aber gerade ‚gefühlt jung' stimmt schon."

Dann schläft sie ein. Als sie aufwacht, wird die nächste Station, München, angekündigt. Es ist Abend. Fiene bleibt im Zug sitzen.

Kein Zwischenstopp mehr. Sie will jetzt auf direktem Weg an ihr Ziel.

„Sprechen und Verstehen!" Sie denkt an Alexander aus dem Italienischkurs. Auf der Abschiedsparty hat er ihr auf seine eigene gewichtige Weise alles Gute gewünscht. Auch das bislang Ungesagte sagen, Fremdes verstehen. Die italienische Sprache wird hilfreich sein, sich neu auszudrücken. Hilfreich auch der eigene Raum dort, sogar ein Häuschen, die Sonne, die Natur, die Stifte und Farben, die noch unbeschriebene Kladde … Die Freude sitzt tief im Bauch.

Jetzt schreibt sie auf die erste Seite unter Feuerwerk und Sternlauchblüte.

Sie schläft noch einmal ein und wacht erst kurz vor Genua wieder auf.

Heiner

Im November ist er bereits seit vier Monaten in der Klinik.

Zimmer 274, fünfte Etage, Gebäude C des riesigen Klinikkomplexes für Psychosomatik und Abhängigkeitserkrankungen in Graal an der Müritz: überschaubare Gartenelemente, die von braven Kieselsteinwegen durchzogen werden, rahmen die aus dem Boden gestampften hoch aufragenden Häuserquader ein, alle 100 Meter steht eine Bank, die wahlweise von der heimischen Volksbank oder der Lottostiftung gestiftet worden ist.

Heiner geht lieber am Strand oder wahlweise im Wald oder auch dem Rhododendronpark spazieren. Am liebsten allein – die therapeutischen Achtsamkeitsspaziergänge können ihm gestohlen bleiben. Er geht gern bei Regen los; das unwirtliche Wetter passt zu dem, wie es ist. Er liebt den Wind. Ein besonderer Mischwald, jeder Baum von Sturm und Küstenluft geprägt. Jeder Weg gleicht einer Mühle, die seine Gedanken mahlt. Wiederkehrende harte Arbeit, die Spreu vom Weizen zu trennen. Manche Wege sind moorig.

„Ich weiß nicht, ob ich sie genug geliebt habe", „Wäre sie freier gewesen, wenn wir uns nicht getrennt hätten?", „Hätte ich es verhindern können?" In den Gruppentherapiesitzungen stellt Heiner immer wieder ähnliche Fragen.

„Das Schlimmste ist, dass ich nicht weiß, ob ich sie noch geliebt habe", erzählt er seinen Mitpatienten.

„Woran erkennen Sie, dass man genug liebt?", fragt die Therapeutin.

„Wenn man es sich sagt", „wenn man sieht oder spürt, dass der andere an einen denkt", „wenn man miteinander schläft", „wenn man sich freut auf den anderen". Die Antworten der Mitpatienten kommen schnell. Heiner hat keine.

Er stellt die Frage auch Fine, bettet sie in dahin geschriebene Nachrichten ein, er will herausfinden, wie es ist mit dem Leben, mit der Liebe, mit ihm.

Irgendwann ruft er sie an.

„Fine!?" Er stockt, wie soll er weiterreden?

„Heiner!"

„Ich ... Fine, das is schwer verdaulich alles ... ich, ich ... Wäre es besser gewesen die Sache mit Sardinien nicht zu machen?"

Er hört sie atmen und redet weiter. „Ich bin in dieser verdammten Klinik und quäle mich rum, verstehste ... Vielleicht würde sie noch leben, wenn ich zu Hause geblieben wäre ... andrerseits ...?"

Vielleicht nickt Fine oder lächelt oder ist genervt oder nichts von all dem. Er braucht sie oder sein Bild von ihr, um selbst ausdrücken zu können was ist, um die quälenden Gedanken für eine Weile loszuwerden.

„Heiner ... Ich kann dir nicht helfen. Nicht dabei. Ich weiß es nicht. Die Liebe ... Schuld. Das ist sehr, sehr schwierig ... Ach herrjeh ... Liebe drückt sich doch so unterschiedlich aus. Du darfst sie nicht verlieren, die Liebe! Trotzdem nicht! Ich meine, obwohl du dich rumschlägst damit, ob du schuld bist oder nicht. Sie wollte nicht mehr ... Und viele andere ‚Hätte es' und ‚Würde es' sind nicht entscheidbar. Das ist das Schwere! Sie findet dich, da bin ich mir sicher. Ich mein die Liebe, in welcher Form auch immer."

„Was meinst du genau? Das versteh ich so nicht."

„Ich kann es nicht besser ausdrücken, Heiner."

Sie schweigen.

„Heiner, ich drück dich jetzt weg. Ich weiß nichts mehr zu sagen."

Die Telefonate wiederholen sich. Er will unbedingt mit ihr reden. „Irgendwas an dir is es, was mich gesund machen könnte", gesteht er ihr. Er weiß nicht, was das irgendwas ist.

„Du bist nicht krank", antwortet sie.

Er würde es gerne glauben. Er hat keine Bilder, wie es Fine jetzt geht, was sie macht, wie sie lebt. Er fragt nicht danach, so sehr ist er mit sich und allem in ihm beschäftigt. Zudem hat er täglich sein Programm: Einzel- und

Gruppentherapiesitzungen, Sportgruppe, und immer wechselnde Entspannungsprogramme. Es strengt ihn an.

Fine schickt ihm den Link zu einem Lied. ‚*Love will find you*' heißt es und Bronagh Gallagher, eine nordirische Interpretin singt. ‚Vielleicht verstehst du so besser, was ich meine', schreibt sie dazu. Typisch Fine: Musik, die kein Mensch kennt, völlig unpopulär. Er wartet eine Weile, bis er sich spätabends mit Kopfhörern in den Gruppenraum setzt und Text und Musik auf sich wirken lässt. Er lauscht der eindringlichen Stimme wieder und wieder und wieder. Jetzt könnte er es fast glauben: *Love will find him*.

An den Gruppentherapien teilnehmen ist Pflicht. Immer die gleichen zehn Patienten sitzen im Kreis, der Teppichboden ist rohweiß mit Kaffeeflecksprengseln, alle tragen Wollsocken. Der Psychologe mit Dreitagebart und verwegenen Locken könnte ein sardischer Pirat sein. Er betont wie gewinnbringend es sei, diese Gruppe diagnoseübergreifend anzubieten, und dass das maßgeblich seine Idee gewesen ist. Er streicht sich dann gerne durch seine Lockenpracht. Seine Kollegin erinnert in ihrer beiläufigen Art sich zu kleiden und zu frisieren, vielleicht auch wegen ihrer hartnäckigen Fragen, an Fine. Er träumt sich weg, geht den oft unangenehm nahegehenden Gesprächen aus dem Weg. Er muss in den Sitzungen aber etwas sagen, also versucht er es und redet: über Marisa, wie sie sich kennengelernt haben, dass er sich etwas bewiesen hat, als er sie geheiratet hat, dass sie beide unglücklich waren, dass er nicht wusste wie unglücklich sie war, dass er sie nicht hätte glücklich machen können, sie schon eine glücklose Kindheit gehabt hatte. Er erzählt mechanisch, vermeidet genauer hinzuschauen, tiefer zu spüren. Es erschöpft ihn so schon.

Wenn die anderen Patienten von sich erzählen, kann er nicht alles aufnehmen. Er kann sich nicht alle Namen merken. Heißt die Frau neben ihm Sylke oder Sylvia? Sie stöhnt immer leise, riecht nach Schweiß und einem süßlichen Parfüm. Georg lässt sich gerne George nennen. „Ich bin viel gereist und die englische Variante ist viel besser auszusprechen", erklärt er. Seine Geschichte rührt an einem alten Traum: viel reisen und andere Länder kennenlernen. Er ist in Kolzenburg geblieben.

„Ich hab in zuletzt Dubai gearbeitet. In der Botschaft. Davor Singapur. Davor Marokko. Macht einen allein schon fertig. Aber ohne sie …" George weint. Er ist nach Deutschland zurückgekommen, alleine mit zwei pubertierenden Töchtern. „Meine Frau war immer überall mit. Meine Mädels kannten es nicht anders. Dann kam die Krankheit und nichts war wie vorher. Alles ging sehr schnell … Der Krebs saß schon überall im Körper." Alles entgleite ihm. Er habe nur noch starr auf dem Sofa gesessen. „Erst haben die Mädels für mich gesorgt, dann als sie immer schlechter in der Schule wurden und Maren anfing zu ritzen, kam das Jugendamt nach Hause. Tina und Maren leben jetzt in einer Wohngruppe. Ich will sie da wieder rausholen."

Alle schauen betroffen. Keiner sagt etwas.

Heiner denkt an Elvi. Er ist froh, dass Marisa sich so sehr um Elvi gekümmert hat, und dass sie jetzt schon erwachsen ist. Er muss schlucken. Er hat eine Tochter. Er hat nicht begriffen, was das heißt. Jetzt ist es zu spät.

„Woran denken Sie?", fragt der Therapeut.

„Nichts ..." Er kann nicht darüber sprechen. Nicht in dieser Gruppe voller Menschen mit je eigenen Problemen, die sie nacheinander vortragen.

„Heiner?" Franziska ist vom anderen Ende des riesigen Speisesaals nach dem Mittagessen zu ihm herübergekommen. Sie trägt ihre langen blonden Haare, die meist zu einem losen Zopf gebunden sind, heute offen. Sie spricht ihn an. „Komm, wir gehen spazieren!" Sie hat neben ihm gesessen, als George die Geschichte von seinen Töchtern erzählt hat, und hat ihm ein Papiertaschentuch zugeschoben. Er will ihr nichts erklären. Aber er mag Franziska. Irgendwas ist auch bei ihr danebengegangen, er versucht sich zu erinnern, hat wieder einmal alle Details vergessen. In ihr weiches, fast kindliches Gesicht haben sich um die Mundwinkel und auf der Stirn Spuren eingegraben.

„Okay, ziehen wir los! Ich hol noch meine Jacke."

Ob er will oder nicht, unterwegs erzählt sie ihm von sich. „Viel schiefgelaufen. Das mit der Liebe auch. Jedenfalls, ich hab mich in meine Arbeit in der Apotheke gestürzt, ... dann hab ich die entsprechenden Medikamente entwendet, klingt besser als geklaut. Tavor, Rohypnol ... eben um klarzukommen, wurde immer mehr, viel zu viel davon. Und später bin ich zusammengebrochen."

Es reicht schon. Nicht die ausführliche Geschichte. Keine Details. Er kann es sich sowieso nicht merken. „Durch die Dünen? Da zieht's verdammt oder lieber ein Stück Waldweg?"

„Düne und Strand. Wind und Kälte sind mir egal, bin warm angezogen."

Er mag den hellen Klang ihrer Stimme, ihre Grübchen, wenn sie lächelt, die weichen Züge.

„Ja okay, is okay". Sie gehen zusammen los. Der Dünenweg beginnt direkt hinter der Klinik.

„Ich vermisse Fynn." Franziska muss jetzt laut reden, damit er sie versteht. Ihr Sohn ist sieben Jahre alt und wartet bei der Oma, bis Franziska wieder gesund ist. „Gott sei Dank kann ich auf meine Mutter setzen. Er hat es gut da!"

„Als ich sieben war, hab ich mich auch sehr alleine gefühlt", erzählt er

Franziska. Auf dem langen gemeinsamen Spaziergang steigen Bilder in ihm auf: der Opa, der abends müde nach Hause kam. „Wurstfabrik, da haben sie alle gearbeitet vor der Wende, mein Vater wohl auch, aber an den erinnere ich mich nicht mehr, vielleicht auch Plaste; ganz früher gab's auch mal 'ne Messerfabrik – is irgendwann abgehauen. Meine Mutter war Kassiererin im Konsum, immer unzufrieden, immer am Nörgeln. Als er dann weg war, hatte sie nur ein Ziel: ‚Du musst es besser machen, Heiner! Das ist kein Leben hier. Du kannst Geld verdienen und ein gutes Leben führen. Nicht zu erbärmlich wie dein Vater, wie wir hier!'" Und während er erzählt, hört er das Seufzen der Mutter, als stünde sie neben ihm.

Franziska hört ihm zu. Immer wieder wendet sie ihm ihr Gesicht zu, nickt unter ihrer roten Kapuze, lächelt. Ihre bernsteinfarbenen Augen sind gesprenkelt und auf ihrer Nase tummeln sich eine Menge Sommersprossen. Sie anschauen tut gut. Sie gehen so lange spazieren, dass beide ihre nächste Sitzung verpassen.

„Vielleicht müssen wir jetzt nachsitzen." Franziska winkt ihm zu, als sie zu Gebäudekomplex A abbiegt. „Oder Strafarbeit schreiben." Heiner winkt zurück.

Heiner schläft viel. Manchmal träumt er von ihr. Er schwimmt täglich viele Runden in der klinikeigenen Schwimmhalle im Keller. Die unentschieden hellgelben Kacheln sind die gleichen, die er von zu Hause kennt: Badezimmerhellgelb, eine Schutzhülle gegen die Welt außen. Außerhalb muss man immer irgendwie richtig sein ohne zu wissen wie. Selbst im Park der Klinik fühlt er sich von den anderen beobachtet. Immer wieder ist man irgendwem ausgeliefert. Außer im Schwimmbecken, in den Dünen und im Wald. Er geht oft spazieren, immer öfter zusammen mit Franziska.

„Franziska, ich ... ich ... du bist echt 'ne klasse Frau ... Aber ich weiß nicht ... ich hab Angst", sagt er auf einem dieser Waldspaziergänge, bevor sie sich das erste Mal küssen. Sie schmeckt nach Pfefferminz.

Marisa hat nach Lakritz geschmeckt. Ihr Tod ist endgültig.

Er lebt seitdem in einem eigenen Gehäuse mit dick ausgepolsterten Wänden. Franziska klopft an. Manchmal hört er sie. Er weiß nicht, ob er sie hereinlassen will. Ob er das kann.

Er erinnert sich an Marisas Beerdigung wie an einen Film. Er hat „leaving on a jet plane" abgespielt, mehrmals hintereinander. Sie mochte das Lied. Er weiß nicht, ob er es für sie oder für sich selbst ausgesucht hat.

Already I'm so lonesome
I could die ...
But, I'm leavin' on a jet plane
Don't know when I'll be back again.

Elvi stand da, in den Armen eines jungen Mannes. Sie hat laut geschrien. Ihr Freund hat sie beruhigt. Sie hat auf seinen Rücken getrommelt. Heiner hätte diesen Ausbruch gerne ertragen. Ihre kalte Schulter ihm gegenüber dagegen ist unerträglich. Sie ist mit dem Freund – Heiner weiß nicht einmal, wie er heißt, wie lange sie ihn schon kennt – die beiden sind noch beim Grab geblieben, als alles vorbei war. Dann waren sie beide weg.

Marisas Freundinnen Susanne und Christine haben ihn deutlich geschnitten. Beim „herzliches Beileid"-Sagen am Grab haben sie mit zusammengepressten Lippen an die Seite geschaut. Er hat Christines Sohn Ronny im Sozialkundeunterricht das Parteiensystem der Bundesrepublik und die Grundzüge der staatlichen Gewaltenteilung beigebracht.

Heiner vermisst seine Schüler.

Marisas Eltern haben es nicht geschafft, gemeinsam zur Beerdigung zu kommen. Die Mutter kam allein, verhärmt, starr, wortkarg in einem schwarz-grau-melierten Kostüm gefangen. Weit entfernt davon seine eigene Mutter mit zusammengekniffenem Mund. Heiner weiß nicht, ob sie miteinander geredet haben und weder mit der einen noch mit der anderen ist ihm selbst ein Gespräch in Erinnerung. Marisas Vater, ein Kaufmann im Außendienst, hat einen Kranz bestellt, *meiner Tochter* stand darauf. Er selbst ist nicht gekommen. Heiner wünschte, sie hätte das lesen können. Sie hatte es immer vermisst zu spüren, dass sie seine Tochter ist.

Er weiß nicht mehr, wer ihn gestützt hat: Gerlinde? Konrad? Heinz-Peter?

Er hat ihr einen Strauß Gartenblumen ins Grab geworfen, sie hat immer welche gepflückt früher. Als sie noch nicht so traurig aussah, ihr noch nicht alles egal war.

Heiner beschreibt diese Bilder nach und nach. Neben den Gruppensitzungen hat er regelmäßige Termine bei der Psychotherapeutin. Er redet nur manchmal mit ihr. Oft weiß er nicht, wie er beginnen, was er sagen soll. Sie lächelt immer. Wie die beiden Flugbegleiterinnen, die die Beunruhigungen der Passagiere vor dem Sturm versucht haben wegzulächeln. Ein Lächeln, das seine Unruhe nicht mindert. Die Erwartungslosigkeit der Therapeutin mit den immer anderen Seidenschals macht das Schweigen nahezu unerträglich. Nach der Therapiestunde geht er meistens joggen oder schwimmen. Das bringt am ehesten die ersehnte Ruhe.

Die Tage sind bleiern.

In der Klinik darf er nicht trinken.

Manchmal kauft er sich im nahegelegenen Ort heimlich ein Bier im Supermarkt. Sieht er aus wie einer von denen aus der Klinik oder warum lächelt die

Kassiererin so wissend? Es schmeckt ihm hier nicht. Er trinkt es trotzdem. Aus Gewohnheit. Dann geht er sofort ins Bett, die leere Flasche legt er bis zum nächsten Einkauf im Supermarkt in seinen Koffer. Bislang ist er nicht erwischt worden.

Früher hat er gab es schon mal einen auf den Hintern, wenn er erwischt wurde: beim Süßigkeiten stibitzen, Geld aus dem Portemonnaie der Mutter nehmen, Hausaufgaben nicht machen ... Jetzt ist er kein kleiner Junge mehr. Er will sich nicht mehr kontrollieren lassen.

Trotzdem will er es schaffen, mit der Gewohnheit so viel zu trinken aufzuhören. Es ist sehr schwer.

Aus Gewohnheit ruft er Fine an, immer wieder.

„Es ist gut dich zu hören – einfach das ..." Sie reden dann Belangloses, es fühlt sich nicht belanglos an.

Sagen, was ist, lernt er in der Klinik. Er übt.

„Heiner ...", sagt sie irgendwann, „mein Leben hat sich verändert, ich geh bald nach Italien ..." Sie erzählt von ihrem Projekt, Gunnars Idee. Sie beschreibt, wo sie bald monatsweise wohnen wird. „Ja, so eine Art Hausverwaltung, Torria, Ligurien. Ich bin schon im Fortgeschrittenenkurs Italienisch ... Ben presto. Nächsten Monat fahr ich los. Will mich einfinden, bevor die Touristen alle kommen. Ich schreib dir die Adresse!"

Er versucht noch ein paar Mal regelmäßig zu telefonieren. Sie nimmt nicht immer an.

Er weiß, wo er sie finden kann im nächsten Sommer. Sie hat ihm die Adresse geben. Das beruhigt ihn.

„Schreibt euren Kram auf", sagt Elsa, eine Mitpatientin, in der Gruppentherapie. Sie habe damit begonnen und merke wie gut ihr das tue. Elsa ist die Älteste in der Gruppe, jeder respektiert sie. Alle unterstützen ihren Kampf mit alten Dämonen, wie sie sagt, die sie in tiefe dunkle Löcher stoßen. „Am schlimmsten wüten sie in der Nacht. 03.00 Uhr nachts ist Geisterstunde."

Auf Elsas Rat hin beginnt er seine Gedanken aufzuschreiben.

Die Gedanken über die Liebe, über sein Leben mit Marisa, über die Tochter, die viel zu unvorbereitet kam, das Ausbrechen, die Träume und Sehnsüchte.

Die Therapeutin fragt ihn danach. Er nickt und sagt, dass er jetzt Zeit bräuchte. Die Dinge bekommen ihren Platz, er zeigt ihr die beschriebene Kladde. „Nee, vorlesen will ich nicht ... jetzt nicht."

Auch Franziska liest er nichts vor. In der Klinik gelten sie jetzt als Paar. „Franzi und Heiner." Süß finden die anderen das und gucken ein bisschen neidisch. Heiner strengt sich an Franziska zu gefallen. Manchmal kann er ihr glauben, dass er sich gar nicht anstrengen muss.

Vielleicht würde er Fine vorlesen oder zumindest erzählen, was er aufgeschrieben hat. Fine will aber vielleicht gar nichts mehr mit ihm zu tun haben.

Schreibend wird ihm klar, dass das Loslassen das Schwierigste an der Liebe ist und dass er die Gewohnheit mit Marisa genauso geliebt wie gehasst hat. Er bekommt eine Ahnung davon, dass die Liebe doch größer und weiter ist als das, was sie gelebt haben, aber sie selbst eben eng waren. Er würde Marisa gerne sagen, dass er sie, je länger sie tot ist, desto besser erkenne. Dass es ihm leid tut, dass er sie nicht mehr anfassen mochte und selbst nicht weiß warum. Er schreibt ihr Leben auf: wie sie im Garten arbeitet, im Bad steht, um sich zurechtzumachen, sich ärgert, wenn der Kajalstrich verrutscht, die Augenränder sich nicht kaschieren lassen. Er beschreibt wie sie kocht, die Nase über dem Topf, um die Aromen einzuatmen, mit roten Augen beim Zwiebel schneiden und dem angespannten Gesicht beim Anbraten von Fisch oder Fleisch, er schreibt über die Haltung, wenn sie zuhört, wenn sie sich empört oder wenn sie sich freut. Ihm fällt ein, dass sie gerne Salzlakritze gegessen hat, Schnitzel auch, und dass sie liebend gerne grünen Ingwertee getrunken hat nach dem Essen. Auch dass sie immer gerne einmal nach Marokko gereist wäre, wegen der Gewürze, den orientalischen Formen und dem Minztee. Sie hat drei Bücher über Marokko gekauft. Er hat nie nachgefragt, sich nicht dafür interessiert.

Im Gegenteil: ‚Nee, dahin kriegste mich nicht', hat er immer gesagt, es interessiere ihn nicht, das sei zu heiß, zu gefährlich, zu unhygienisch. Er hat sie mit ihrem Traum vom Orient allein gelassen. Die Bilder mehren sich. Sie haben etwas mit Liebe zu tun, sagt die Therapeutin, und er glaubt ihr, weil er es spürt.

Heiner beginnt wieder zu fühlen, er schmeckt den leicht bitteren Morgenkaffee, hört die Facettenvielfalt der Vogelgesänge und er hört den Mitpatienten zu, die ihre Geschichten erzählen. Er fühlt Franziskas seidige Hand, riecht die saubere Frische ihrer Haut, möglicherweise eine Komposition aus Bergamotte, Rose und Kamille.

Er bereitet sich darauf vor zurück zu kommen. In die Wohnung, die nach Marisa aussehen wird. Er würde ihre Sachen finden, ihr Leben sehen, das einmal ein gemeinsames war. Er fürchtet sich vor diesem Moment.

Er schreibt Fine eine Karte, „*Jetzt*' steht darauf und ein *H* für Heiner. Vielleicht würde sie es verstehen: Jetzt würde er damit beginnen zu leben.

Heiner beschließt dieses Leben nun in Angriff zu nehmen.

Gunnar

‚Das Haus ist fremd und leer ohne dich', möchte er ihr sagen, aber sie ist nicht da.
Fremd und leer – wie der Dachboden. Gunnar überlegt, wann er das letzte Mal dort oben war und warum. Er erinnert sich nicht. Jetzt scheint ihm der Moment genau passend, diesen blinden Fleck im eigenen Haus in Augenschein zu nehmen.

Gunnar sucht nach dem schwarzen Schlüssel für die schwere Stahltür vor dem Raum unter dem Dachgebälk. Er findet ihn in dem Kästchen mit all den anderen Schlüsseln, die sie so gut wie nie benötigen oder gar nicht mehr wissen, wofür sie eigentlich sind. So viele Schlüssel ohne Schloss.

Die hölzernen Stufen, über die man vom Verschlag neben dem Schlafzimmer hinauf gehen kann, sind staubig. „Wir könnten es uns da oben irgendwie herrichten", hat Fiene ab und zu gesagt. „Ein Atelier, ein Studio, ein Meditations- oder Yogaraum ... Es gibt so viel, was man da machen könnte."

Er ist bislang nicht darauf eingegangen. Sie brauchen seiner Meinung nach keinen Meditationsraum und auch kein Atelier oder Studio.

Oben angekommen fallen ihm zu allererst die zwei transparenten Glasdachziegel auf, die sich von den roten aus Ton abheben. Kegelförmig fällt das Sonnenlicht hindurch und lässt die Staubpartikel tanzen. Die Nase kitzelt immer heftiger. Er muss niesen. ‚Scheiß Allergie ...' Diese Umgebung ist Gift für ihn. Er schaut sich um.

Zwischen den Balken hängt die einstmals stramme Wäscheleine müde durch.

Auf das Paket übriggebliebener Badkacheln haben sich hereingewehte Blätter, abgebröckelter Putz und ein paar tote Fliegen gesellt. An dem kaputten Wäscheständer daneben lehnen die einstmals marineblauen Kissen für die Gartenstühle. Für alle Fälle aufgehoben. Sie müssen gereinigt werden. Gunnar niest erneut. Seine Augen jucken.

„Ach du liebe Güte!" – Er betrachtet den weißen Furnierholzspiegelschrank an der einzig möglichen Stellfläche. Ein Stück aus den 70er Jahren. Der neuste Schrei für seine Mutter damals ... Die drei vollständig verspiegelten Türen sind mittlerweile an manchen Stellen blind, trotzdem ... Es ist genau der Schrank, den er damals heimlich geöffnet hat ... Er kennt den messingfarbenen Schlüssel, der in der linken Tür steckt, ganz genau. Es fühlt sich immer noch verboten an, den Schrank zu öffnen. Bettbezüge und Laken in verblichenem Rosé und Hellblau fallen ihm entgegen. An der Kleiderstange hängt der ockergelbe Herbstmantel und daneben der rote Rock seiner Mutter. „Stimmt, den hatte sie an, wenn sie mal ausgingen …" Gunnar murmelt vor sich hin, streicht über den Stoff, ‚pures Polyester'.

Vor ein paar Jahren ist die Mutter in eine kleine Zweizimmerwohnung umgezogen.

„Kann ich den Schrank bei euch lassen? Zu schade wegzuwerfen", hatte sie gesagt. Gunnar hatte ihn mühsam zusammen mit einem Nachbarn auf den Dachboden befördert.

„Entrümpeln wäre gescheiter." Fiene hatte nicht verstanden, warum er den Schrank ganz gern genommen hat.

Er schaut in die Spiegeltür, hält sich kurz den Rock an und hängt ihn dann schnell wieder zurück. ‚Wie klein Gunnar mit 13 …' Er schüttelt den Kopf.

Das mit den Kleidern lässt sich nun nicht mehr länger wegschieben. Er niest erneut, reibt die tränenden Augen. „Mist aber auch."

Wäre Fiene da, wäre er nie auf die Idee gekommen auf den Dachboden zu steigen ...

Sie ist weg.

In drei Wochen, Anfang Juni, wird er zu ihr fahren und für eine Weile bleiben. Er hat den 5. Juni im Kalender dick umkringelt. Sie ist bereits seit Februar in Italien. Es wird schon heiß sein dort, man kann sich verbrennen. Er muss sich schützen, für alle Fälle noch eine Kopfbedeckung und eine Sonnenschutzcreme kaufen; aber in den Bergen Liguriens wird immer ein Wind wehen und genügend Schatten zum rasten einladen. Fiene verträgt Hitze besser als er, außerdem würde sie schon akklimatisiert sein.

Es ist schwer, allein zu sein, und auch wenn ihm ihr ständiges Bedürfnis über Dinge zu sprechen oft auf die Nerven geht, so vermisst er es jetzt, gefragt zu werden, was er von diesem oder jenem hält, wie er dazu steht, was er denkt oder gar fühlt. Jetzt wo sie nicht da ist, stellt er sich diese Fragen selbst. Er vermisst sie: ihre Ungeduld am Morgen, ihre Art und Weise beim Frühstück die Zeitung so zu lesen, dass er sie hinterher erst einmal wieder neu falten muss. Er sucht nach ihrer Hand, ihrem Körper in der Nacht, vermisst die Versatzstücke merkwürdiger Träume, die sie beim Aufwachen mit ihm teilt. Er vermisst ihre Spuren in den Räumen, die ohne sie unvollständig sind – hier ein hingeworfener Schal, dort eine hin drapierte Blume, ein Stein, eine Muschel. Halb leergetrunkene Kaffeetassen in der Küche, auf dem Schreibtisch oder der Terrasse.

‚Bleiben Sie zuversichtlich, auch wenn Sie heute möglicherweise enttäuscht werden!' Gunnar liest sich selbst die in der Zeitung abgedruckten Tageshoroskope vor. Laut. Wie Fiene, die immer zuerst neugierig auf seins, dann erst auf ihr eigenes war. Anschließend hat sie den Wetterbericht verkündet. ,Wird schwül werden, vielleicht Gewitter' oder ,Mist, soll regnen heute Nachmittag'.

So sehr er diese vielverheißenden Belanglosigkeiten gerne abtut, so sehr vermisst er sie. Ebenso fehlt der Duft ihrer zitronigen Körpercreme im Bad, ihre Eintragungen im Küchenkalender, die energischen Bewegungen beim Laufen und den zögerlichen Blick, wenn sie etwas wissen will.

Manchmal ruft er sie an. „Ja, alles in Ordnung bei mir. Und du? Brauchst du was?" Er würde ihr gerne jeden Gefallen tun, etwas für sie erledigen. Am Telefon mehr sagen ist schwer, es fällt ihm nichts ein. Er hat keine Übung darin. Sie klingt zufrieden, eine Menge von dem, was sie erzählt, versteht er nicht wirklich. Er kann nicht zuordnen, was sie sagt: die Namen von Leuten im Dorf, von Gästen, von Orten in der Umgebung oder Speisen, von denen er noch nie etwas gehört hat ... In den wenigen Tagen, die sie vor einigen Monaten zusammen dort waren, hat er viel zu wenig aufgenommen, als dass er ihr jetzt folgen könnte. Sie sprüht vor Begeisterung für die neue Arbeit, für die Nachbarn im Ort, für heimische Pflanzen. Rosmarin, roter Baldrian, Mayoran, Minze, Basilikum – vor allem die Kräuter haben es ihr angetan und für die kulinarischen Eroberungen. Er spürt wie sehr sie in diese italienische Bergwelt eingetaucht ist.

,Fiene, und hast du dort wieder jemanden kennengelernt ?', würde er gerne fragen und hat es bis jetzt nicht getan. Sie schwärmt gerade anders, für anderes.

„Gunnar, was hältst du davon, wenn wir zu Hause Olivenöl aus Italien verkaufen?", fragt sie unvermittelt gleich nach dem üblichen Begrüßen am Telefon.

„Äh ... was soll ich sagen? Fiene, du bist so schnell mit allem ... Obwohl, die Idee ist irgendwie real. Was zum Anpacken, meine ich. Anders als all diese Dinge, die ich nicht sortieren kann. Noch nicht, weißt du? Wenn ich so darüber nachdenke: Olivenöl verkaufen finde ich gut!"

Seine Reaktion spornt sie an. Sie redet weiter, hat alles schon genau überlegt. „Die haben mit mehreren Olivenbauern eine Ölmühle gebaut. Dort wird nur immer eine Sorte zu Öl gepresst und direkt von dort verkauft, ohne Zwischenhändler. Ganz naturrein und die Leute hier leben davon. Außerdem ist es das beste Olivenöl überhaupt ... Gunnar ...?!"

Er denkt bereits nach. Man könnte die Garage frei räumen und Lagerplatz für Ölkanister schaffen. Er könnte Flyer drucken lassen und den Leuten in der Arbeit Bescheid sagen, dass sie, Fiene und er, sozusagen an der Quelle sitzen: gutes ligurisches Öl ... Das mögen die Leute. Man würde es auch anderweitig vermarkten können.

„Ich glaube, die Idee ist nicht schlecht, Fiene."

„Arrivederci“, sagen sie, wenn sie die Telefonate beenden, und „a presto!“

Über sich spricht Gunnar nicht wirklich am Telefon. Und sie fragt nicht weiter nach. Sie ist es so gewohnt.

Wie würde sie reagieren, wenn er das ändern würde. Wenn er ihr erzählen würde, dass er neuerdings, sobald er von der Arbeit nach Hause kommt, Hose und Hemd auszieht und sich einen Kittel über die nackte Haut wirft, darunter wahlweise einen violetten Slip, manchmal Nylonstrumpfhosen oder auch gar nichts; dass er sich etwas Lippenstift und Wimperntusche aufträgt und dann das Abendessen zubereitet – mit ungeahnter Lust und Aufmerksamkeit. Und dass er sich am Wochenende manchmal die Fingernägel lackiert, gerne dann Fienes roten Bademantel anzieht, den mit den blumenbestickten Taschen. Sie findet den albern, aber unnötig einen anderen zu kaufen. Ihm ist das recht. Sein Körper fühlt sich wohl, wenn er ihn darin einhüllt; noch besser, wenn er dazu auch Fienes Haarband trägt. Er hat es manchmal aus dem Spiegelschrank genommen, sich zugezwinkert, den Augenblick genossen und es schnell wieder zurückgelegt. Fienes Kleider anziehen kommt nicht wirklich infrage. Nicht nur, weil sie ihm zu eng und auch nicht wirklich sein Geschmack sind, sondern weil das schlichtweg nicht geht.

Er steht in der Damenkonfektionsabteilung. Größe 44 würde er vermutlich brauchen.

„Sie möchten Ihre Frau überraschen?“ Die Verkäuferin kommt ihm unangenehm nahe.

„Ich komm schon zurecht.“ Er möchte, dass sie geht. Augenblicklich.

Sie lässt sich durch den barschen Ton nicht beirren. „Welche Farben trägt sie denn so? Limettengrün ist in diesem Sommer Trendfarbe, Sie sollten ihr Mut machen!“

Wenn sie wüsste, wieviel Mut Fiene hat. Er hält ein mit Blättern bedrucktes Baumwollkleid mit tiefem V-Ausschnitt hoch. „Das ist aber auch schön.“ Er kann die Verkäuferin nicht abwimmeln.

„Es schmeichelt dem Körper – ein sinnliches Kleid!“ Die Verkäuferin stimmt ihm zu.

Er muss es schaffen, das Kleid anzuprobieren. „Ich nehme das, aber ich geh noch nach Socken gucken … zahl dann alles zusammen.“

„Ich kann es Ihnen auch abnehmen und schon mal zur Kasse bringen!?“

„Nein.“ Gunnar unterbricht sie brüsk. Er errötet, auf seiner Stirn bilden sich Schweißtröpfchen. Langsam bewegt er sich zielgerichtet zu den Ständern am gegenüberliegenden Ende des Verkaufsraums und Richtung Rolltreppe. Er schaut sich vorsichtig um. Niemand, der der ihn beobachtet. Die Kundentoiletten sind in der vierten Etage. Er nickt der Frau im weißen Kittel zu, legt 1 € in ihr Körbchen im Eingangsbereich und atmet auf, als er die Kabine der Herrentoilette verschließt. Besetzt. Behutsam probiert er das Kleid an. Es passt einigermaßen, spannt etwas im Schulterbereich und um die Taille. In den Waschbeckenbereich mit den Spiegeln wagt er sich nicht vor. Was soll's, es fühlt sich insgesamt gut an! Noch eines in der gleichen Größe wäre gut. Eine Pastellfarbe wäre schön und zusätzlich gerne noch einen Rock. Die Verkäuferin ist mit anderen Kunden beschäftigt. Er schaut sich selbstständig um, findet einen Plisseerock, ein Trägerkleid in bleu und ein 3-er Set Damenslips.

Schweißgebadet, aber glücklich packt er am Abend seinen Einkauf aus.

Vielleicht wird er in dem hellblauen Fähnchen sogar noch einmal in die Sauna-Bar gehen. Gerade weiß er nicht, ob das eine gute Idee ist. Er zieht sich das Kleid mit Blattmotiv über, schenkt sich ein Bier ein und setzt sich auf den Balkon.

Vorerst ist das gut so. Gut, sich ausprobieren zu können, gut, alleine zu sein mit diesen Experimenten und dem Versuch ein neues Lebensgefühl zu entwickeln. Und Italien, Torria, Fienes Leben dort, aus sicherer Ferne auf sich wirken lassen ist gefahrlos.

Er will sie nicht verlieren. Nur, wenn er ehrlich ist, ist ihm Torria zu weit abgelegen, zu steil, zu heiß. Die italienische Sprache lernen ist schwer, zu mühsam. Fienes Begeisterung wirklich teilen geht nicht. Der Gedanke, immer nur ein paar Monate im Winter zusammen zu sein, hat etwas: einfach für sich selbst leben, ohne die vielen Fiene-Unzufriedenheiten, die ihn hilflos machen, und dann Zeiten, um das vertraute Zusammensein zu genießen, die Geschichte mit dem Olivenöl voran zu bringen … Der Wechsel könnte gehen. Aber vielleicht wird sie auch im Winter in Gedanken nur in Italien sein. Möglicherweise wird sie das Leben in Bremen Blumenthal nicht mehr mögen. Und wer weiß, wen sie kennenlernt, und wohin sie ihre Begeisterung bringt. Und was, wenn sie es nicht aushält, wie er sich neuerdings zu Hause kleidet? Manche Frauen können das gut akzeptieren, andere trennen sich. Sie haben bislang viel zu wenig darüber gesprochen. Er meidet es.

Der Gedanke ohne Fiene leben zu sollen, leben zu müssen, vielleicht leben zu können, ist grauenvoll.

Er geht rein und holt Papier, einen Briefumschlag und seinen Füllfederhalter aus der Schreibtischschublade und breitet es auf draußen auf dem Balkontisch aus. Schon lange hat er keinen Brief mehr geschrieben. „Liebe Fiene". Er reißt das Blatt ab und beginnt neu. „Liebe Fiene, nicht nur dein Name hat sich verändert, so viel anderes auch …" Er schaut auf den angefangenen Satz.

Jetzt wird es schwer. Gunnar trinkt einen Schluck Bier, und dann schreibt er drauf los. Er erzählt ihr, dass er draußen sitzt, beschreibt den Garten, und dass der Holunder nun reif sei, erzählt von seinem Einkauf, und dass er die Garage begonnen habe frei zu räumen, um dort Olivenöl zu lagern. Er schreibt von seiner Arbeit, der neuen Kollegin, die er einarbeiten muss, und von den Gerichten, die er sich kocht. Am Ende hat er einen langen Brief geschrieben. Er schreibt noch, dass er sie vermisst, und dass er spürt, wie glücklich sie in Italien ist, und dass sie das sehr anziehend macht. Er wundert sich über seine eigenen Worte, wie sie da aufs Papier fließen. ‚Dein Gunnar' schreibt er darunter, als er fertig ist, und steckt die beschriebenen Seiten sofort in einen Briefumschlag und klebt ihn zu. ‚Signora Fiene Elsterding, Torria, Italia' schreibt er darauf. Die genaueren Angaben würde er aus seinem Notizbuch ergänzen.

Er schaut noch eine Weile in die Dunkelheit, dann geht er zu Bett. Zärtlich zufriedenen schläft er nach diesem Tag ein.

Fiene

Torria, Italien Sommer 2019

Sie winkt ihm noch nach, obwohl der rote Fiat schon lange nicht mehr zu sehen ist.

Er würde damit bis Genua fahren, den Wagen dort abgeben, um dann den Weg zurück über die Eisenbahnstrecke zu genießen.

In zwei bis drei Monaten, wenn so gut wie alle Touristen weg sind, wird sie nachkommen. Ihr Leben zwischen Deutschland und Italien hat begonnen. Neu und aufregend.

Sie steht auf der kleinen Piazza vor der Chiesa San Martino und schaut ihm nach.

„Che cosa, Signora Fiene?“, Paolo, der Besitzer der kleinen Bar kommt auf sie zu.

„Ach Paolo, la vita …“

Alle im Dorf sind überrascht gewesen, als Gunnar vor ein paar Wochen plötzlich eingetroffen ist. „Il mio uomo.“ Signora Fiene hat also einen Mann, das hat sich schnell herumgesprochen. Die Männer haben Gunnar auf die Schultern geklopft, unklar, ob es sich dabei um ein „Schwer mit dieser Frau“-Klopfen oder ein „Alle Achtung!“-Klopfen oder ein ganz anderes Klopfen handelt.

Wenn die wüssten: einen Mann, der es liebt Kleider anzuziehen, sich womöglich zu schminken, in Frauenschuhen herumzustolzieren würde hier keiner akzeptieren. Vermutlich nicht. Kann sie es? Gunnars Wandel von einem ihr langweilig gewordenen Mann in einen Crossdresser ist so schwer verständlich, schwer verdaulich … Gunnar ist Gunnar einerseits, und Gunnar ist nicht mehr Gunnar andererseits. Bin ich noch Fine? Fine und Fiene sind auch die gleichen und doch nicht. Sie seufzt.

„Che cosa succede?“ Paolo will sie trösten. Er bittet sie zu warten, geht in die Bar, holt ein paar Biscotti und hält sie ihr hin. Auch er kann wohl kaum verstehen, warum sie hier alleine lebt, wo sie doch einen Mann hat, einen ganz passablen sogar.

Sie beißt in eines der cremegefüllten Hörnchen und lächelt ihn an. „La dolce vita!“ Und nach dem zweiten Biss schiebt sie kauend ein „Mille grazie, Paolo!“ hinterher.

Langsam schlendert sie das gepflasterte Sträßchen zurück, vorbei an dem historischen Waschplatz, bleibt unter dem Torbogen stehen und schaut über die Olivenhaine in die Weite, bis sie zu der Wohnung gelangt, die mittlerweile ihre geworden ist. Der Duft von trocknendem Thymian und Rosmarinbündeln empfängt sie, ihre Wanderschuhe warten im Eingangsbereich bereits auf die nächste Tour, am Haken an der Wand lacht ihr breitkrempiger Sonnenhut sie an. „Bon giorno, Zuhause!“

In 14 Tagen würde Heiner kommen, um sie zu besuchen. Ob er Franziska mitbringen dürfe, hat er gefragt. Sie telefonieren ab und zu. Er spricht wenig über seine neue Freundin, aber Fiene spürt, wie wichtig sie ihm ist. „Klar – ich freue mich auf euch!“

Jetzt ist es gut, erst wieder ein paar Tage allein zu sein. Alleine mit den eigenwilligen Leuten aus dem Bergdörfchen, den Touristen, dem Italienischlehrbuch, ihren Aufzeichnungen und dem selbst auferlegten Programm ‚Fiene lernt Ligurien kennen‘: sie will die heimischen Olivensorten unterscheiden können, alles über Ernte, Ertrag, Pressvorgang wissen und Kontakte zur ansässigen Ölgenossenschaft und der dazugehörigen Mühle knüpfen. „Vielleicht kann ich bald zu Hause in Deutschland dieses wahnsinnig aromatische Öl unter die Leute bringen, was meinst du?“, hat sie Gunnar gefragt, und er hat ihr Mut gemacht, sogar mehr. „Ich könnte dir beim geschäftlichen Teil helfen“, hat er gesagt. Das klingt verheißungsvoll.

„Diese Bäume werden uralt, sind wahnsinnig widerstandsfähig, voller Kraft und so schönes Holz. Ich liebe Oliven!“, hat sie vorsichtshalber noch ergänzt.

„Vielleicht hast du Verwandte unter den Pflanzen.“ Als spräche ein neuer Gunnar zu ihr, warm und aufregend.

Sie hat mit ihm Ausflüge in die Region unternommen, mit ihm Kastanien, Pinien, Myrte, Oleander und Lorbeer entdeckt, sie haben sich dem Duft der Aleppo Kiefern an der Küste hingegeben und die prächtigen Magnolien bewundert. Stolz hat sie ihm erzählt, wie sie nach und nach verschiedenste ligurische Rezepte erprobt: sie kann jetzt Pesto alla Genovesa selbst zubereiten, auch die ligurische Ministrone gelingt und Lucia, die Nachbarin, meint ihre Trofie alla noci, die gedrehten Nudeln mit Öl, Rosmarin, Basilikum seien wundervoll. „Perfecto, Singnora Fiena, fast so gut wie meine." Vielleicht würde sie für Heiner auch noch einmal ein Coniglio alla Ligure hinkriegen. Gunnar hat das Kaninchen sichtlich geschmeckt. Lucia würde sie bestimmt gerne weiter in die Kunst heimische Spezialitäten zuzubereiten einführen, und sie wird sich noch die ein oder andere Finesse abschauen können.

Sie beginnt aufzuräumen, zu fegen, den Müll wegzubringen, was unweigerlich dazu beiträgt, dass auch ihr Inneres sich ordnet.

„Bon giorno." Sie nickt den Frauen zu, die mit ihren vollen Müllsäcken zu dem Container an der Ecke laufen. Mittlerweile kennt sie die meisten mit Namen: Luisa, Anna Paula, Camilla, Rosaria. Viele heißen mit zweitem Namen Maria; alle kennen sie. „Bon giorno, Fiene." Immer klingt das ein bisschen anders. Das anfängliche Misstrauen hat sich mittlerweile in Respekt oder sogar etwas Freundschaftliches verwandelt.

Der Eingang zu ihrer Wohnung liegt in einer winzigen Seitengasse. In den ersten Tagen in Torria ist sie häufig orientierungslos herumgelaufen, um sie zu suchen. Jetzt findet sie blind nach Hause. Nach Hause. Ein Bauchwort. Sie schließt die Tür tagsüber nicht ab. Wenn sie die Eingangstür öffnet, steht sie direkt in dem großen gefliesten Bauch der kleinen Wohnung, wo ein großer Ofen zum Kochen einlädt und daneben der behäbige Holztisch wie ein guter ein Freund auf sie wartet. Er lernt sie kennen: wie sie ihre Mahlzeiten einnimmt; ihre Art und Weise, Zeitung zu lesen, die Einkäufe auszubreiten oder Prospekte und Landkarten zu studieren. Eine schmale Stiege führt in den oberen Raum, wo Bett und Schreibtisch warten. Wenn sie noch eine Stiege weiter hinaufgeht, befindet sie sich auf der großzügigen Dachterrasse.

An diesem Tag ist dort der denkbar beste Platz, um die Tage mit Gunnar nachklingen zu lassen.

Erst muss sie ihren Job erledigen. Der Schreibtisch ist übersät mit An- und Abmeldungen, Formularen und Notizen. Sie verschafft sich einen Überblick. Während Gunnar da war, hat sie die Gäste ein wenig vernachlässigt. Sie will schnell checken, ob sie noch alle im Blick hat, und blättert in dem Ordner mit den wichtigsten Unterlagen: übermorgen wird Ehepaar Stanzer aufbrechen, noch am gleichen Tag wird das Ferienhaus neu belegt werden von Gästen aus Österreich. Hoffentlich weniger arrogante Leute als diese Stanzers. Ständig haben sie etwas an den Italienern auszusetzen: „Die sind ja total unzuverlässig hier, unfreundlich dazu. Die Straße muss ausgebessert werden, das ist ja die Hölle, aber die Carabineri lauern an jeder Ecke, um einem das Geld aus dem Portemonnaie zu ziehen. Die Trattoria hatte nicht mal ‘ne Speisekarte und dann kam so viel Essen wie man es doch gar nicht schaffen kann. Viel zu aufwendig und zu teuer.“ Sie wird sich diese Litanei heute noch einmal anhören müssen und bereitet sich auf ein ‚wie Sie es hier nur auf Dauer aushalten können?‘ vor.

In der kleinen Wohnung im Zentrum, die Hermann Kusnitz aus Berlin schon seit Wochen belegt, tropft Wasser. Sie muss noch einmal versuchen den Klempner zu bestellen. ‚Subito‘ hat Guiseppe schon so oft zugesichert, ohne dass irgendetwas passiert. Irgendwann würde er die Reparatur erledigen. „Ich kümmere mich!“, wiederholt sie Hermann gegenüber, bemüht gelassen. Der ist von Mal zu Mal genervter. Er wandert viel, sammelt Pflanzen, die er alle zu benennen weiß, aber die er vor allem malt: Aquarellbilder von lila, roten, gelben Blüten, Mimosen, Drillingsblumen, Chrysanthemen, sammeln sich auf dem Boden des kleinen Ferienappartements, das er immer wieder um ein paar Tage verlängert. „Eins lass ich dir da“, hat er Fiene versprochen.

Zwei weitere Wohnungen sind in der nächsten Woche noch belegt, pflegeleichte Familien, die für jeden Ausflugtipp dankbar sind: „Seid ihr schon in Imperia gewesen? Habt ihr den Hanbury Garten besucht? Ja, Ventigmiglia ist auch wunderschön! Und warum nicht bis nach Frankreich fahren, klar, Nizza oder Cannes, wenn ihr Zeit habt! Ja, das Musée Jean Cocteau in Menton lohnt …“

Es beglückt sie, wenn die Urlauber begeistert von ihren Tagesausflügen zurückkommen, von üppigen Speisefolgen in nahegelegen Trattorien erzählen, Souvenirs mitbringen oder sich mit heimischem Olivenöl eindecken. „Va bene!“, sagt sie dann zu Paolo und meint damit insgesamt alles. „Tutto bene.“

Sie hat die meisten Ausflugsziele bereits selbst besucht; jetzt genießt sie die Zeit am liebsten auf der Dachterrasse.

Sie holt sich zunächst unten aus dem Kühlschrank ein Glas kühlen Weißwein, greift auf dem Weg nach oben ihre Kladde und den Füllfederhalter und setzt sich draußen an das verwitterte Holztischchen. Eine Kladde nach der anderen füllt sich mit Geschichten, Gedanken, Gedichten. Sie schaut über Kastanien und Olivenhaine bis hin zum Meer. Die Luft flirrt und streichelt angenehm weich die Haut. Tief versteckte Gefühle drängen an die Oberfläche und verweben sich mit alten und neuen Bildern zu Geschichten. „Sie entstehen fast wie von selbst“, hat sie Gunnar erklärt, und der hat gestaunt, magst du eine hören?

Sie hat Gunnar noch nie etwas vorgelesen.

Sie hat ihm etwas vorgelesen.

„Fiene das ist schön, hart auch irgendwie“, hat er nach einer Weile gesagt, „ aber ich glaube, diese Sätze haben darauf gewartet geborgen zu werden.“

Es tut ihr gut, das von Gunnar zu hören.

Er war in diesen Tagen so aufmerksam für das, was sie ihm gezeigt hat, offen für ihre Worte, interessiert an allem.

Im offenen Hemd, barfuß in Sandalen sind sie miteinander umhergeschlendert. Sie hat die warme Gunnarhaut genossen, um ihn dann allen vorzustellen, die es wissen wollten. „Mein Mann! Sì, sì …“ Sie freut sich an ihm. Ein neues Freuen.

Er wird in Genua angekommen sein, dort vermutlich noch irgendwo einkehren, sich vielleicht an Wildgeflügel wagen oder eben den traditionellen Schweinebraten testen. „Ach Gunnar …“ Sie hätte mitfahren können, durch die Stadt bummeln und den besonderen Flair genießen können, um dann irgendwo Sepia oder Vongole zu bestellen. Aber die Tage in Torria sind zu wertvoll, die Aufgabe dort noch zu neu, das veränderte Zusammensein mit Gunnar zu labil, als dass sie das gewollt hätte.

„Wie ist das jetzt mit den Frauenkleidern und so …?“ An einem der Abende, als sie zusammen auf der Dachterrasse gesessen haben, hat sie ihn gefragt.

Er hat nicht sofort geantwortet.

„Ich probier mich aus … also, was soll ich sagen, Fiene … ich fühl mich gut alleine in der Wohnung mit der Erlaubnis anzuziehen, was ich will. Und ich hab mir ein paar Sachen gekauft, die passen, und die zieh ich an, ab und zu … Ich weiß, äh ….“ Gunnar hat mit einem sehr ernsten Gesichtsausdruck dagesessen, nicht wirklich erreichbar für sie.

„ …und Ortwin?“ Sie hat ihn unterbrochen. „Diese Bar, wo ihr wart … Ich meine … bist du schwul, Gunnar, und ich hab das nicht gemerkt?“

Er hat es vermieden, sie anzuschauen, war erst lange still, dann hat er erzählt. „Ortwin hat mich mitgenommen, der hat das irgendwie im kleinen Finger gehabt, dass ich was suche … Ich hab da Männer getroffen, die so ähnlich fühlen … Fiene, das ist so gut! Ich lieb dich, Fiene, ich will mit dir zusammen sein … wie soll ich das sagen … nur die Kleider ab und zu anziehen …“

Sie haben dann noch zweimal lange geredet. „Warum jetzt und nicht schon früher?“ Fiene will verstehen. „Vielleicht magst du Männer ja doch viel lieber?“ Es gibt so viele Fragen. „Und draußen und auf der Arbeit … Willst du da auch in Kleidern rumlaufen?“

„Ich weiß selbst nicht genau, was ich genau brauche, wieviel, wie oft … Aber dich brauche ich, Fiene!" Gunnar hat Sätze formuliert, die sie so nicht von ihm kennt. Sie kennt ihn so nicht. Es fällt ihr schwer sich genau vorzustellen, wie es jetzt zusammen sein könnte, in dem anderen Zuhause, in Deutschland.

„Keine Ahnung, ob das geht, Gunnar, und keine Ahnung wie ... das ist mir fremd. Aber du kommst irgendwie nah. Und das ist doch eigentlich wichtig."

So ähnlich hat sie es gesagt, und dann haben sie lange schweigend einfach so dagesessen.

Fiene schaut auf das weiße Papier. *Gunnar* steht am oberen Rand.

Heiner

„Sie ist 'ne besondere Freundin ... also, ich kenn sie von 'nem Sprachkurs. Italienisch. Ich wollt mal was anders machen ... is ein besonderer Draht zwischen uns bis heute. Sie lebt jetzt in Italien ... jedenfalls für einen Teil des Jahres."

Sie sind mit einem Kanu ein Stück Seenplatte langgefahren. Bevor sie zurückpaddeln, picknicken sie nahe am Wasser: Schwarzbrot mit kräftigem Käse, kleine Pfeffersalamiwürste, Eier und Gurken. Schlaraffenland! Ein paar Enten schnappen frech nach dem Brot. Die mit dem größten Brocken im Schnabel watschelt schnell davon, bevor eine andere sie einholt.

Heiner erzählt Franziska von Fiene. „Die schreibt sich seit neustem mit i-e ... Als ich sie kennenlernte, war sie Fine. Jetzt besteht sie auf Fiene ... als ob sie mit dem e irgendwas gefunden hätte, was zu ihr gehört. Die is so 'ne Sucherin und für mich halt wirklich 'ne Freundin. Ich dachte, dass das was anderes werden könnte und hab sie in Urlaub eingeladen. Ganz nüchtern war ich da nicht ... Nee, da ist nichts anderes draus geworden, oder doch: ganz was anderes. Verstehste?" Wie Fiene das wohl beschreiben würde?

Franziska hört aufmerksam zu. „Weiß nicht, ob ich das versteh. Du beschreibst 'ne ungewöhnliche Geschichte so als sei es das Natürlichste der Welt ... Du hast, seit ich dich kenne, immer mal wieder von ihr erzählt. Was ist das, was meinst du damit: ‚sehr besonders'? Wo in Italien wohnt die denn?"

Heiner zuckt die Achseln. „Kann ich jetzt auch nicht besser erklären. Für mich besonders halt."

Franziska belässt es vorerst dabei. Sie ist behutsam, bleibt dran ohne ihn zu bedrängen. Sie tastet sich zu ihm vor.

Er besucht Franziska regelmäßig. Sie wohnt knapp 200 km weiter nördlich in Mecklenburg. Sie fahren lange Alleenstraßen entlang, baden in verwunschenen Seen, gehen spazieren, sitzen und schweigen und reden. Manchmal nehmen sie Fynn mit. Heiner genießt es mit ihm zu kicken, Hölzer zurecht zu schnitzen, Fynns Ideen aufzugreifen. „Kommst du wieder?“, fragt er. Heiners „Ja“ ist von Mal zu Mal überzeugender.

„Ich fühl mich wohl bei dir. Immer wohler“, sagt er zu Franziska. Er belegt einen Pizzateig mit Oliven, Champignons und Paprikastückchen. Eine Seite mit extra viel Salami für Fynn. „Wenn der morgen von seinem Übernachtungsbesuch bei seinem Kumpel wiederkommt, wird er sich freuen.“

Franziska lächelt. „Ja, wird er.“ Sie deckt den Tisch, zündet eine Kerze an.

„Pizza und Pasta … Weißt du, Franziska, ich würde gerne mit dir nach Italien fahren. Die Geschichte mit Fiene und mir ist schwer zu erklären, aber vielleicht fahren wir mal dahin, wo sie jetzt zeitweise wohnt. Ligurien, irgendwo nahe der französischen Grenze ist das, ein kleines Dorf. Vielleicht kann Fynn nochmal ‘ne Woche zur Oma?“

„Der würde vermutlich lieber mitkommen.“ Franziska wischt sich die Lippen ab. „Hm, lecker war das. Biste dir sicher, dass wir da zusammen hingehen sollten?“ Franziska sieht ihn sehr ernst an.

„Sì Signora, ganz sicher! Lass uns losgehen und noch ‘ne Runde schwimmen oder zumindest am Wasser sitzen!“

Sie spazieren zu dem nahe gelegenen See. Irgendwann springen sie ins Wasser, kraulen bis in die Mitte des Sees, prusten, tauchen sich gegenseitig unter, küssen sich unter Wasser.

„Ich liebe dich, Heiner!“ Franziska schwimmt ganz nahe. Klares Wasser, klare Worte. Er taucht unter … kommt wieder hoch. „Ich, ich …“ Er schwimmt ein Stück vor, dann wieder zu ihr zurück. „Ich hab‘ Angst, Franziska … immer noch.“

„Schon gut, das merk‘ ich ja und gehört hab‘ ich auch genug von dir, in der Klinik und jetzt auch.“ Sie schwimmen ans Ufer. „Komm, ich rubbel dich ab.“ Er sieht in ihren Augen, dass es nicht ‚schon gut‘ ist. Nicht hundertprozentig. Er küsst sie auf die Nase.

„Alles gut, Heiner. Und: Ja, ich komm mit nach Italien. Bin ja schließlich neugierig!“

Satt liegen sie noch eine lange Weile in der Sonne. Haut berührt Haut. Es ist gut so, findet er – genügend hautlose Tage gibt es noch immer. Genügend Gründe Franziska nichts zu versprechen, was er nicht halten kann.

Am darauffolgenden Wochenende ruft er Fiene an. „Ich glaube, sie hat Zeit auf mich zu warten … verstehste?“

Fiene am anderen Ende sagt nichts, er redet weiter. „Ich wünsch mir, dass ihr euch kennenlernt, die Franziska und du … dich besuchen, wär das drin?“

Nach einer weiteren Schweigepause antwortet sie. „Ein Apartment für zwei ist frei, Anfang August … ganz umsonst wird das nicht gehen und heiß isses dann auch … Ich freu mich … Kommt ihr mit dem Auto? Genua, Imperia, Ventigmilia … in der Ecke liegt Torria. Na, ihr findet das schon. Wie gut, dass es Franziska für dich gibt, Heiner!"

So leicht geht das also! Die Zeit passt genau in die letzte Ferienwoche. Sie haben drei Wochen zum Vorbereiten. Er lebt bei Franziska in Röbel, bis die Schule wieder anfängt. Es geht ihm da besser als in der Wohnung, in der er mit Marisa gelebt hat.

Dort in Kolzenburg erinnert alles an sie. Alles weckt Schuldgefühle, die wie Räuber über ihn herfallen. Besonders nachts. Es ist die Wohnung, wo Elvi aufgewachsen ist, ohne dass er davon viel mitbekommen hat. Wo war ich da? Elvi … an sie denken schmerzt. Der Schmerz sitzt in der Brust, im Bauch, überall. Sie will nicht mit ihm sprechen. Legt auf, wenn er anruft. Er weiß viel zu wenig über seine Tochter. Wer ist der junge Mann, der mit ihr auf der Beerdigung war? Wie kommt sie im Studium zurecht? Hat sie Freunde? Wie lebt sie? Was sind ihre Träume?

In der Klinik hat er ihr einen Brief geschrieben, den er noch immer nicht abgeschickt hat.

Er meidet die Kneipe, wenn er zu Hause ist. Und die aus der Bürgerbewegung verunsichern ihn.

„Man hat gemerkt, dass es Marisa nicht gutgeht", hat Gerlinde gesagt und Konrad, dass es nicht so weit hätte kommen müssen.

Er hat an die Schulbehörde eine Bitte um Versetzung gerichtet. Irgendwo mit Franziska neu anfangen wäre schön. Gleichzeitig steht dieses Monster vor ihm. Diese riesengroße Angst.

In drei Wochen werden sie zusammen nach Ligurien reisen. Die Vorfreude kribbelt im Bauch, macht ihn beschwingt. Es wird eine gute Zeit werden. Ein Jahr ist es her, dass er nach Cagliari geflogen ist. So viel ist passiert seitdem.

Franziska liest ihm aus dem Ligurien-Reiseführer vor, während sie in der Abflughalle warten. Er schnappt Schlagworte auf: „Mare e monti, Blumenriviera, Kunstgenuss, romantische Klippendörfer …" Franziska liest mit ansteckender Begeisterung.

Im Flugzeug schläft er, angelehnt an ihre Schulter, wacht erst beim Aufsetzen des Flugzeugs am Flughafen auf.

„Aeroporto di Genova-Sestri Cristoforo Colombo." Franziska ahmt die Ansage der Stewardess nach. „Angekommen!" Sie küsst ihn auf die Wange.

„Ja, oder besser: Sì. Erobern wir mal Italien!" Er reibt sich die Augen.

„Gut zwei Stunden mit dem Auto werden wir noch brauchen, denk ich mal.

Der Autoverleih muss irgendwo hier auf dem Gelände sein." Sie stehen am Gepäckband.

„Hab wieder einen Fiat bestellt – in den paar Tagen auf Sardinien hatten wir auch dieses Modell. Willst du ans Steuer? Ich lass dich lieber fahren."

Franziska nimmt das Angebot gerne an.

Auch wenn die Landschaft – abgesehen von der Küste, die direkt an die Straße angrenzt – völlig anders ist, mischen sich unterwegs die Bilder vom Strand in Sardinien und dem ligurischen Bergland in seinem Kopf zu einer Landschaft. Franziska schaut konzentriert nach vorne, schweigt und summt hin und wieder vor sich hin. Er fühlt sich wohl.

„In 'ner hallben Stunde ungefähr müssten wir da sein." Er ruft Fiene an.

„Ich erwarte euch." Es klingt selbstverständlich.

„So leicht ist das." Er schaut Franziska an, die auf den Verkehr achtet.

„Das Fahren hier nicht unbedingt." Sie lacht.

Das letzte Stück der Route führt über eine gewundene Landstraße hinauf in das Bergdorf.

„Die strade provinciale müsste direkt an der chiesa di San Martino enden. Da kann man parken, steht im Reiseführer." Sie hat vorab recherchiert, mit Leichtigkeit navigiert Franziska das Auto zum Ziel.

„Fiene …" Heiner erkennt sie sofort.

Sie steht auf der Piazza vor der Kirche und unterhält sich mit einem Mann. Der weißen Schürze nach zu urteilen gehört der zur ‚Bar la Rustica' gegenüber.

„Hallo Heiner …" Sie läuft auf ihn zu umarmt ihn. „Und du bist Franziska?!"

Die beiden Frauen lächeln sich an. „Ihr seid also gut angekommen. Willkommen in Torria! Paolo serviert uns jetzt tre cappuccini, und dann zeig ich euch euer Appartement. Habt ihr viel Gepäck? Fahren kann man in den Gässchen hier nämlich nicht." Sie dreht sich um: „Paolo, das sind Heiner und Franziska, amici tedesci."

Er bringt zusätzlich zu den Cappuccini drei Gläser Vermentino. „Also, nochmal benvenuto in Torria!" Heiner gibt ihm das Weinglas zurück. „Lieber nicht …!"

Sowohl Fiene als auch Franziska halten kurz inne und nicken sich kaum merklich zu, bevor sie miteinander anstoßen.

Die nächsten Tage gleichen sich in der Abfolge: lange Spaziergänge zu zweit oder zu dritt rund um das Dorf, Ausflüge in die Umgebung und lange Abende auf Fienes Dachterrasse. Die beiden Frauen finden leicht einen Draht zueinander, mögen sich auf Anhieb.

„Was war das für 'ne Aktion?" Franziska traut sich zu fragen. „Ich mein auch für dich, Fiene, du kanntest den Heiner doch kaum und einfach so abrupt seinen Mann verlassen – ziemlich crazy, wenn du mich fragst."

„Stimmt, schwer zu erklären wirklich ... es war der Zeitpunkt. Etwas war faul, und Heiners Frage kam genau zur richtigen Zeit ... Also ... Manchmal lernt man sich selbst erst kennen, wenn man sich trennt, irgendwas loslässt oder so ... Heiner und ich waren wohl irgendwie in einer vergleichbaren Phase ..."

„Ohne sich wirklich zu kennen? Und dann gleich seinen Mann verlassen?"

„Ja, schwer zu erklären. Man spürt, dass es stimmig ist ... Heiner, ja, hm ... der war lustig, hat mich aus meinen Grübeleien rausgeholt. So richtig wusste ich gar nicht, was ich von ihm halte. Aber es hat einfach Spaß gemacht mit ihm in diesem Italienischkurs damals. Die SMS ? Na ja, hab ich versucht abzutun ..."

Er hört den Frauen zu, schaut in die Weite. „Ich war schon auch verliebt in dich, Fiene ... irgendwie, jedenfalls hast du mich angezogen. Vielleicht hab ich gespürt, dass ich mit dir losziehen könnte. Das war dran ..."

Sie erzählen lange. Die Gruppensitzungen in der Klinik, das Schweigen und die Schwere angesichts von Marisas Tod, die Beerdigung und die Abwendung der Tochter, die Schwierigkeit mit dem Trinken aufzuhören und die neu aufkeimende Liebe zu Franziska ... Sie sitzen in einfachen Gartenstühlen. Heiner fühlt sich geborgen zwischen den beiden Frauen, die ihrerseits dabei sind, sich miteinander anzufreunden. Jeden Abend ein bisschen mehr.

„Jetzt hab ich die Chance, diese ominöse Fiene kennenzulernen, von der du so oft erzählt hast, Heiner." Es ist der dritte Abend auf Fienes Dachterrasse. Franziska schaut von ihm zu Fiene und wieder zurück und lacht. „Und ich versteh, dass du da 'ne besondere Frau entdeckt hast, und bin froh um diese neue Freundin." Sie dreht sich zu Fiene. „Darf ich doch sagen, oder?"

Fiene nickt. „Aber ehrlich gesagt, ein größeres Glück für Heiner ist, dass er dich getroffen hat!"

„Ja, die Anfänge sind zum Staunen, Zauber irgendwie", wirft Franziska ein. „Wer hat wen entdeckt, und wie ging das dann weiter ...? Das ist spannend."

Heiner kratzt sich an der Schulter. „Sonnenbrand, glaub ich ... also ... soll ich anfangen?"

„Ja, mach, bin gespannt, was du erzählst. Warte, ich hol unten noch 'ne Karaffe Wasser und ein kühlendes Gel für deine Schulter."

Als sie wiederkommt, hat Heiner die Beine auf Franziskas Schoß gelegt. Er greift zu der Tube mit Brandgel und reibt sich einen Strang in den Nacken. „Kühlt wunderbar! Danke."

„Na, in der ersten Stunde im Italienischkurs hat sie sich einfach neben mich gesetzt. Ganz einfach."

„War auch kein anderer Platz mehr frei", unterbricht ihn Fine.

„Und wir haben in den Therapiestunden nebeneinander gesessen", sagt jetzt Franziska. „Na ja, dann kamen diese üblichen Spielchen überall: Ich heiße Franziska, Ich bin 43 Jahre alt usw. Ich hab mich schwergetan damit ..."

Das war bei mir anders, es war mir völlig egal. Ich war so stolz in diesem Kurs zu sitzen!", erinnert sich Fiene.

„Und ich hab gemerkt, dass ich fast zu jeder Aufgabe 'ne Anekdote erfunden habe", fällt Heiner ein. „Ich wollte dich zum Lachen bringen, Fiene. Das hat mich mehr interessiert als diese Anfängersätzchen ... Ich hab mich dabei selbst übertroffen, so kommt mir das vor."

„Wow ... Kein Wunder, dass ich beeindruckt war ..." Fiene grinst. „Ehrlich gesagt: ein bisschen dicke war das schon." Sie sitzt jetzt ganz aufrecht, Franziska stimmt ein. „Ja und wie weiter? Dis ist amüsant."

„Na ja, dieser Francesco, so hieß der Lehrer, hatte es auf mich abgesehen. Dauernd kam ich dran, hat mich richtig vorgeführt. Waren ja fast nur Frauen in dem Kurs. Der andere Mann war ein Pensionär, totaler Streber, wenn ihr mich fragt."

„Friedhelm hieß der." Fiene erinnert sich.

„Stimmt, der konnte alles, und ich nichts. Egal. Ich hab halt gemerkt, dass ich auch in der nächsten Einheit, nach der Mittagspause, wieder neben Fiene sitzen will. Nicht nur, weil sie mir die richtigen Worte zugeflüstert hat ... Hab vorsichtshalber meine Unterlagen auf den Stuhl gelegt, so als bräuchte ich zwei Stühle, und als sie reinkam, hab ich Faxen gemacht und auf Italienisch versucht ihr den Platz anzubieten. Siediti qui, Fiene ... hab ich vorher gegoogelt."

Sie lachen.

„Klang eher wie Latein. Francesco hat dich auch gleich korrigiert. Das weiß ich noch."

„Aber mein Ziel habe ich erreicht. Du rochst herrlich frisch nach Sommer und ich weiß nicht was noch ... konnt mich wenig auf den Unterricht konzentrieren und hab überlegt, was wir am Abend zusammen machen könnten."

„Pizza haste vorgeschlagen, ganz originell ..." Jetzt lachen beide Frauen.

„Na immerhin italienisch, und irgendwie hatte ich keine Lust auf einen Gruppenausflug, und das hab ich dann auch gesagt."

„Ich hab's genossen – so viel Aufmerksamkeit für mich!"

„Na, um's abzukürzen: Ich wollte keinen anderen Platz mehr im Kurs und ich hab mir jeden Tag irgendwie 'nen besonderen Satz rausgesucht, mit dem ich überraschen wollte."

„Haste meistens auch. Francesco hat einmal drauf bestanden, dass wir alle woanders sitzen, wegen dieser Partnerübungen ... Ich weiß noch wie du geguckt hast."

„Ja, ich hätte zum Mafioso werden können, ihn erdolchen ... Ich wollte neben dir sitzen. Wie so ein Schuljunge. Ein Briefchen hab ich aber nicht geschrieben, und es heimlich weitergegeben."

„Das hätte noch gefehlt ... Dafür Wochen später 'ne SMS ... oh Mann, Heiner." Fiene schaut ihn an.

„Franziska, ich glaub, ich hab einfach genossen mit ihm abends durch die Stadt zu laufen und seine Witze. Es tat so gut zu lachen. Ich war so ernst geworden." Sie denkt an die bedrückende Zeit zu Hause. Es kommt ihr vor als sei es Jahre her. „Und irgendwie hab ich mich auf jede dieser Kurseinheiten gefreut. Auch weil's schön war, die mit dir zu teilen, Heiner."

Franziska hört zu. „Weiter nichts?"

„Nee, jedenfalls nicht in Berlin. Nicht ausdrücklich. Vielleicht haben wir immer ein bisschen näher zusammen gesessen ..." Heiner nimmt Franziskas Hand.

„Und es hat Spaß gemacht sich was Nettes anzuziehen ... Es tat einfach nur gut. So war das."

Heiner greift nochmal zu der Tube mit Brandgel. „Brennt und juckt, meine Haut!"

„Wie Verliebtheiten ..." Franziska verteilt die Creme auf Heiners oberem Rücken.

„Ich hol mir einen Pulli, es wird frisch." Fiene geht ins Haus.

Heiner nimmt Franziska an der Hand. „Menschen finden ist ein Glück."

Sie schaut in den Himmel. „Hmmm ... Schon. Menschen?"

„Ach, Franziska. Sich verlieben ist schwer geworden für mich ... Bin so froh mit dir hier zu sein!"

Als Fiene wiederkommt, sitzen die beiden mit geschlossenen Augen eng aneinander gelehnt da. Sie geht zurück ins Haus und beginnt einen Brief an Gunnar zu schreiben.

„Noch drei Tage, dann ist das zu Ende hier, diesmal ohne Unwetter bitte." Heiner frühstückt mit großem Appetit Melone, Mozzarellastückchen und Schokoladenhörnchen durcheinander. „Ich will diesmal bis zum Ende genießen!"

„Sieht nicht nach Unwetter aus, und zu Ende ist noch gar nichts. Wir lernen uns doch gerade erst kennen." Fiene zeigt Franziska auf der Karte einen besonders schönen Strand. „Da müsst ihr unbedingt noch hin! ... Und sagt mal: ich klinke mich hier in die Olivenölkooperative ein. Habt ihr Lust bei euch zu Hause welches zu vertreiben?"

„Geschäftspartner und Freunde sein, geht das?" Franziska streicht die Karte glatt. „Ich glaube, ich ziehe Zweiteres vor!"

„Also ... keine Ahnung, ich probier grade rum, was so geht. Aber warum denn nicht? Ich melde mich bei euch, wenn das Ganze konkreter wird. Vielleicht könnt ihr Werbung machen."

Heiner reckt sich. „Ich will erstmal weg aus Kolzenburg. Ich hoff', die Versetzung klappt. Und dann gucken, was so kommt. Irgendwie 'ne Bildungsgeschichte, nicht unbedingt Schule, das wäre gut ... wir haben uns ja! Ich meine so eine besondere Freundschaft tut einfach gut. Auch ohne Olivenöl! Ich geh schlafen!"

Dass die beiden Frauen noch lange zusammen auf dem Dach sitzen, gefällt ihm.

Er schläft tief und fest ein.

Er wird Franziska morgen sagen, dass er sie liebt.

Statt eines Epilogs

Torria, 2. August 2019

Lieber Gunnar,
bevor ich im Herbst nach Hause komme, schreibe ich dir diese Zeilen. Gerade sind Heiner und Franziska da. Sie sind sich in der Reha begegnet, zum Glück für beide!

Hier in Torria freuen sich alle, die dich kennengelernt haben, meinen Mann. Sie werden nicht müde, mir gegenüber zu erwähnen wie favoloso und gentile du bist. Ich glaube, sie haben Recht. Je länger ich hier bin, desto mehr vergesse ich, wie schwierig Vieles war. Und ich habe keine Ahnung, wie es zu Hause sein wird. Gut, dass wir über deine Kleidergeschichten gesprochen haben. Befremdlich für mich. Bleibt abzuwarten wie das wird. Aber alles besser als der Stillstand, der war! Und eigentlich freue ich mich, dass du zu dieser Sache stehen kannst. Irgendwie habe ich davor einen Heidenrespekt.

Ich bin sehr gerne hier in Italien und werde zur nächsten Saison meinen Job hier wieder aufnehmen. Ob das geht, hier und dort zu leben? Und ob wir unser Leben zusammen so gestalten können? Ich möchte es probieren. Du auch?

Ne gute Idee war das mit dem Haus in Italien auf jeden Fall, Gunnar! Und es war deine Idee. Mich hat sie vorwärts gebracht. Ich bin mehr ich. Außerdem schreibe ich Geschichten und werde dir die ein oder andere vorlesen, wenn du willst.

Die Erstarrung ist aufgebrochen. Ich freue mich auf das, was kommt. Wie und was auch immer.

Das wollte ich dir unbedingt schreiben, bevor ich bald wiederkomme und dann auch wieder gehen werde. Ich liebe meine neue Aufgabe sehr. Dich auch.

Deine Fiene

Neubrandenburg, 7. September 2019

Liebe Fiene,
die Zeit mit Franziska bei dir hat uns so gutgetan – meinem Versetzungsantrag nach Neubrandenburg wurde stattgegeben, und ich bin gerade dabei umzuziehen. Ich schaff das, mein Leben wieder irgendwie auf die Reihe zu kriegen, trotz dieser vielen Katastrophen. Das bin ich mir wert und dem Leben und was es so mit sich bringt. Es ist trotz allem doch auch sooo schön. Und jetzt mit Franziska erst recht. Wie gut, dass ich sie kennengelernt habe. Und auch, dass ich dich nach Sardinien eingeladen habe, scheint mir jetzt im Nachhinein doch eine Weiche gewesen zu sein, die obwohl verrückt und

verhängnisvoll, letztendlich gut gestellt war.

Wir sind Freunde, nicht wahr – ganz besondere sogar.

Cari Saluti Heiner

Freiburg, 28. September 2019

Lieber Papa, liebe Mama,
bei euch is ja was los – Respekt, ich werde euch nie mehr „Spießbürger“ nennen. Ich bin umgezogen, hab mir erstmal alleine ‘ne Wohnung genommen. Waren zu viele Männergeschichten in letzter Zeit. Ich hab Lust nach Hause zu kommen und zu erzählen. Spätestens Weihnachten.

Hab euch lieb, Antonia

Bremen, 10. September 2019

Liebe Fiene,
meine mutige herausfordernde feinfühlige Frau. Ich liebe dich – mehr denn je. Ich freue mich so sehr, dass wir den Winter hier zusammen erleben. Einen warmherzigen Winter, so hoffe ich, mit Olivenöl aus Ligurien. Ich habe schon Platz zum Lagern geschaffen. Und ein Winter mit Zeit für uns beide.

Ich möchte dein Gunnar bleiben, auch wenn ich manchmal geblümt und berockt daherkomme. Ob du mich so nehmen kannst? Ich hoffe es so sehr! Ich freue mich über mein neues Leben und hoffe, es bleibt in irgendeiner Weise unseres.

Sag Bescheid, wann du ankommst – hole dich ab!

Dein Gunnar

Torria, August 2019

Liebe Elvi,
diesen Brief habe ich schon vor einem Jahr begonnen. Ich schreibe ihn jetzt noch einmal neu. Gerade bin ich in Italien im Haus einer guten Freundin, die dort lebt.

Ich war in ärztlicher, nein therapeutischer, Behandlung in einer Klinik nach Marisas Tod … Deine Mama hat sich das Leben genommen und ich habe den Schmerz mich dir so fern zu fühlen nie heftiger gespürt als bei ihrer Beerdigung. Liebe Elvi, ich habe versäumt dir ein wirklicher Vater zu sein, mit dir Dinge zu machen, mich um dich zu kümmern, mich für dich zu interessieren. Das kann ich nicht mehr gutmachen. Ich bin furchtbar traurig, dass das so ist, das sollst du wissen, und auch, dass ich sehr stolz auf dich bin. Du lebst dein Leben, wohnst in Berlin und hast offensichtlich einen Freund an deiner

Seite. So gerne würde ich mehr erfahren, was du machst, wie es dir geht, von deinen Plänen und Wünschen.

Elvi, ich weiß, dass du vermutlich keinen Bedarf hast an meiner späten Besinnung auf meine Vaterschaft. Und wenn doch: es würde mich unendlich glücklich machen dich zu treffen.

Marisa, deine Mama, war schon lange sehr unglücklich. Das waren wir auch zusammen schon lange. Aber über dich waren wir glücklich, als du geboren wurdest. Das will ich dir auf jeden Fall sagen.

Ihr Tod ist eine Katastrophe. Ich hoffe, du findest Wege sie zu überstehen.

Ich für meinen Teil habe aufgehört mich zu betrinken, statt Dinge anzugehen. Das macht mich mutiger. Ich bin gespannt, was kommt.

Zaghaft traue ich mich, neu zu lieben. Das ist ein Wunder.

Ein noch größeres Wunder wäre es für mich, dich näher in meinem Leben zu wissen.

In der Hoffnung, dass du meine Zeilen liest, grüße ich dich von Herzen

Heiner-Papa

SKRIPT-Verlag *Belletristik*
Rhein . Ruhr . Welt

Karsten Klein-Ihrler:
Der lange Weg der Tamara Schikow

Der Weg von Tamara Maria Schikow, genannt Tammy, ist von Anfang an steinig, aber als ihre Tochter Helen geboren wird, scheint sich alles zum Besseren zu wenden. Für mehr als ein Jahrzehnt finden Tammy und Helen ein Zuhause in einer Gärtnerei in Bochum. Doch dieses Glück kann nicht ewig währen. Plötzlich verschwindet Helen spurlos. Tammy begibt sich auf eine lange Reise, um ihre Tochter zu finden, gegen alle Widerstände.

344 Seiten, 15,5 cm x 22 cm

Taschenbuch ISBN 978-3-928249-24-9

e-Book ISBN 978-3-928249-25-6

Skript-Verlag 2019

Alberto Vázquez-Figueroa
Meer In Flammen

Übersetzung aus dem Spanischen: Dorit Eumann-Klaue

Im April 2010 explodierte die Bohrinsel Deepwater Horizon im Golf von Mexiko. Dadurch wurde eine der größten Umweltkatastrophen ausgelöst und alle glaubten zunächst an einen furchtbaren Unfall. Die junge Iranerin Salima meint Hinweise zu besitzen, dass die Explosion eine andere Ursache haben könnte.
Sie wendet sich an einen, früher sehr erfolgreichen Schriftsteller. Sie will, dass er gemeinsam mit ihr die wahren Hintergründe erforscht und darüber schreibt. Er nimmt die Herausforderung an. Mit diesem spannenden Roman enthüllt Alberto Vázquez Figueroa das große Geschäft mit dem Erdöl. Am Ende fragen wir uns, ob Realität und Fiktion nicht dasselbe sind.

246 Seiten, 12cm x 19cm

Taschenbuch ISBN 978-3-928249-22-5

e-Book ISBN 978-3-928249-23-2

Skript-Verlag 2018

www.skript-verlag.de
Romane | Erzählungen | Kurzgeschichten | Lyrik | Pädagogik | Architektur